营销科学学报
Journal of Marketing Science

第 7 卷第 3 辑

（总第 25 辑）

2011 年 9 月

Vol. 7，No. 3，September 2011

主办单位

清华大学经济管理学院

北京大学光华管理学院

科学出版社

北 京

内 容 简 介

  《营销科学学报》是由清华大学经济管理学院和北京大学光华管理学院联合主办，由中国内地和中国香港 20 余所研究型大学的管理类学院共同协办的中国第一本市场营销领域的学报。《营销科学学报》作为中国市场营销学术研究的理论阵地，为海内外营销学者提供了一个进行创新性研究的交流平台，也获得了海内外营销学者的广泛认同。

  《营销科学学报》已经连续出版了 7 卷 25 辑，它们在一定程度上反映了中国市场营销学科理论研究和应用研究的最新进展，适合从事市场营销相关研究的人员阅读，也可供对市场营销感兴趣的人员参考。

图书在版编目 (CIP) 数据

营销科学学报. 第 7 卷, 第 3 辑/清华大学经济管理学院，北京大学光华管理学院主编. —北京：科学出版社，2011
 ISBN 978-7-03-032545-7

 I. ①营… II. ①清…②北… III. ①市场营销学-丛刊 IV. ①F713.50-55

中国版本图书馆 CIP 数据核字(2011)第 208809 号

责任编辑：陈 亮 张 宁 / 责任校对：刘亚琦
责任印制：张克忠 / 封面设计：陈 敬

科 学 出 版 社 出版
北京东黄城根北街16号
邮政编码：100717
http://www.sciencep.com
双青印刷厂 印刷
科学出版社发行 各地新华书店经销

*

2011 年 10 月第 一 版 开本：850×1168 1/16
2011 年 10 月第一次印刷 印张：8
印数：1—2 000 字数：220 000

定价：32.00 元
（如有印装质量问题，我社负责调换）

大 事 记

2011 年 7 月,武汉人福医药集团股份有限公司决定设立"中国营销科学博士生论坛甘碧群优秀论文奖励"基金,每年出资 3 万人民币奖励中国营销科学博士生论坛优秀论文获奖者,首期协议为期 5 年。

第八届中国营销科学学术年会暨博士生论坛于 2011 年 8 月 19～22 日在广州中山大学召开,承办单位是中山大学管理学院和香港岭南大学商学院。本次大会的主题是:"中国市场营销知识创新——多维性、差异性、共性"。大会收到中文论文330 余篇,英文论文 70 余篇,经专家匿名评审,有 226 篇论文在分组会议上交流,8篇论文被评为年会优秀论文。

2011 年中国营销科学博士生论坛于 8 月 19 日在广州中山大学成功举办。本次论坛共收到竞赛论文 70 余篇,有 6 篇论文分获"中国营销科学博士生论坛甘碧群优秀论文"一、二、三等奖。

《营销科学学报》第三届编委会第二次会议于 8 月 20 日在广州中山大学召开,共有 28 位编委会成员出席会议。大会通过了《营销科学学报》内部审稿流程;增补北京大学王锐、浙江大学范晓屏、中国人民大学庞隽三位学者为编委会成员;同意接受北京大学彭泗清教授辞去专业主编的请求,增补北京大学徐菁担任学报专业主编。

《营销科学学报》第三届理事会第二次会议于 8 月 20 日在广州中山大学召开,共有 21 个理事单位派代表参会。会议新增澳门大学工商管理学院、暨南大学管理学院、新竹清华大学科技管理学院、浙江大学管理学院、中南大学商学院为理事单位。会议决定由大连理工大学和东北财经大学共同承办 2012 年中国营销科学学术年会。

Journal of Marketing Science

Volume 7, Number 3   **September 2011**

营销科学学报
第 7 卷第 3 辑:1－7

Journal of Marketing Science；
Vol. 7, No. 3, September 2011:1－7

周　南①

摘　要　本文是对笔者 30 年营销学旅的回首与反思,主要介绍笔者在学、教、研路上所经历的三个"知"的阶段:第一是"知人、善用","追"以"理性"为主的"美国脑",初步领略重视工具理性、物质性强的美国营销理论和实践(有、阳);第二是"自知之明","求"更强调"感性"的"中国心",开始了解强调价值理性、精神性强的中国文化(主要是儒家文化)(无、阴),并致力于探讨中美文化及营销差异;第三是"知足常乐"。在此阶段,受教于《道德经》,笔者以"思索"为主,对"中国魂"有了些许"悟性",尝试从哲学的角度来反思营销、品牌与人生的关系,并进一步探索人、社会与天地长期共存的问题(道),忧虑人们对赖以生存的地球总是索取远甚于给予。最后,笔者提出对中国营销学术界未来如何加强"阴阳"互动与"土洋"结合的一些期望。

关键词　管理哲学,中美文化比较,老子,儒家,人生,品牌,营销

三十年营销学旅反思:"自胜者强,知足者富"?

> 知人者智,
> 自知者明。
> 胜人者有力,
> 自胜者强。
> 知足者富,
> ……
>
> ——《道德经·三十三章》

引言

时光荏苒,笔者的 30 年营销学旅弹指而过。30 年间,我一直受美国文化和中国文化的交叉影响:近而立之际(29 岁)有幸通过教育部的出国研究生选拔考试,到北美学习、工作了 12 年,在老师、同事、学友们的指导、帮助下,跨进了营销学术界的门槛;不惑之年后转到中国香港工作直至现在,在同事、学生们的支持、鼓励下,又稍有进步;近几年常到中国内地进行学术交流,受益匪浅;在学、教、研之中,也与两岸三地的企业界人士有不少接触,收获良多。

从理性到感性,再到些许悟性,岁月的锤炼使我的人生观(小、有、探目的)、价值观(辨方向)和世界观(大、无、寻未来)不断"成、长":年轻时浸润于**美国文化**,有了一些"**他知**";随后以美国为"明月",有了深一点、里一点的"**自知**"—— **儒家文化**;近年来通过**领悟**老子《**道德经**》的点滴,对"道"的了解从"日用而不知"变为"略有小见"。

在"悟道"过程中,根据对"**一阴一阳之谓道**"(出自《**易传**》)的粗浅认识,我曾将美国文化、儒

---

①　周南,香港城市大学市场营销学系教授,武汉大学长江学者讲座教授,E-mail：mkzhou@cityu.edu.hk。

家文化当做一组**跨文化阴阳**来研究,接着将儒家文化、老子文化当做一组**中国文化阴阳**来分析, 现在是将"美"与"儒"合在一起,把它们和"老"当做一组更大尺度的跨文化阴阳来考虑(图1)。

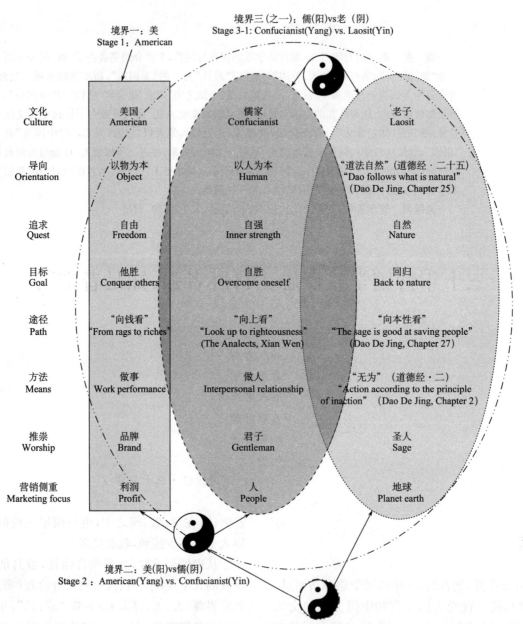

图1　笔者的30年营销学旅中的中美文化阴阳

"行人自是心如火,兔走乌飞不觉长。"(出自唐·韦庄《秋日早行》)当30年的岁月从我指间溜走后,抚今追昔,可以用一句话总结我的营销学旅,那就是由表及里、由浅至深、由有到无。

(1) **由表及里**。笔者认为,"他知"和"自知"是相对而言的。美国文化(在此主要指**牛仔文化**)侧重于"以**物**为本",更关注"**钱**",偏向追求外在的"**他胜**",即战胜他人。中国文化则侧重于

"以人为本",更关注"命",偏向追求内心的"自胜",即战胜自己。从这个角度来讲,针对"身外物"的美国文化可谓"阳"或"表";强调"心内情"的儒家文化可谓"阴"或"里"。1994年到中国香港后,笔者开始认真考虑"心物一元",把美国文化和儒家文化当做一组跨文化阴阳来分析。

(2)**由浅至深**。随后,笔者的注意力慢慢转向将儒家文化和**老子文化**作为一组**中国文化阴阳**来分析。无论"他胜"还是"自胜",归根到底都在追求"胜"。而道家文化(在本文中主要指老子文化)则追求"自然",因此或许可以说"**美儒文化**"与老子文化也是一组**跨文化阴阳**。若将美、儒分别当做美国、中国文化的**躯干**,两者均为**积极向前**的"阳"——以**雄强**、法理/伦理、事理/人道为主,其典型表现分别为"**发财**"与"**升官**"。老子文化在笔者的意念中则是中国文化中一种最根本的**精神食粮**,甚至或可成为化解美国当代文化危机的一剂良方。它是**积极后退**(包括"**以退为进**")的"阴"——以**雌柔**、天理、天道为主,其典型表现为"**不争**"。**老子的阴阳观**在《道德经》第二十八章中体现为:"**知其雄,守其雌……知其白,守其黑……知其荣,守其辱**。"这里"知"的对象应该是儒家的雄、白、荣(**浅**、**阳**),而老子要"守"的则是雌、黑、辱(**深**、**阴**)。笔者认为,美和儒、儒和老、美儒和老的关系都是不分"高下"的"**相倾**"关系("**高下相倾**"意为"高与下互相对立而存在",出自《道德经·二章》)。**孤阴不生,独阳不长**。企业若想在市场上挥洒自如,必须综合考虑文化阴阳。

(3)**由有到无**。美国文化和中国文化都包含物质和精神两个方面,但它们的路线和重点不尽相同。前者更重**工具理性**,**物质性**更强,鼓励"**自利自益**",希望实现"From rags to riches"(从一无所有到腰缠万贯)的"**美国梦**",是为"**有**";后者则更重**价值理性**,**精神性**更强,相信"**义大于利**",希望到达以"**行远必自迩**"、"**登高必自卑**"为"**君子之道**"的思想境界(出自《礼记·中庸》),可谓"**无**"。笔者早期将注意力集中于美国企业。它们强调目标管理,算得、失(profit),比胜、负,推崇品牌与**个人英雄**(private),体现一种**战天斗**地的精神(**做事**,work performance)。中国企业在对股东负责的同时必须对员工有更多道义上的担当(people)。它们不仅要考虑经济效益,还需考虑中国国情下的社会责任和对国家(public)的义务(**做人**,interpersonal relationship)。这应该和儒家推崇**顶天立地**的**仁义君子**("**君子上达,小人下达**",意即君子通仁达义,向上进取;小人唯利是图,向下沉沦。出自《论语·宪问》。"君子上达"的英文翻译为"The man of virtue looks up to righteousness")有关,也和老子推崇**欢天喜地**的"**常善救人**"(出自《道德经·二十七章》,英文翻译为"The sage is always good at saving people")的"**圣人**"有关。中美文化的差异给两国企业带来了迥异的影响——这几年笔者对此感受越来越深。

"**螺旋上升**"、"**一波三折**"。在这30年间,随着学识的见长及阅历(经验和教训)的增加,从而立之年更多地关注"他知",到耳顺之际领悟到些许"自知",笔者的人生境界由表及里、由浅至深,此为"**螺旋上升**"。同时,对学、教、研的求"知",从营销理论和实践的学习到品牌建构和解构的初步探讨,再到一些粗浅的文化与哲学的思索,从有至无,渐始"**知足**",是为一波三折。

第一个阶段叫"**知人、善用**",可谓"**追**",追的是"**美国脑**",以"**理性**"为主。当时笔者刻苦地"**生吞**"了一点"洋墨水","**活剥**"了一些"精深"的美国营销知识、品牌理论,如消费者行为、市场研究、竞争战略等。

第二个阶段叫"**自知之明**",可谓"**求**",求的是"**中国心**",更强调"**感性**"。笔者"回流"到中国香港以后,试图将美国的营销知识、品牌理论融入中国文化下的营销实践、品牌运营和竞合思维中,用"**博大**"的儒家思想分、析、教、研中国和美国在文化和品牌营销上的差异。在这个阶段,笔者开始有了一点真正的"**自知**"。

第三个阶段叫"**知足常乐**",可谓"**悟**",悟的是"**中国魂**",以"**思索**"为主。近年来,通过求教于《道德经》,笔者开始有些"**悟性**",尝试从哲学的角度来思考自己人生的意义,并探索人、社会与天地(planet earth)的长期共存问题。此时,笔者逐步**领悟**到"知足"的重要性。

笔者将这三个阶段分别简称为美、儒、老（道），其重要特征如表 1 所示。

表 1　美、儒、老三阶段的重要特征

文化	追求	目标	方法	途径	推崇	营销侧重 P
美	自由	他胜	做事	"向钱看"	品牌	private-profit
儒	自强	自胜	做人	"向上看"	君子	public-people
老	自然	回归	无为	"向本性看"	圣人	planet-earth

笔者想借《道德经》第三十三章来讨论这三个"知"的阶段或境界。这一章共有八句，本文开篇引用的是头五句。

境界一：20 世纪 80 年代，学习科特勒的营销原理：知人者智？

20 世纪 80 年代初，笔者赴美国念 MBA（工商管理硕士），首次接触一个小政府、大市场的异邦文化。笔者为美国市场经济的发达程度所震撼，被企业为满足消费者需求和梦想而付出的心血感动。在认真学习美国的营销理论和实践的过程中，笔者追求的是"知人者智"。

在美国念书期间所学的有限知识中，对笔者影响最大的是科特勒（Philip Kotler）的营销理论。可以说该理论体现了一种**从天到地、从外到内、从大到小**的美国企业家精神。例如，常见的营销决策过程，企业先基于 **MMCC**（Macro environment，Micro environment，Company，Consumers；大环境、小环境、企业、顾客）和 **STP**（Segmentation，Targeting，Positioning；细分、目标、定位）进行分析、判断、决策，然后通过 **4P**（Product，Promotion，Place，Price；产品、沟通、渠道、价格）落实到与消费者或生意伙伴的交往上。

从一定意义上讲，这一思路是将**商场当战场**，将消费者当"靶子""打"，其背后是充满征服欲的"**胜人者有力**"的牛仔精神和"**利己**"本质。以下引当年修第一门营销课时科特勒课本中的一段话为证："Target marketing helps sellers identify marketing opportunities better instead of scattering their marketing effort（'shotgun'

approach），they can focus it on the buyers who have the greatest purchase interest（'rifle' approach）"。[①] 这段话的中文翻译是："目标营销有助于卖方更好地识别市场机会，企业不是采用分散精力的方式（'散弹枪'式），而是聚集于那些具有最大购买兴趣的消费者（'来福枪'式）。"

境界二：20 世纪 90 年代，用"三才"品牌营销理论教研：自知者明？

1994 年，笔者从加拿大"回流"到现在工作的香港城市大学，开始将中国文化（主要是儒家文化）融入营销教研，分析中国、美国在文化和品牌营销上的差异。在这个过程中，笔者常常思考与"自知者明"有关的问题。

与美国文化相比，**中国文化**（包括企业文化）更讲究从人到天、从内到外、从小到大。在"**斗争**"思维指导下，美国人志在"**打天下**"；在"**整合**"思维指导下，中国人更重"**平天下**"。《礼记·大学》中的"**正心、修身、齐家、治国、平天下**"提倡的就是这种"**自胜者强**"的奋斗精神。"**天时不如地利，地利不如人和**"（出自《孟子·公孙丑下》）反映的也是这种从"人"出发的"**三才**"（人、地、天）世界观。

可以说，许多传统中国生意人的思路与历程从一开始就与 MMCC、STP 相反。大多数作营销、建品牌的中国人，时时处处都想建立、扩大**圈子**（从"关"到"系"），争取和保护"**自己人**"（小**范围的大众**）的利益（从"缘"到"份"），并将和谐看做最高目标。

如果说美国式营销是将商场当战场，更"**血淋淋**"、重法制，"**攻城为上**"；那么中国式营销至少在表面上是将**商场当情场**，更"**情脉脉**"、讲面子，"**攻心为上**"。这里，或许可以说美国的"**明争**"/"**豪赌/豪夺**"与中国的"**暗斗**"/"**巧计/巧取**"形成对比，"**争鸣**"/"**夺利**"与"**求名**"/"**争权**"形成对比，"**求异**"/"**你死**"与"**存同**"/"**我活**"形成对比，从短期与多变的"民意"出发的"**群雄乱**

① Kotler P. 1983. Principles of Marketing. 2nd ed[M]. Englewood Cliffs，NJ：Prentice Hall：213.

起，强者独尊"与从相对长期与稳定的"民心"出发的"欲取天下，先安民心"形成对比。

两种不同的文化导致截然不同的思路和结果，孰优孰劣需要用辩证的眼光来看待。但是，在生意场上，无论是"血淋淋"还是"情脉脉"，如果真是"在商言商"，其实都离不开"赤裸裸"的"亲兄弟，明算账"。那我们就不得不思考：有没有可能在某些方面、某种程度上，"情脉脉"与"血淋淋"实为殊路同归，甚至比"血淋淋"更"假惺惺"呢？

境界三：21世纪初，从《道德经》到"四大"反思营销：知足者富？

尽管改革开放创造了令世人叹止的经济跃升奇迹，我们付出的代价却是惨重的。追求物质、践踏道德、破坏自然的事情不胜枚举，造成**物质、精神、环境**的三重污染。

1993年，作家谌容到中国香港出席一个研讨会时曾这样说道：当年杜甫感叹"国破山河在"，而今我们却面对"国在山河破"的局面——至少部分山河是"破"的。①

山河既破，气候和环境也日益恶劣。长此以往，金玉满堂、坐拥豪宅又有什么用？如果我们不及时反省，不仅自己难逃惩罚，还将连累无辜后代遭受无尽之罪，地球或许很快将不再适合人类生存。

面对物质、精神、环境的三重污染，笔者感到困惑：难道人类追求当世发展的"利"，就一定要遭受反噬之"报"吗？**人之"常"情，却天地不"容"**？因此，笔者对营销和品牌境界的求索开始向"知足者富"靠拢。

大道通天。我们做营销、品牌工作的人，往往想"生"多（"道生一，一生二，二生三，三生万物"，出自《道德经·四十二章》），循"法"少（"**人法地，地法天，天法道，道法自然**"，出自《道德经·二十五章》）。归根到底，是因为我们不知足，对"道"理解不够、领悟太少。我们清楚地知道"强行者有志"（做生意），但只模糊地明白"**不失其所者久，死而不亡者寿**"（出自《道德经·三

十三章》）。这其中的关键在于如何平衡"志"、"久"、"寿"之间的关系。笔者认为，这里的"志"、"久"、"寿"分别代表人、地、天这儒家说的"**三才**"。三者若想"合一"，就必须服从于更大的"道"（老子将人、地、天、道叫做"四大"，其中道"最大"），因为自然才是终极的平衡。

古人说："**不孝有三，无后为大**。"（出自《孟子·离娄上》）先遵从道，向"山河""尽孝"，修复"已破"、保护"未破"，这样人人都"久"了，"国在"也才有意义。

《道德经》写于2000多年前，是中国历史上第一部完整的哲学著作。它高度抽象地揭示了自然世界与人类社会的一些"永恒"的规律。它没有也不可能提及现代人应该如何生活与相处、企业应该如何经营、品牌与营销应该如何"做"，更不是包罗万象、直接解决现代社会难题的灵丹妙药。但是，它包含着我们应该如何**安身立命**（人、道）、**为人处世**（地、道）、**遵从自然**（天、道）的大智慧。儒家学说更侧重于**世俗层面**的为人处事、为人处世的理念与实践（有），《道德经》则上升到对天、地、万物运动与变化的**内在规律**的探索（无），代表更高的智慧。特别是老子提出的"**道常无为而无不为**"（出自《道德经·三十七章》）的思想，虽然带有浓厚的神秘主义（或理想主义）色彩，却对我们减少甚至化解三重污染（阳）、回归（阴）自然（平衡），有很好的启示和帮助。

对经营企业的人们来说，作营销、品牌也是一个求"道"（霸道、人道、王道抑或道理、道路、道德）的过程。它不只是赚钱的过程（求"生"——小我的生财之道，强调"可名"，做事，品牌，炼金，英雄，小，有），更是企业家了解自己、提升品牌、造福万物的一种哲学思考和境界追求的过程（求"**法**"——**大我的生存之道，强调"可道"，做人，君子，修道，圣人，大，无**）。一个品牌的成长（向钱看）、壮大（向上看），以及能否"不朽"（向人**乃至地球的本性看**），都取决于其领导者（人）的"境"（天）和"界"（地），以及思忖对"**常道**"的"感"

---

① 徐迅雷．2007-07-06．中国经济时报．http://star.news.sohu.com/20070706/n250927720.shtml．

（有）和"悟"（无）、"理"（科学）和"解"（艺术）、"修"（身、心）和"炼"（灵、魂）的水平。水平越高（越"**上善若水**"，出自《道德经·八章》），生意和品牌就越成功（"**强行者有志**"），人生就越充实（"**不失其所者久，死而不亡者寿**"）。

一点点期望

白驹过隙，30年已悄然而过。后顾前瞻，笔者感谢这30年的经历对自己事业、视野及胸怀的影响。"**知人者智**"是笔者领略西方营销理论的开始；"**自知者明**"是笔者关注中外营销差异的初探；"**知足者富**"让笔者进一步反思中国文化背景下营销、品牌理论的**建构与解构**，以及思忖作为一个立足中国、面向世界的学者，应该怎样**贡献**自己的绵薄之力。以下是近年来与同事、学生和商界的朋友在交流中就如何作研究及中国营销未来走向等问题的一些感悟，谬误难免，敬请批评。

笔者认为，从整体上说中国营销学界对西方（特别是美国）的营销理论和实践都已有一定的了解。在此基础上，如果只是继续简单、盲目地大量移植和改用西方营销理论及其实践，"**脱中入洋**"，只怕是**囫囵吞枣、舍本逐末**。不但可能永远赶不上西方营销研究的步伐，甚至还会出现将人家的"明月""张冠李戴"到中国后不时产生"水土不服"的现象，结果是写出来的"东＋西""**土不土，洋不洋**"。这样做，会让我们无言愧对于祖先积淀下来的珍贵文化遗产。对于生于斯、长于斯的中国学者来说，我们怎能把中华民族的传统智慧当成前进的障碍和包袱呢？在**基本判断上**，"**六亲不认**"万万不可取。

一日吾师，终生吾爱。笔者永远感激当年引笔者进入营销学术界至今仍然指导、帮助、建设性地"斧、正"笔者的美国老师、同事和学友们。笔者今生将永远继续虚心地向他们学习，**取长补短**。但是，**在路径选择上**，这只是笔者努力的方向之一。我们应该"**两条腿走路**"，因为我们时刻地面对**中国的国情、乡情、人情**。万变不离其宗。我们的以"**大家**"为基础的社会结构、生活方式和关系模式与西方的以"**个人**"为基础的社会结构、

生活方式和交易模式千差万别。因此，笔者认为未来应该朝以下方向努力。

（1）**洋为中用，古为今用**。我们需要继续移植、嫁接和吸收"舶来品"，实践"**洋为中用**"。我们也不能单纯地**厚今薄古**，而要**融古通今，实事求是**，融天、地、人三道，将以**儒、释、道**为代表的中国文化精髓和《易经》的世界观、社会观、人生观和方法论与外国营销研究与实践接轨，多积德，真正做到"**阴阳**"良性互动、"**土洋**"紧密结合。

（2）**中为洋用**。这是"**中外合璧**"中更为重要的部分。时下及未来，越来越多的中国企业"漫游"全球市场，越来越多的外国企业也"打进"中国市场。我们要学会如何把"**天人合一**"、"**和谐发展**"及"**无为而无不为**"等重要的中国价值观融入这些企业的营销和品牌实践中。这或将是今后中国营销学界对世界营销理论和实践发展的最大贡献。

（3）"**人之初，性本善。性相近，习相远。苟不教，性乃迁。**"（出自《三字经》）人与人之间不要钩心斗角、尔虞我诈或敌视对抗，而要和谐共存。在进行跨文化交流时，我们必须持**互通有无、共存共荣**的态度。正如老子所言："**大象无形、大音希声**。"（世界上最伟大的境界是气象万千、没有固定的格局，最好的音乐听起来无声响。出自《道德经·四十一章》）人人都存在"盲人摸象"的问题。真正的"道"，需要大家共同参悟。"三十年河西、三十年河东"的现象一定常出现，但"不是东风压倒西风，就是西风压倒东风"的心态则不可长有。只有秉持"**三人行必有我师**"（出自《论语·述而》）与"**和而不同**"（出自《论语·子路》）的胸怀，我们才能不断进步。

（4）**道不远人，心诚求之**。春华秋实，学海无涯。年轻时，笔者追求"自由"与"强行者有志"（人）多；到花甲之年，则更多思考"**不失其所者久，死而不亡者寿**"（地，天）多。30年前去美国留学时，笔者如"刘姥姥进大观园"，"这山望着那山高"。10多年前到中国香港，我的认识逐渐转变为"那山望着这山高"。如今呢？又转变为"**人外有人，山外有山，天外有天**"，开始跨入"**为学日益，为道日损**"（求学则知识越来越多，求道则成

见越来越少 ——出自《道德经·四十八章》)的阶段,"自然"地提醒自己进一步"自律",因为只有这样才能带来真正的"自强"和"自主"。

　　"**譬道之在天下,犹川谷之于江海**"(出自《道德经·三十二章 》)。**贯通古今**(顺天时),**融会中外**(就地利),"**心诚求之,虽不中,不远矣**"(出自《礼记 · 大学》)。如果我等远,后辈一定不远(创人和)。

《道德经·三十三章 》共有八句,本文的开篇引了该章的前五句,到此以后三句结尾:

……

强行者有志。

不失其所者久,

死而不亡者寿。

A Reflection of My 30-Year Journey as a Marketing Scholar:
"He Who Overcomes Himself is Strong, and He Who is content is Rich"?

Zhou Nan

(Professor, Department of Marketing, City University of Hong Kong

Changjiang Scholar Chair Professor, Wuhan University, China)

Abstract　My journey as a marketing scholar began in 1982. I was given a scholarship by the Ministry of Education in China to study for my MBA in the United States. Since then, my study has changed from focusing on tangible and managerial matters at a micro level, to pondering intangible and philosophical issues at a macro level. Initially, I was heavily influenced by Philip Kotler's marketing theory. I then progressed to study the more outward-oriented American culture (categorized as 'Yang') and the more inward-oriented Confucianist culture (categorized as 'Yin') as complementary opposites for applications in branding. Next, I compared the more people-oriented Confucianist culture (categorized as 'Yang') and the more nature-oriented Laoist culture (categorized as 'Yin') from a Chinese philosophical perspective. Now I devote myself to the study of the relationship between the "Action"-oriented (*You Wei*) American-Confucianist culture (categorized as Yang) and the "Inaction"-oriented (*Wu Wei*, or "*Action* according to the Principle of *Inaction*") Laoist culture (categorized as Yin), in an even larger cross-cultural framework. These three cultural Yin-Yang systems and the related marketing concepts are shown in Figure 1. For the future, I think it is important to continue to learn from non-Chinese marketing theories, but it is even more important for us to develop marketing theories rooted in the Chinese culture.

Key words　Business Philosophy, Comparison between Chinese Culture and American Culture, Laoism, Dao De Jing, Confucianism, Life, Brand, Marketing

本刊特约

营销科学学报
第 7 卷第 3 辑:8－24

Journal of Marketing Science;
Vol. 7, No. 3, September 2011:8－24

冯文婷①,吴贤均②,彭泗清③

摘　要　跨国品牌在中国本土投放的广告中,"亲华"广告越来越多。它们或者加入中国文化的元素,或者表达对中国本土消费者的尊敬,或者直接宣示对中国的好感。本研究试图考察这种"亲华"广告的双边效果:一方面,中国消费者对这类广告如何反应;另一方面,跨国品牌来源国的消费者对这类广告又如何反应。我们从消费者-品牌自我联结和品牌关系视角来探究中国消费者和来源国消费者对跨国品牌"亲华"广告的反应及背后的心理机制,并通过跨文化的实验研究来检验理论假设。来自中国和韩国的 211 名大学生参加了我们的实验研究,研究结果表明:与观看中性广告相比,当观看跨国品牌(如韩国三星)的"亲华"广告(如"三星爱中国")时,中国消费者对该品牌的信任感、亲密感和积极行为意向会提高,而品牌来源国消费者(这里为韩国消费者)对该品牌的信任感、亲密感和积极行为意向会降低。不过,当同时呈现该跨国品牌的"亲华"广告与其他来源国的品牌(如松下)的"亲华"广告时,该品牌来源国消费者对该品牌的信任感和积极行为意向又会"恢复"到较高水平,而这种变化在中国消费者身上没有出现。

关键词　"亲华"广告,民族情感,品牌关系,自我-品牌联结

跨国公司"亲华"广告的双边效果：
是皆大欢喜,还是顾此失彼?④

0　引言

随着品牌国际化程度的不断加强,跨国公司的品牌如何与本土消费者维系长期、有效的品牌关系是管理实践的一个重要问题。从跨国公司在中国的营销实践中,我们不难观察到一些品牌在中国实行本土化的广告策略,在广告诉求中或者加入中国文化的元素(如可口可乐的广告中出现风车、舞龙、风筝、水墨画等),或者表达对中国本土消费者的尊敬(如肯德基的"为中国而改变"的广告),或者直接宣示对中国的好感(如三星的"爱中国"广告语)。在这里,我们把这种跨国品牌向中国消费者示好的广告称为"亲华"广告。跨国公司之所以采取这种亲近中国的广告传播,目的应该是加强和中国本土消费者的关系。那么,它们能够如愿以偿吗,中国消费者对此反应如何? 另外,虽然跨国公司一般不会在其品牌来源国播放在其他国家播放的广告,但是全球化时代信息传播的便捷和人员流动的频繁,跨国公司起源国的消费者很有可能通过网络媒体或实地接触到该公司在他国发布的亲近当地消费者的广告,他们对这类广告又会有什么样的反应? 举例来说,源自韩国的跨国公司三星近年在中国的平面广告中,经常会呈现写有"爱中国"三个字的心形图案,那么,对于这种友好表示,中国的消费

①　冯文婷,北京大学光华管理学院市场营销系博士生,E-mail:fengwenting@gsm.pku.edu.cn。
②　吴贤均,北京大学光华管理学院市场营销系本科生。
③　彭泗清,北京大学光华管理学院市场营销系教授,E-mail:pengsq@gsm.pku.edu.cn。
④　感谢匿名评审专家提供的宝贵意见。本研究得到国家自然科学基金项目(70972013)的资助,特此致谢。

者反应如何?同时,当韩国的消费者看到这种广告时,他们又会如何反应?本研究正是基于对这些问题的兴趣和关注,来提出研究课题。本研究探讨的主题是:本土消费者和品牌来源国的消费者对跨国公司使用亲近当地民族情感的广告会如何反应,这种反应背后的影响机制又是什么。

将民族情感作为广告诉求的重点,是不少中国本土品牌采用的营销传播策略。比较典型的广告如下:蒙牛的"每天一斤奶,强壮中国人",娃哈哈的"非常可乐,中国人自己的可乐",长虹的"中国风",海尔的"中国造"等。这些广告往往强调民族归属感、民族感情和国货意识(庄贵军等,2006)。一些学者探讨了民族情感对消费者的品牌偏好的影响及中国消费者对中国品牌使用民族情感广告的态度。研究发现,民族情感的作用确实存在,但是并非压倒性的影响。在一些产品类别上,民族情感使得中国消费者倾向于偏爱中国品牌,但是,产品质量等因素也是影响消费者品牌态度的重要因素,民族情感不能完全决定消费者对品牌的态度和行为(王海忠和赵平,2004;Zhou and Hui,2003)。研究还发现,消费者自身的一些因素,如消费者民族中心主义、国货意识和对一些国家的敌意等也会影响其对中外品牌的态度。以国货意识为例,研究发现,在某些重要的行业,消费者对中国品牌有很强的偏好,即使中国品牌和国外品牌在知名度或性价比上有一些差异(Roth and Romeo,1992;Watson and Wright,2000)。

文献回顾表明,来自中国之外的跨国公司的"亲华"广告的效果如何,以往的研究很少涉及。我们认为,上述关于中国本土品牌的民族情感诉求策略的效果的研究结论,不能用来推测跨国公司的"亲华"广告的效果。一方面,中国消费者对中国品牌民族情感诉求的反应机制的基础是消费者和品牌拥有共同的归属感,而当国外品牌也采用这样的诉求时,消费者对于该行为的感知和归因会有所不同,其态度也可能有所不同。另一方面,跨国公司使用"亲华"的民族情感诉求,对其来源地的消费者有什么样的影响?是能够得到他们的理解和认可,从而出现"皆大欢喜"的局面,还是适得其反,出现"顾此失彼"的情况(即与自己国家的消费者的民族情感诉求有所矛盾,削弱来源地消费者和该品牌之间的关系)?这个问题很难从以往的研究中得到现成的答案。因此,跨国品牌"亲华"广告的双边效果及背后的心理机制,是一个有待探讨的新问题。

在面对同一民族情感诉求时,如三星"爱中国"的广告语,我们不难预料中国消费者和来源国消费者反应的差异。差异的来源一方面是对"亲华"诉求的感知和归因,如中国消费者可能把三星"爱中国"的表示感知为亲近中国消费者的营销行为,而韩国消费者可能认为三星的"亲华"与三星作为一个韩国品牌应该具有的对韩国的忠诚、爱国的义务有所违背。另一方面是两个群体的消费者与跨国品牌已有的品牌关系不同,对于韩国消费者来说,三星可能与他们有更强的自我联结,在品牌个性和象征意义上与他们有更多共同的特质,从而被韩国消费者感知为更加亲近的内群体关系伙伴。对于不少中国消费者来说,三星可能只是一个外来的朋友。在分析消费者-品牌关系方面,我们采取 Fournier(1998)提出的品牌和消费者之间的人际关系视角,从品牌作为一个社会交往对象的角度来分析中国消费者和来源国消费者与品牌的关系。人际关系视角的消费者-品牌关系理论较好地涵盖了关系互动层面的内涵,可以帮助我们捕捉消费者和品牌之间关系的动态性。

综上所述,本研究将从消费者-品牌自我联结和人际关系视角来探究中国消费者和来源国消费者对跨国公司在中国使用"亲华"民族情感广告的反应及背后的心理机制。具体来说,本研究的问题有两个:①对于跨国公司的民族情感广告诉求,中国消费者和来源国消费者在态度和行为上会作出怎样的反应?②当竞争者采取类似的民族情感诉求时,该品牌广告的影响是否发生改变?本文的结构如下:首先,将回顾消费者-品牌自我联结和品牌关系理论的相关文献;其次,根据相应的理论和营销现象,分析中国消费者和来源国消费者的反应差异及其原因,并提出理论假设;再次,设计三个实验来检验理论假设,并对相应的实验结果进行讨论;最后,讨论本研究存在的局限性及未来的研究方向。

1 文献回顾

1.1 消费者自我-品牌联结

人们通过消费或拥有某个品牌来满足心理需求,其中包括建立、加强或表达他们的自我概念(Belk,1988)。人们感知的不仅是品牌带来的实用价值,还包括品牌带来的心理意义。例如,对韩国消费者呈现三星手机时,他们不仅会考虑产品属性带来的使用价值,还会感知三星的品牌意义——三星是韩国知名度高的民族企业、国货、爱韩国等,这些品牌意义和韩国消费者的社会自我概念,如国家归属感紧密地联系在一起。

在品牌和消费者自我概念联系上,有大量的文献讨论了消费者如何形成自我-品牌的联结。一种观点认为自我联结来自于品牌意义和消费者自我概念的一致性,如对产品的拥有和使用(Ball and Tasaki,1992)及品牌的参照群体(Escalas and Pettman,2003;Escalas,2004)。对于有稳定、一致参照群体的品牌,消费者和参照群体之间具有积极的心理联结,如对参照群体的偏好和归属感,可以转化为消费者自我-品牌之间的联结。例如,三星的参照群体是韩国本土消费者,韩国消费者基于对内群体的心理联结“爱国”,会产生自我概念和三星的联系。另一种观点提出消费者会把品牌感知为一个社会伙伴,通过人际交往的规则来解释消费者和品牌的关系,包括消费者自我-品牌联结(Aaker et al.,2004;Aggarwal,2004;Fournier,1998)。这方面研究认为品牌作为一个社会交往对象融入消费者的社会自我概念中,这个观点和之前将他人作为自我概念一部分的文献相一致(Cross and Madson,1997)。例如,Cross等(2000)研究表明,消费者可能会把重要他人,如亲密朋友加入自己的自我概念中。而且,这种社会性自我概念对于集体主义倾向的个体更加重要。他人融入自我概念的观点可以引申到品牌关系中,被感知为社会交往对象的品牌也可能作为消费者的重要他人,融入消费者的自我概念中。

品牌作为社会交往对象融入消费者自我概念的观点也可以解释 Escalas 和 Battman(2003)的参照群体观点。消费者对品牌的参照群体一致的感知可能会影响对品牌的拟人化,把参照群体的特质、态度和情感加入对品牌的感知。例如,三星的参照群体是韩国本土大众消费者,这可能会使消费者把韩国本土大众消费者的个人特质和对这个群体的认同、喜好转化为对三星品牌的性格和关系的感知。在本研究中,我们认为参照群体是消费者对品牌伙伴感知的一个重要来源,根据消费者与参照群体、品牌与参照群体的关系,消费者也会把品牌感知为内群体或外群体的成员。结合社会交往理论(Emerson,1976),对社会交往对象的所属群体的感知取决于个体和社会交往对象的共同特质,我们认为:对于韩国品牌三星,与中国消费者相比,韩国消费者在来源、文化、民族情感、价值观上有更多的共性,从而韩国消费者会把三星感知为内群体的社会交往对象;而对中国消费者来说,三星是一个外群体的社会交往对象。综上所述,品牌拟人化的观点也可以解释参照群体带来的消费者-品牌联结。对于那些有消费者归属或喜欢的参照群体的品牌,消费者会把它们感知为内群体的社会交往对象,有更强的自我-品牌联结,因为消费者和品牌拥有更多相同的特质;相反,对于非所属或不熟悉的参照群体的品牌,消费者会把它们感知为外群体的社会交往对象,自我-品牌联结程度低。

那么,一个重要的问题是,当出现和内群体的态度、价值观不一致的品牌诉求线索的时候,消费者会怎么反应? Escalas 和 Battman(2005)提出,当品牌诉求和外群体的价值观和态度联系起来的时候,内群体消费者和该品牌的自我-品牌联结会被削弱。从把品牌作为社会交往对象的观点来看,品牌和外群体价值观联系的增加,会降低内群体消费者把该品牌感知为一个内群体成员的程度。例如,当三星推出“爱中国”的广告时,这个广告可能会降低韩国本土消费者和三星品牌的自我-品牌联结,从而影响韩国消费者和三星的品牌关系的性质和强度。

1.2 品牌关系理论

有关内外群体成员的社会交往理论的相关文献可以用于解释消费者对品牌策略的态度和行为的变化,以及这些营销策略对消费者-品牌关系的影响。随着对品牌关系研究的深入,一些研究者开始把人际关系理论用于解释消费者和品牌之间的关系强度及关系性质(Aaker et al.,2004;Aggarwal,2004;Fournier,1998)。例如,试图发掘影响消费者自我和品牌联结的因素,包括品牌的性格(Aaker,1997)、关系规范(Aggarwal,2004)、参照群体(Escala and Battman,2005)等。还有一些研究将人际关系的因素加入对消费者-品牌关系强度和性质的考量中,如Aaker等(2004)提出的品牌关系强度,以及Aggarwal(2004)提出的共享关系和交换关系。正如在消费者-品牌自我联结的文献中提到的,我们从消费者会把品牌看成社会交往对象的视角,把品牌感知为内群体或外群体成员,从而建立不同的关系规范和关系强度,这可能导致消费者对品牌的民族情感广告有不同的反应。为了探究消费者对民族情感广告的反应,我们首先回顾了消费者对于不同的品牌伙伴使用的品牌关系规范,即共享关系和交换关系,并探讨了这两种关系规范对信息处理、品牌态度及行为方面的影响;然后总结了品牌关系强度中与情感相关联的维度,并在其中选取品牌信任和亲密感来考察消费者和品牌的关系强度。

1.2.1 品牌关系规范

人际关系理论提出人们在社会交往的时候应遵循某些社会规范来指导行为和对关系伙伴进行评价。Clark和Mills(1993)根据人们交往时利益交换的规则,区分了两类社会关系:共享关系和交换关系。基于人际交往社会规范的理论,Aggarwal(2004)认为品牌作为一个社会关系伙伴,共享关系和交换关系的规范也用于指导消费者的行为和对品牌的评价。也就是说,

对于品牌的营销活动,如广告诉求,消费者会考虑品牌的行为是否符合他们之间的关系规范。同时,基于人际关系中社会规范的影响因素,人们和被感知为内群体的对象建立共享关系,而和不熟悉、社会距离远的外群体对象建立交换关系。通过品牌和关系伙伴类比的逻辑,我们可以认为被感知为内群体成员的品牌,如韩国人和三星之间是一种共享的关系;而那些被感知为外群体成员的品牌,如中国人和三星是一种交换关系。

与人际交往中规范的作用类似,共享关系和交换关系规范影响着消费者信息处理方式、态度和行为。在信息处理方面,处于共享关系或交换关系的消费者会选择不同的品牌信息处理策略:处于共享关系的消费者对品牌信息的加工使用抽象的信息处理策略,而处于交换关系的消费者处理品牌信息则采用具体的信息处理策略(Aggarwal and Law,2005)。在品牌态度和行为方面,不同的关系规范影响消费者对于品牌和它的行为的评价。一般来说,共享关系的消费者比交换关系的消费者和品牌有更强的关系,对品牌评价较高(Aggarwal,2004)。

当品牌行为违反社会规范的时候,处于不同关系的消费者会有不同的反应:处于共享关系的消费者,违反共享关系规范的行为会降低消费者对于品牌的评价;而处于交换关系的消费者,品牌体现共享关系规范的行为虽然违反交换关系规范,但是消费者对品牌的评价不会降低。通过援引服务补救的相关文献,Aggarwal从归因的角度探究了品牌违反关系规范的行为对消费者和品牌关系的影响,并提出消费者对公平感和违规品牌内疚感的感知是中介变量(Tax et al.,1998;Smith et al.,1999)。对于那些和消费者建立共享关系的品牌,当它出现违反社会规范行为的时候,消费者感知到和品牌关系的基础被破坏,消费者自我-品牌联结程度和满意感都会有所降低。此外,Aggarwal(2004)还指出影响消费者评价的中介变量是消费者感知的行为违反规范的程度。

1.2.2 品牌关系强度的情感维度

Fournier(1998)从品牌作为关系伙伴的角度提出品牌关系质量的概念,包括爱与激情、相互依赖、自我联结、个人承诺、亲密感和关系伙伴质量感知六个维度,其中爱与激情、亲密感建立在消费者情感基础上。在品牌关系质量的基础上,Aaker等在 2004 年又提出了品牌关系强度的概念。他们认为,满意度、承诺、亲密感和自我联结等维度构成品牌关系强度,其中亲密感和自我联结涉及消费者情感层面的反应(Aaker et al.,2004)。综合来看,国外学者提出的品牌关系维度中,和情感有关的维度主要有爱与激情、亲密感、自我联结。但是由于爱与激情维度和亲密感有很大的重叠(Bengtsson,2003),而自我联结和我们之前探讨的消费者-品牌自我联结也有较大的重叠,所以我们选取了亲密感作为研究考察的维度之一。在人际关系理论中,亲密感有两方面的成分:一是关系双方的相互理解;二是对关系伙伴的积极心理感受,如积极的情绪等(Helgeson et al.,1987)。在本研究中,我们主要关注第二个成分,把亲密感定义为消费者对品牌的积极心理感受。

另一个和情感有关的品牌关系维度是信任。之前的研究指出,消费者对品牌的信任是决定品牌关系强度的一个基础(Fournier,1998;Blackston,2000)。如 Chaudhuri 和 Holbrook(2001)的研究提出,消费者会对品牌产生信任感,而且这种信任感能够增强与品牌的关系。需要说明的是,信任可以是以认知或情感为基础的。McAllister(1995)把人际间的信任分为基于认知的信任和基于情感的信任,我们可以把这两种信任延伸到消费者和品牌的关系上:一方面,信任感可能以消费者的认知评价为基础,如对品牌可靠性的判断、对品牌是否有能力实现承诺的信赖;另一方面,信任感可能以情感为基础,如和关系伙伴之间的相互关心和照顾。

一些国内学者探索了适用于中国本土情境的品牌关系维度。何佳讯(2006)开发了中国消费者-品牌关系质量(CBRQ)量表,认为在中国文化下关系维度包括信任、相互依赖、承诺、自我概念联结、社会价值表达和真有之情(感情)与应有之情(人情)等六个维度。在中国消费者-品牌关系质量量表中,与情感有关的维度有两个:第一个维度是"真有之情"和"应有之情"(何佳讯和卢泰宏,2007);第二个维度是信任。在东方文化中,信任在人际交往中处于更加核心的地位,而且有更加广泛的涵义:不仅包括品牌的可靠性和兑现承诺的能力,如"言而有信"、"诚信"等方面;还包括情感层面的信任,如对内群体集体和成员的善意等(何佳讯,2006)。综合来说,真有之情和应有之情与西方提出的亲密感维度有较大的重叠,因为不管是义务的还是自发的情感都会引发消费者和品牌亲密的感觉;在信任层面,本研究采取的是以情感基础信任的定义,涵盖了消费者对品牌的诚实和信赖的判断。除此之外,我们还加入了消费者对品牌的行为意向,包括购买和推荐意愿。

2 研究假设

本文主要探讨中国消费者和来源国消费者对于跨国公司强调中国民族情感广告的反应。在之前的文献回顾中,我们讨论了造成中国和来源国消费者对这种广告诉求作出不同反应的三方面可能的影响因素:①中国消费者和来源国消费者与品牌的自我联结程度的差异,导致他们在看民族情感诉求广告之前,对品牌的关系规范及强度有所差异,这个差异导致了他们对品牌的最初评价和行为意向的不同;②当某个跨国品牌使用民族情感诉求广告时,中国消费者和来源国消费者感知该广告违反规范的程度,以及广告影响消费者态度和行为的大小都有所不同;③当竞争品牌和某个跨国品牌都使用民族情感诉求广告的时候,竞争品牌的做法为消费者对该跨国品牌广告行为的归因提供了新的信息,这会导致消费者对该跨国品牌的民族情感广告行为归因有所差异(Crittenden and Wiley,1980;Mizerski,1978),从而影响消费者对品牌的评价。基于以上三方面影响因素的文献回顾,我们提出本研究的研究假设。

2.1　消费者自我-品牌联结与品牌关系

当消费者和品牌有更多、更核心的共同特质,或者消费者偏爱或归属于品牌的参照群体时,消费者和品牌的自我联结程度更强。自我联结不只是衡量品牌关系质量的维度之一,还可能会影响消费者和品牌关系的规范。从品牌作为社会关系伙伴的角度看,自我联结也会影响消费者对品牌的拟人化感知,如是否把它看成一个内群体成员。联系营销实践来看,对于跨国公司的品牌,其品牌来源国的消费者和品牌有更多的共同特质,来源国消费者对品牌的参考群体有归属感,从而拥有更强的自我-品牌联结。与中国消费者相比,来源国消费者更可能把品牌感知为内群体的社会交往对象,拥有更强的关系质量和共享关系规范,从而对品牌的情感维度的评价更高,也有更积极的行为意向。基于以上讨论,我们提出第一组假设。

H1a:在没有呈现"亲华"的民族情感广告时,跨国品牌来源国的被试比中国被试对该跨国品牌有更高的信任程度。

H1b:在没有呈现"亲华"的民族情感广告时,跨国品牌来源国的被试比中国被试对该跨国品牌有更高的亲密感。

H1c:在没有呈现"亲华"的民族情感广告时,跨国品牌来源国的被试比中国被试对该跨国品牌有更积极的行为意向。

2.2　跨国品牌"亲华"广告与品牌关系

当跨国品牌使用亲近中国民族情感的广告时,对来源国消费者和中国消费者有不同的影响机制和结果:对于来源国消费者来说,自己国家的品牌强调对其他国家的情感,可能违反了共享关系中的核心价值,比如忠诚。之前的品牌关系规范理论提到,对于处于共享关系的消费者,违反共享关系规范的行为会降低消费者对品牌的评价和行为意向。基于此,我们认为来源国消费者在看到"亲华"广告之后,对品牌的评价及行为意向会下降;而对于中国消费者来说,和外国品

牌是一种交换的关系,虽然跨国品牌强调"亲华"的民族情感没有遵守交换关系规范,但是并不一定导致负面的评价和行为意向。Aggarwal(2004)提到,对于处于交换关系的消费者,品牌根据共享关系规范的行为虽然违反交换关系规范,但是消费者对品牌的评价仍会提高。基于上述讨论,我们提出第二组假设。

H2a:在呈现"亲华"的民族情感广告时,跨国品牌来源国的被试对该跨国品牌的信任程度降低,中国被试对该跨国品牌的信任程度提高。

H2b:在呈现"亲华"的民族情感广告时,跨国品牌来源国的被试对该跨国品牌的亲密感程度降低,中国被试对该跨国品牌的亲密感程度提高。

H2c:在呈现"亲华"的民族情感广告时,跨国品牌来源国的被试对该跨国品牌的积极行为意向下降,中国被试对该跨国品牌的积极行为意向提高。

2.3　跨国品牌和竞争者的"亲华"广告与品牌关系

市场上竞争者使用的广告诉求可能作为环境线索,影响消费者对跨国品牌使用民族情感广告这一行为的归因和感知违反规范程度的判断。在人际关系理论中,我们对关系伙伴行为的归因也会依赖其他的环境线索,如他人的行为,这些环境线索会帮助人们对关系伙伴的行为作出相应的归因。在营销实践中,使用"亲华"民族情感广告的不只一个跨国品牌,在三星发布"亲华"广告时,其竞争者也在使用类似的广告诉求。竞争者的这种相似做法会影响消费者对广告的反应和对品牌关系的评价。一方面,如果加入的竞争者和跨国品牌属同一品牌来源国,来源国消费者把这个跨国品牌和竞争者都感知为内群体成员,当他们同时作出违反共享关系规范的广告诉求时,消费者仍不会改变对该行为的内部归因;对于中国消费者来说,竞争者和跨国品牌的民族情感诉求广告仍被感知为符合共享关系、违反交换关系的行为,中国消费者的评价和行为意向也不会发生变化。基于上述分析,我们提出第三组

假设。

H3a：当属同一来源国的竞争者也呈现"亲华"的民族情感广告时，和单一跨国品牌"亲华"的民族情感广告相比，消费者（包括跨国品牌来源国的消费者和中国消费者）对该跨国品牌的信任程度没有差异。

H3b：当属同一来源国的竞争者也呈现"亲华"的民族情感广告时，和单一跨国品牌呈现"亲华"的民族情感广告相比，消费者（包括跨国品牌来源国的消费者和中国消费者）对该跨国品牌的亲密感程度没有差异。

H3c：当属同一来源国的竞争者也呈现"亲华"的民族情感广告时，和单一跨国品牌呈现"亲华"的民族情感广告相比，消费者（包括跨国品牌来源国的消费者和中国消费者）对该跨国品牌的积极行为意向没有差异。

另一方面，如果加入的竞争者和跨国品牌属不同品牌来源国，那么情况就有所不同：对于品牌来源国消费者来说，他们对跨国品牌的广告诉求可能会作出外部归因，如为了市场竞争的需要，从而不把"亲华"的民族情感广告感知为违反关系规范的行为。与单一跨国品牌呈现"亲华"的民族情感广告诉求相比，来源国被试对品牌的评价和行为意向将提高；对于中国消费者来说，他们看到多国家的"亲华"的民族情感广告诉求也可能会作出外部归因，认为是为了开拓市场而作出的行为。不过，由于中国消费者把这些跨国品牌感知为外群体成员，外部归因的民族情感行为符合交换关系的规范，所以中国消费者对跨国品牌的评价和行为意向不会下降。基于上述讨论，我们提出第四组假设。

H4a：当属不同来源国的竞争者也呈现"亲华"的民族情感广告时，和单一跨国品牌"亲华"的民族情感广告相比，来源国被试对该跨国品牌的信任程度提高，中国被试对该跨国品牌的信任程度没有变化。

H4b：当属不同来源国的竞争者也呈现"亲华"的民族情感广告时，和单一跨国品牌"亲华"的民族情感广告相比，来源国被试对该跨国品牌的亲密感提高，中国被试对该跨国品牌的亲密感

没有变化。

H4c：当属不同来源国的竞争者也呈现"亲华"的民族情感广告时，和单一跨国品牌"亲华"的民族情感广告相比，来源国被试对该跨国品牌的积极行为意向提高，中国被试对该跨国品牌的积极行为意向没有变化。

3 研究方法

3.1 被试和实验刺激物

本研究是一项跨文化研究，我们选取了韩国的跨国品牌和消费者作为研究对象，原因主要有以下三个方面：首先，两国之间基本没有敌意情绪等可能影响品牌评价的干扰因素；第二，韩国具有一些在韩国消费者心目中类似于"国货"的代表性品牌，如三星、LG等；第三，韩国的代表性品牌的国际知名度高，特别是在中国消费者群体里有较高的品牌识别度。在实验中，我们没有发现中国和韩国消费者在民族中心主义上的显著差异：在实验中韩国消费者的民族中心主义均值是2.87（标准差为1.17），中国消费者民族中心主义均值为3.06（标准差为1.00），经双尾T检验差异不显著（$t = 0.18$，$p = 0.43$）。我们在中国北京和韩国首尔各选取了120名大学生作为研究对象，回收有效问卷共211份，回收率为87.92%。

在具体的品牌广告刺激物上，我们选取了三星（来源国为韩国）"爱中国"广告作为跨国目标品牌刺激物，选取LG（来源国为韩国）"加油中国"广告作为同一来源国刺激物；选取阿迪达斯（来源国为美国）和松下（来源国为日本）的"奥运"、"中国加油"的广告作为不同来源国刺激物。这些广告都是以上品牌在2008年实际在中国投放的广告，我们之所以采用实际投放的广告是因为：第一，对于实际投放的广告消费者有较高的熟悉度；第二，实际投放的广告和已有的品牌形象一致，设计的虚拟广告刺激可能和消费者已有的品牌形象感知或以前的广告形象发生冲突。需要指出的是，向韩国被试呈现的广告的所有文字翻译成了韩文，并说明这些广告是跨国公司投

放在中国的广告。

3.2 实验设计

在实验中,我们通过自愿参与的方式招募高校学生填写问卷,并支付相应的酬劳。被试在阅读了调查问卷的说明之后,会看四幅品牌的广告图片(实验刺激物),之后对目标品牌进行评价和表明行为意愿。在问卷的结尾会提供一些个人信息,如年龄、性别。

我们设计了三个实验来考察跨国品牌"亲华"广告的作用。在实验中,我们通过控制刺激广告的呈现,来测量被试对三星的态度及行为意向。在具体实验设计上:①实验一的目的是检验消费者自我-品牌联结与品牌关系的假设。在实验一中,我们分别向中国被试和韩国被试呈现四幅中性的广告或图片。通过比较在中性广告的实验刺激下,韩国和中国消费者对三星这个品牌评价的差异来检验第一组假设;②实验二的目的是检验跨国品牌民族情感广告与品牌关系的假设,我们向一组被试呈现三幅三星的中性广告及

一幅三星"爱中国"的广告,而向另外一组被试呈现四幅中性的广告或图片。通过比较韩国和中国消费者,在单一呈现三星"亲华"广告(实验组)和无"亲华"广告(控制组)的情况下的消费者反应来验证第二组假设;③实验三的目的是验证当某个跨国品牌与竞争者都使用民族情感诉求的时候,该跨国品牌和竞争者的民族情感广告与品牌关系。竞争者的品牌来源国属性会影响消费者对该跨国品牌"亲华"广告诉求的反应。实验三通过分别比较单一呈现三星"爱中国"广告(控制组)和一起呈现相同来源国竞争者LG"加油中国"广告(实验组一),以及单一呈现三星"爱中国"广告(控制组)和一起呈现不同来源国竞争者阿迪达斯"一起2008"和松下"为中国健儿加油"的广告(实验组二)来验证第三组假设和第四组假设。需要说明的是,在实验二和实验三中,实验二控制组中的四幅中性广告及实验三控制组中的三幅中性广告与实验组中的中性广告画面一致,只是屏蔽了三星的品牌标志和"亲华"的广告词。以上实验设计见表1。

表1 实验设计

广告	实验一	实验二		实验三		
		控制组	实验组	控制组	实验组一	实验组二
中性广告或图片	4幅	4幅	3幅	3幅	2幅	—
三星"亲华"广告	—	—	1幅	1幅	1幅	1幅
LG"亲华"广告	—	—	—	—	1幅	1幅
松下"亲华"广告	—	—	—	—	—	1幅
阿迪达斯"亲华"广告	—	—	—	—	—	1幅

我们还考虑到实验设计可能的混淆变量,关于混淆变量的控制内容如下。

消费者评价的差异可能来源于组内中性广告数目的差异。例如,从表1可看出:①在实验二中,实验组中性广告的数目和控制组相比有所减少;②在实验三中,实验组二中性广告的数目和实验组一相比有所减少。为了说明"亲华"广告内容的影响,我们试图通过以下方式控制中性广告数目的影响。我们设计了一个新的控制组,

组内呈现三幅无品牌信息的中性广告和一幅有三星品牌标注的中性广告。通过比较新的控制组和实验一中的控制组设计,如果两组间消费者在信任、亲密感和行为意向上无显著差异,则可以排除三星中性广告数目的潜在影响。通过比较新的控制组和实验一中的控制组,我们没有在中国被试(信任评价 $t=1.84,p=0.07$;亲密感 $t=0.80,p=0.43$;行为意向 $t=1.91,p=0.06$)或韩国被试(信任评价 $t=0.27,p=0.78$;亲密感

$t=0.49,p=0.62$；行为意向 $t=1.57,p=0.12$ 中发现对品牌评价的显著差异。从而，数据不支持中性广告数目差异可能的混淆作用。

可能混淆变量还有组内"亲华"广告的数目：①在实验二中，实验组亲华广告的数目和控制组比有所增加；②在实验三中，实验组二的广告数目比实验组一和控制组多。假如亲华广告数目对中国被试的评价有正面效果、对韩国被试的评价有负面效果的话，相应的预测结果如下：对于实验三中的中国消费者来说，实验组二的评价最高，其次是实验组一和控制组；对于实验三中的韩国消费者来说，实验组二的评价最低，其次是实验组一和控制组。在实验三的实际结果中，中国消费者在三组的评价中无差异，韩国消费者实验组二的评价高于控制组。实验三的结果排除了"亲华"广告数目对结果的可能影响。

3.3　变量测量

在以上三组实验中，我们在呈现了刺激广告之后测量被试对三星的态度及行为意向。对于亲密感的测量，我们采用 Aaker 等（2004）提出的品牌关系质量中对亲密感维度和情感有关的条目，测量品牌带给消费者愉快的感觉与乐趣。对于信任的测量，我们参考 Chaudhuri 和 Holbrook（2001）、何佳讯（2006）提出的品牌信任维度的相关条目，测量消费者对品牌信赖、诚实、可靠三方面的感知。最后，在行为意向方面，参考之前营销文献，主要采用购买意愿和推荐意愿两个条目。

3.4　分析与结果

3.4.1　实验一：消费者自我-品牌联结与品牌关系

实验一的目的是验证消费者自我-品牌联结与品牌关系的假设。我们向被试呈现四幅中性（没有民族情感诉求）、没有任何品牌标志的广告，然后对三星品牌进行评价。参与实验一的中国被试 22 人，韩国被试 30 人。结果如下。

（1）在品牌信任程度上，韩国被试的信任评

价均值为 5.82（标准差为 1.33），中国被试的信任评价均值为 5.09（标准差为 0.81）。经双尾 T 检验，韩国被试和中国被试信任差异在 0.05 水平下显著（$t=3.456,df=50,p=0.001$），且韩国被试有更加高的信任程度，假设 H1a 得到验证。

（2）在品牌亲密程度上，韩国被试的亲密感均值为 5.27（标准差为 1.00），中国被试的亲密感均值为 4.80（标准差为 1.10）。经双尾 T 检验，韩国被试和中国被试亲密感差异在 0.05 水平下显著（$t=2.348,df=50,p=0.023$），且韩国被试有更加高的亲密感，假设 H1b 得到验证。

（3）在品牌行为意向上，韩国被试的行为意向均值为 4.79（标准差为 1.06），中国被试的行为意向均值为 4.33（标准差为 1.02）。经双尾 T 检验，韩国被试和中国被试亲密感差异在 0.05 水平下显著（$t=1.833,df=50,p=0.033$），且韩国被试有更加积极的行为意向，假设 H1c 得到验证。在没有呈现民族情感广告的时候，韩国消费者和中国消费者对三星品牌的态度和行为意向上的差异可用图 1 表示。

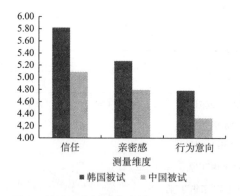

图 1　韩国和中国消费者对三星品牌的态度和行为意向（无"亲华"广告时）（实验一）

3.4.2　实验二：跨国品牌"亲华"广告与品牌关系

实验二的目的是验证跨国品牌民族情感广告与品牌关系的假设。我们向一组被试呈现三幅三星的中性广告及一幅三星"爱中国"的广告（实验组），而向另外一组被试呈现四幅中性的没

有品牌信息的广告或图片(控制组)。实验二采取组间设计,两组被试的刺激物差异在于被试看到的是一幅三星的"亲华"民族情感诉求广告"爱中国"。在中国被试中,实验组(单一"亲华"广告)有21名被试,控制组(中性广告)有22名被试。在韩国被试中,两组被试各30名。研究结果如下。

(1)在品牌信任程度上,韩国被试在控制组的信任评价均值为5.82(标准差为1.33),而实验组的信任评价均值为5.15(标准差为1.20)。经双尾 T 检验,韩国被试在实验组和控制组的信任差异在0.05水平下显著($t=2.748$,df=58,$p=0.008$),韩国被试对三星的信任程度下降。与韩国被试不同的是,中国被试在控制组的信任评价均值为5.09(标准差为0.81),而在实验组的信任评价均值为5.40(标准差为0.75)。经双尾 T 检验,中国被试在控制组和实验组的信任差异在0.05水平下显著($t=2.086$,df=41,$p=0.042$),中国被试的信任程度有所提高。综合韩国被试和中国被试在信任程度上的差异,假设 H2a 得到验证。

(2)在品牌亲密程度上,韩国被试在控制组的亲密感均值为5.27(标准差为1.00),而在实验组中的亲密感均值为4.00(标准差为1.04)。经双尾 T 检验,韩国被试在实验组和控制组的亲密感差异在0.05水平下显著($t=6.468$,df=

58,$p<0.000$),韩国被试对三星的亲密感下降。与韩国被试不同的是,中国被试在控制组的亲密感均值为4.80(标准差为1.10),而在实验组的亲密感均值为5.27(标准差为1.24)。经双尾 T 检验,中国被试在控制组和实验组的亲密感差异在0.05水平下显著($t=2.116$,df=41,$p=0.039$),中国被试的亲密感有所提高。综合韩国被试和中国被试在亲密感的差异,假设 H2b 得到验证。

(3)在品牌行为意向上,韩国被试在控制组的行为意向均值为4.79(标准差为1.06),而在实验组中的行为意向评价均值为4.31(标准差为1.08)。经双尾 T 检验,韩国被试在实验组和控制组的行为意向在0.05水平下显著($t=2.307$,df=58,$p=0.025$),韩国被试对三星的行为意向下降。与韩国被试不同的是,中国被试在控制组的行为意向均值为4.33(标准差为1.0),而在实验组的行为意向均值为4.77(标准差为1.23)。经双尾 T 检验,中国被试在控制组和实验组的行为意向在0.05水平下显著($t=2.116$,df=41,$p=0.039$),中国被试的行为意向有所提高。综合韩国被试和中国被试在行为意向的差异,假设 H2c 得到验证。

在呈现民族情感广告的时候,韩国消费者和中国消费者在态度和行为意向上的差异可用图2表示。

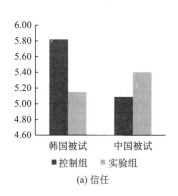

(a) 信任

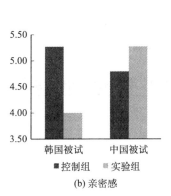

(b) 亲密感

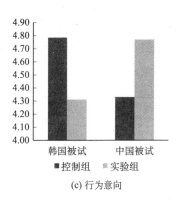

(c) 行为意向

图2 韩国和中国消费者对三星品牌的态度和行为意向
(有无"亲华"广告时的比较,无竞争品牌)(实验二)

3.4.3　实验三:跨国品牌和竞争者的"亲华"广告与品牌关系

实验三的目的是验证当三星与竞争者都使用民族情感诉求的时候,跨国品牌和竞争者的民族情感广告与品牌关系。在实验三中,我们也采用组间设计:向控制组通单一呈现三星"爱中国"广告,向实验组一呈现三星"爱中国"广告和 LG"加油中国"广告(相同来源国竞争者情形),向实验组二呈现三星"爱中国"广告、阿迪达斯"一起2008"及松下"为中国健儿加油"的广告(不同来源国竞争者情形)。在中国被试中,在控制组、实验组一和实验组二分别有 21 名、24 名、22 名被试。在韩国被试中,在控制组、实验组一和实验组二中各有 30 名被试。我们通过单因素方差分析来分析韩国被试和中国被试中实验组一和实验组二与控制组的区别,以验证第三组假设和第四组假设。首先,我们检验韩国和中国被试中模型的显著性,随后通过 Scheffe 事后检验来验证实验组一、实验组二与控制组之间的差异。

对于韩国被试,单因素方差分析的结果见表2。在韩国被试中,品牌信任和品牌行为意向单因素方差分析 F 检验显著,品牌亲密程度的单因素方差分析 F 检验不显著。这表明在品牌信任和品牌行为意向上,至少有一组的均值之间有显著差异。具体实验组一和实验组二的信任和行为意向均值是否与控制组有显著差异,我们会使用 Scheffe 来检验假设。

表 2　韩国被试单因素方差分析

维度	来源	SS	df	MS	F	Prob$>F$
	组间	9.794	2	4.897	5.059	0.008
品牌信任	组内	84.213	87	0.968		
	总和	94.007	89	1.593		
	组间	6.432	2	3.216	1.900	0.156
品牌亲密程度	组内	147.283	87	1.693		
	总和	153.715	89	2.479		
	组间	8.319	2	4.160	3.845	0.025
品牌行为意向	组内	94.126	87	1.082		
	总和	102.445	89	1.151		

对于中国被试,单因素方差分析的结果见表3。在中国被试中,品牌信任、品牌亲密程度和品牌行为意向单因素方差分析 F 检验不显著。这表明在品牌信任、品牌亲密程度和品牌行为意向上,三组的均值之间没有显著差异。

表 3　中国被试单因素方差分析

维度	来源	SS	df	MS	F	Prob$>F$
	组间	1.987	2	0.993	1.780	0.177
品牌信任	组内	33.478	60	0.558		
	总和	35.464	62	0.572		
	组间	3.620	2	1.810	1.780	0.178
品牌亲密程度	组内	61.103	60	1.018		
	总和	64.722	62	1.044		
	组间	6.006	2	3.003	2.280	0.111
品牌行为意向	组内	78.906	60	1.315	1.370	
	总和	84.913	62	1.370		

首先，当竞争者是与三星同一来源国的 LG 时，若 LG 也使用民族情感诉求，我们通过比较实验组一和控制组来看消费者反应的差异。与控制组相比，实验组一的刺激物差异在于被试还看到了一幅 LG 的"亲华"民族情感诉求广告"加油中国"。研究发现三个方面的内容。

（1）在品牌信任程度上，韩国被试在控制组的信任评价均值为 5.15（标准差为 1.20），而在实验组一中的信任评价均值为 5.16（标准差为 1.14）。经 Scheffe 事后检验，韩国被试在实验组一和控制组的信任差异在 0.05 水平下不显著（$p=0.391$），韩国被试对三星的信任没有差别。中国被试在控制组的信任评价均值为 5.40（标准差为 0.75），而在实验组一的信任评价均值为 5.42（标准差为 0.87）。经 Scheffe 事后检验，中国被试在实验组一和控制组的信任差异在 0.05 水平下不显著（$p=0.984$），中国被试的信任程度没有差别。综合韩国被试和中国被试在信任程度上的差异，假设 H3a 得到验证。

（2）在品牌亲密程度上，韩国被试在控制组的亲密感均值为 4.00（标准差为 1.04），而在实验组一中的亲密感均值为 4.01（标准差为 0.99）。经 Scheffe 事后检验，韩国被试在实验组一和控制组的亲密感差异在 0.05 水平下不显著（$p=0.806$），韩国被试对三星的亲密感没有差异。中国被试在控制组的亲密感均值为 5.27（标准差为 1.24），而在实验组一的亲密感均值为 5.15（标准差为 0.89）。经 Scheffe 事后检验，中国被试在实验组一和控制组的亲密感差异在 0.05 水平下不显著（$p=0.692$），中国被试的亲密感没有差异。综合韩国被试和中国被试在亲密感的差异，假设 H3b 得到验证。

（3）在品牌行为意向上，韩国被试在控制组的行为意向均值为 4.31（标准差为 1.08），而在实验组一中的行为意向评价均值是 4.33（标准差为 1.04）。经 Scheffe 事后检验，韩国被试在控制组和实验组一的行为意向在 0.05 水平下不显著（$p=0.103$），韩国被试对三星的行为意向没有显著差别。中国被试在控制组的行为意向均值为 4.77（标准差为 1.23），而在实验组 1 的行为意向均值为 4.98（标准差为 1.18）。经 Scheffe 事后检验，中国被试在实验组一和控制组的行为意向在 0.05 水平下不显著（$p=0.998$），中国被试的行为意向没有显著差异。综合韩国被试和中国被试在行为意向的差异，假设 H3c 得到验证。

其次，当竞争者是不同来源国的阿迪达斯或松下时，若这两个品牌也使用"亲华"民族情感诉求广告，我们通过比较实验组二和控制组来看消费者反应的差异。与控制组相比，实验组二的刺激物差异在于被试还看到 LG、阿迪达斯和松下的民族情感诉求广告。研究发现如下三个方面的内容。

（1）在品牌信任程度上，韩国被试在控制组的信任评价均值为 5.15（标准差为 1.20），而在实验组二中的信任评价均值为 5.74（标准差是 1.03）。经 Scheffe 事后检验，韩国被试在实验组二和控制组的信任差异在 0.05 水平下显著（$p=0.044$），韩国被试对三星的信任有所提升。中国被试在控制组的信任评价均值为 5.40（标准差为 0.75），而在实验组二的信任评价均值为 5.14（标准差为 0.72）。经 Scheffe 事后检验，中国被试在实验组二和控制组的信任差异在 0.05 水平下不显著（$p=0.259$），中国被试的信任程度没有差别。综合韩国被试和中国被试在信任程度上的差异，假设 H4a 得到验证。

（2）在品牌亲密程度上，韩国被试在控制组的亲密感均值为 4.00（标准差为 1.04），而在实验组二中的亲密感均值为 4.35（标准差为 1.00）。经 Scheffe 事后检验，韩国被试在实验组二和控制组的亲密感差异在 0.05 水平下不显著（$p=0.575$），韩国被试对三星的亲密感没有差异。中国被试在控制组的亲密感均值为 5.27（标准差为 1.24），而在实验组二的亲密感均值为 4.89（标准差 1.07）。经 Scheffe 事后检验，中国被试在实验组二和控制组的亲密感差异在 0.05 水平下不显著（$p=0.180$），中国被试的亲密感没有差异。综合韩国被试和中国被试在亲密感的差异，假设 H4b 得到部分验证。

（3）在品牌行为意向上，韩国被试在控制组的行为意向均值为 4.31(标准差为 1.08),而在实验组二中的行为意向均值是 5.05(标准差为 1.12)。经 Scheffe 事后检验,韩国被试在控制组和实验组二的行为意向在 0.05 水平下显著(p=0.023),韩国被试对三星的行为意向有显著提高。中国被试在控制组的行为意向均值为 4.77(标准差 1.23),而在实验组二的行为意向均值为 4.43(标准差 1.24)。经 Scheffe 事后检验,中国被试在实验组二和控制组的行为意向在 0.05 水平下不显著(p=0.203),中国被试的行为意向没有显著差别。综合韩国被试和中国被试在行

为意向的差异,假设 H4c 得到验证。

综上所述,当属同一来源国的竞争者也呈现"亲华"民族情感广告时,和单一跨国品牌"亲华"民族情感广告相比,跨国品牌来源国和中国被试对跨国品牌的信任、亲密感和行为意向没有变化。但是,当所属不同来源国的竞争者也呈现"亲华"民族情感广告时,与单一跨国品牌"亲华"民族情感广告相比,来源国被试对跨国品牌的信任和行为意向程度提高,中国被试对跨国品牌的信任、亲密和行为意向程度没有差异。上述结果可以用图 3 表示。

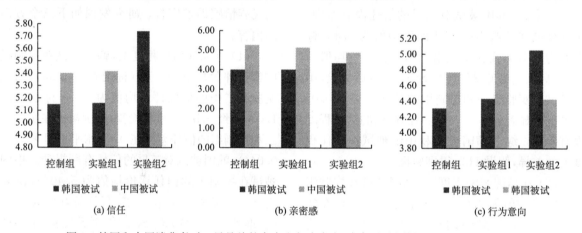

(a) 信任　　　　　　　　　　(b) 亲密感　　　　　　　　　　(c) 行为意向

图 3　韩国和中国消费者对三星品牌的态度和行为意向(竞争品牌同样"亲华"时)(实验三)

4　总结与讨论

4.1　研究结论与管理建议

本研究从消费者-品牌自我联结和拟人化品牌关系的视角来探究中国消费者和来源国消费者对跨国品牌在中国使用"亲华"广告的反应及背后的心理机制。具体包括三个方面。第一,在没有呈现任何"亲华"民族情感广告的时候,与中国消费者相比,来源国消费者和跨国品牌拥有更强的自我-品牌联结,从而享有共享关系规范和高质量的品牌关系。在我们的实验背景下,研究发现韩国消费者比中国消费者对于三星品牌有更高的品牌信任和亲密感,以及更加积极的行为意愿。第二,当呈现跨国品牌的"亲华"民族情感广告诉求,比如我们在实验中使用的刺激广告

"三星爱中国"时,对于来源国消费者该广告诉求违反了共享关系中的核心价值,降低了韩国消费者对于三星品牌的信任感、亲密感和行为意向。而对于中国消费者来说,和三星品牌是一种交换的关系,虽然三星强调"亲华"民族情感违反了交换规范,但是对它的评价和行为意向有所提高。第三,我们还考虑了当竞争者也使用类似的民族情感诉求的时候,来源国消费者和中国消费者的反应的不同。当竞争者和三星品牌来自不同来源国时,韩国消费者对"亲华"民族情感诉求广告作出外部归因,对三星的评价和行为更加积极;而中国消费者虽然也可能会作出外部归因,但是由于中国消费者把这些跨国品牌感知为外群体成员,外部归因的民族情感行为也符合交换关系的规范,所以中国消费者在竞争者存在情况下的评价和行为意向和只呈现三星广告相比

没有差异。

对于品牌管理的营销实践来说，管理者们关心的问题如下：作为外国品牌，在中国本土使用"亲华"民族情感的广告诉求，是否会让中国消费者感知到更紧密的品牌关系，从而促使积极的行为意向；当竞争者也使用同样的民族情感诉求的时候，这种广告的作用是否会被稀释；使用民族情感广告对于来源国消费者来说，负面影响有多大？为了回答这三个营销实践问题，本研究通过设计跨文化的实验，探索中国和来源国消费者对民族情感诉求广告的反应。我们发现，首先，对于中国消费者来说，外国品牌的"亲华"传播会提升中国消费者和该品牌的关系，但是这种广告并不能让中国消费者把外国品牌感知为自己的内群体成员。也就是说，外国品牌使用"亲华"民族情感诉求的广告，可以影响与中国消费者的品牌关系强度，但是对品牌关系规范没有影响。其次，当竞争者也使用类似的"亲华"民族情感诉求的时候，中国消费者对品牌的关系不会被稀释。这是因为中国消费者和品牌建立的是交换关系，不管对"亲华"进行内部归因（对中国的情感）还是外部归因（市场竞争压力），中国消费者不会产生负面的评价和行为意向。但是，需要品牌管理者注意的是，"亲华"民族情感诉求可能导致"顾此失彼"，影响来源国消费者的态度和行为，特别是当没有呈现其他国家品牌的"亲华"民族情感诉求广告的时候，来源国消费者会进行内部归因，把该广告感知为违反共享关系规范的行为。

总之，对于品牌管理者来说，实施"亲华"民族情感广告诉求时不仅要考虑中国消费者的反应，还要考量竞争者的策略及广告诉求"顾此失彼"对来源国消费者的负面影响。根据本研究，管理者可以了解消费者对"亲华"民族情感广告可能的反应、背后的心理机制，以及如何能够影响消费者对广告诉求的感知和归因。对于企业来说，这可能是更好地提高营销策略的效率，避免公关和品牌关系危机，达到企业营销目的的一个途径。

4.2 研究局限和后续研究方向

首先，H4b在本研究中部分得到支持，当呈现多国品牌都使用"亲华"的广告诉求时，韩国消费者对三星的信任和单一呈现"三星爱中国"相比有所提升，但是对于三星的亲密感和单一呈现相比却没有增加。也就是说，虽然韩国消费者对三星的民族情感广告诉求作出了外部归因，如市场竞争的需要，但是在亲密感上却没有"原谅"三星。关于品牌失误行为和消费者情感反应的文献给了可能的解释。Chung和Beverland（2006）提出，由于品牌失误行为带来的负面情感是影响消费者是否原谅品牌失误行为的关键，虽然消费者的认知上已经进行了合理的归因和感知，但是不一定能减缓负面情绪的影响。此外，本研究检验的是依据对心理机制的分析而得出的研究假设，消费者和品牌关系理论和归因理论是中介变量。我们在研究中没有直接测量被试的归因，在中国进行的预实验说明消费者和品牌的关系，以及归因的作用，未来研究需要提出更加完善的模型。

其次，本研究我们只选取了三星这一个韩国品牌。在今后的研究中，我们还考虑加入日本品牌或者中国品牌的民族情感广告进行对比，来进一步探索中国消费者对于中国品牌和外国品牌的民族情感广告诉求反应的差异。从自我-品牌联结和品牌关系的角度考虑，中国消费者把中国品牌感知为一个内群体的成员，我们感兴趣的研究问题包括当中外品牌都说"爱中国"的时候，消费者对品牌的情感反应有何差异。另外，当外国品牌说"爱中国"，而中国品牌没有采用民族情感诉求的时候，消费者对中国品牌的评价如何。我们还可以考虑加入由在中国生活工作的韩国人组成的另一被试组，因为在中国的韩国人在情感联结上与韩国、中国都比较亲密。

最后，在将来的研究中，中国消费者对跨国公司的亲华行为的归因、态度和行为可能受到来源国形象及消费者个人特性的调节，如品牌来源国民族敌意，以及消费者个人的民族中心主义、多元文化能力等因素。首先，中国消费者民族中心主义倾向存在明显的群体差异,比较开放的发达地区的消费者的民族中心主义倾向表现比较弱,因此探究民族中心主义的调节作用有助于管理者实施不同地区的品牌管理和广告决策;其次,研究发现(Peng and Zou,2007),消费者的多元文化能力对于品牌原产地效应有明显的调节作用,多元文化能力高者受到品牌原产地的影响比较小。研究也启示我们,多元文化能力在消费者对品牌态度的情感层面也可能存在调节作用。

参考文献

[1] 何佳讯. 2006. 品牌关系质量本土化模型的建立与验证[J]. 华东师范大学学报(哲学社会科学版),38(3):100-106.

[2] 何佳讯,卢泰宏. 2007. 中国文化背景中的消费者-品牌关系:理论建构与实证研究[J]. 营销科学学报,3(3):1-12.

[3] 王海忠,赵平. 2004. 基于消费者民族中心主义倾向的市场细分研究[J]. 管理世界,5:31-36.

[4] 庄贵军,周南,周连喜. 2006. 国货意识,品牌特性与消费者本土品牌偏好[J]. 管理世界,7:85-114.

[5] Aaker J L. 1997. Dimensions of brand personality[J]. Journal of Marketing Research, 34 (3): 347-356.

[6] Aaker J L, Fournier S, Brasel S A. 2004. When good brands do bad[J]. Journal of Consumer Research, 31(1):1-16.

[7] Aggarwal P. 2004. The effects of brand relationship norms on consumer attitudes and behavior[J]. Journal of Consumer Research, 31(1):87-101.

[8] Aggarwal P, Law S. 2005. Role of relationship norms in processing brand information[J]. Journal of Consumer Research, 32(3):453-464.

[9] Balabanis G, Diamantopoulos A, Mueller R D, et al. 2001. The impact of nationalism, patriotism and internationalism on consumer ethnocentric tendencies[J]. Journal of International Business Studies, 32 (1): 157-175.

[10] Ball A D, Tasaki L H. 1992. The role and measurement of attachment in consumer behavior[J]. Journal of Consumer Psychology, 1(2):155-172.

[11] Belk R W. 1988. Possessions and the extended self [J]. Journal of Consumer Research, 15 (2): 139-168.

[12] Bengtsson A. 2003. Towards a critique of brand relationships[J]. Advances in Consumer Research, 30:154-158.

[13] Blackston M. 2000. Observations: building brand equity by managing the brand's relationships[J]. Journal of Advertising Research, 40(06):101-105.

[14] Cayla J, Arnould E J. 2008. A cultural approach to branding in the global marketplace[J]. Journal of International Marketing, 16(4):88-114.

[15] Cayla J, Eckhardt G M. 2008. Asian brands and the shaping of a transnational imagined community [J]. Journal of Consumer Research, 35 (2): 216-230.

[16] Chaudhuri A, Holbrook M B. 2001. The chain of effects from brand trust and brand affect to brand performance: the role of brand loyalty[J]. The Journal of Marketing, 65 (2):81-93.

[17] Chung E, Beverland M. 2006. An exploration of consumer forgiveness following marketer transgressions[J]. Advances in Consumer Research, 33: 98-99.

[18] Clark M S, Mils J. 1993. The difference between communal and exchange relationships: what it is and is not[J]. Personality and Social Psychology Bulletin, 19(6):684-691.

[19] Crittenden K S, Wiley M G. 1980. Causal attribution and behavioral response to failure[J]. Social Psychology Quarterly, 43(3):353-358.

[20] Cross S E, Madson L. 1997. Models of the self: self-construal and gender[J]. Psychological Bulletin, 122(1):35-37.

[21] Cross S E, Bacon P L, Morris M L. 2000. The relational-interdependent self-construal and relationships[J]. Journal of Personality and Social Psychology, 78 (4):791-808.

[22] Elliott G R, Cameron R C. 1994. Consumer perception of product quality and the country-of-origin effect[J]. Journal of International Marketing, 2 (2):49-62.

[23] Emerson R M. 1976. Social exchange theory[J]. Annual Review of Sociology, 2:335-362.

[24] Escalas J E, Bettman J R. 2003. You are what

they eat: the influence of reference groups on consumers' connections to brands[J]. Journal of Consumer Psychology, 13 (3):339-348.

[25] Escalas J E. 2004. Narrative processing: building consumer connections to brands[J]. Journal of Consumer Psychology, 14(1):168-180.

[26] Escalas J E, Bettman J R. 2005. Self-construal, reference groups, and brand meaning[J]. Journal of Consumer Research, 32(3):378-389.

[27] Fournier S. 1998. Consumers and their brands: developing relationship theory in consumer research [J]. Journal of Consumer Research, 24 (4): 343-353.

[28] Helgeson V S, Shaver P, Dyer M. 1987. Prototypes of intimacy and distance in same-sex and opposite-sex relationships[J]. Journal of Social and Personal Relationships, 4(2):195-233.

[29] Holt D B. 2004. How Brands Become Icons[M]. Harvard Business School Press.

[30] Keller K L. 2003. Brand synthesis: the multidimensionality of brand knowledge[J]. Journal of Consumer Research, 29(4):595-600.

[31] McAllister D J. 1995. Affect-and cognition-based trust as foundations for interpersonal cooperation in organizations[J]. Academy of Management Journal, 38(1):24-59.

[32] Mizerski R W. 1978. Causal complexity: a measure of consumer causal attribution[J]. Journal of Marketing Research, 15 (2):220-228.

[33] Peng S Q, Zou Y. 2007. The moderating effect of multicultural competence in brand-of-origin effect [J]. International Management Review, 3 (3): 57-65.

[34] Roth M S, Romeo J B. 1992. Matching product category and country image perceptions: a framework for managing country-of-origin effects [J]. Journal of International Business Studies, 23(3): 477-497.

[35] Sharma S, Shimp T A, Shin J. 1995. Consumer ethnocentrism: a test of antecedents and moderators[J]. Journal of the Academy of Marketing Science, 23(1):26-37.

[36] Smith A K, Bolton R N, Wagner J. 1999. A model of customer satisfaction with service encounters involving failure and recovery[J]. Journal of Marketing Research,36(3):356-372.

[37] Tax S S, Brown S W, Chandrashekaran M. 1998. Customer evaluations of service complaint experiences: implications for relationship marketing[J]. The Journal of Marketing, 62(2):60-76.

[38] Watson J J, Wright K. 2000. Consumer ethnocentrism and attitudes toward domestic and foreign products[J]. European Journal of Marketing, 34 (9/10):1149-1166.

[39] Zhou L, Hui M. 2003. Symbolic value of foreign products in the people's republic of China[J]. Journal of International Marketing, 11(2):36-58.

Bilateral Effects of Pro-China Ads of Multinational Brands: A Win-win or a Trade-off Situation?

Feng Wenting, Wu Xianjun, Peng Siqing

(Guanghua School of Management, Peking University)

Abstract Multinational brands sometimes tailor localized content in their ads, more and more ads target their emphasis on pro-China sentiment. They may either adopt traditional Chinese element, show respect to China or advocate favorable emotions directly. Our research aimed to examine the bilateral effects of these pro-China ads: How would Chinese consumers react to brands using such ads? And on the other side, what would be the reactions from domestic consumers who share the same origin with the brand? Based on consumer-brand connections and brand relationship perspective, we proposed consumers reactions and latent mechanism behind and tested our hypotheses through a set of cross-cultural experiments. The results showed that when a target brand adopts pro-China ads, Chinese consumers react with more positive attitudes and behavior intentions, while domestic consumers revealed lower level of trust, intimacy and behavior intentions. Moreover, competitors' adoption of such ads would also affect Chinese and domestic consumers' reactions. Specifically, when competitors are of different origin from target brand, domestic consumers attributed target brand's adoption of pro-China ads to environmental factors such as competition. Compared with pure exposure of target brand's pro-China ads, domestic consumers showed increase in trust and behavior intentions towards target brand.

Key words　Pro-China Ads, National Sentiment, Brand Relationship, Self Connections

专业主编：王海忠

营销科学学报
第 7 卷第 3 辑:25－41

Journal of Marketing Science;
Vol. 7,No. 3,September 2011:25－41

施卓敏①,范莉洁②,温琳琳③

摘　要　中国人的面子功夫会使其对事物的外显态度和内隐态度存在差异。现有文献验证了影响原产国品牌的内隐态度和外显态度的一些因素,但鲜有学者研究面子知觉对原产国品牌的内隐态度和外显态度的影响。研究同时运用自陈式问卷和 IAT 的方法考察面子知觉对内隐态度和外显态度的影响作用,结果发现:①相对于低面子知觉的消费者,高面子知觉的消费者对日本和美国品牌的外显态度更积极;②面子知觉调节了消费者对日本/美国品牌的外显态度和内隐态度之间的关系。

关键词　面子知觉,原产国效应,内隐态度,外显态度

面子知觉对原产国品牌的内隐态度和外显态度的影响研究④

0　引言

中国消费者在对待日本、韩国等不同来源国品牌时存在评价与购买背离的现象。例如,在中国汽车市场上,中国消费者对日本汽车的购买和口碑出现了明显的背离。根据搜狐网汽车频道公布的数据,2010 年 1～11 月中国狭义乘用车市场(轿车＋多用途汽车(MPV)＋运动型多用途汽车(SUV)中,自主品牌的市场份额为32.5%,日系品牌的份额为 23.8%,美系品牌的份额为 12.6%,韩系品牌的份额为 9.9%,德系品牌的市场份额为 17.9%。日系品牌的汽车的销量远好于德系、美系、韩系汽车,日本汽车的畅销成为一个让人惊讶的事实。因为,中国消费者一直对日本汽车持负面评价和负面口碑。在新浪网和搜狐网的汽车频道上,经常可以看到中国

消费者对日本汽车的负面评论。前期研究也发现,中国消费者认为购买日本汽车是丢脸的(Shi et al. ,2010)。这种消费行为与态度背离的现象引起国内外学者和营销经理们的关注。

许多学者对态度与行为的背离从多种不同的角度进行了研究。一些学者对态度和行为的背离集中从态度或行为过程进行研究,包括从外界变量、中介变量和强度等角度进行研究(Arends-Toth et al. ,2006;Fiske et al. ,2002)。另一些学者从态度构成的角度进行研究(Powell and Fazio, 1984; Marlow, 1975; Schleiche, 2004),他们认为认知、情感和行为不在同一水平线上,并且认知、情感会影响行为意向,进而决定行为本身。在涉及原产国品牌的态度和行为的背离方面,Klein 等(1998)发现中国消费者的仇日情节导致了他们对日本品牌的态度与行为的背离。还有一些学者研究发现中国的消费者对

①　施卓敏,中山大学管理学院副教授,E-mail: mnsszm@mail. sysu. edu. cn。
②　范莉洁,中山大学管理学院硕士研究生,E-mail: fanlijie02@163. com。
③　温琳琳,中山大学管理学院硕士研究生,E-mail:182006365@qq. com。
④　真诚感谢匿名评审专家为本文的改进和完善所提供的建设性意见。本研究受国家自然科学基金(70972078),教育部哲学社会科学研究重大课题攻关项目(08JZD0019)以及中央高校中山大学青年项目(2011 年)资助,特此感谢!

日本品牌的内隐态度（implicit attitude）和外显态度（explicit attitude）也存在差异（李燕洁等，2009；杨扬子等，2008），这也可以解释态度和行为背离的现象。

　　在集体文化下，中国人特别注重面子，面子具有社会控制和实施规范的作用（朱瑞玲，1988）。面子是个人从他人获致的社会尊严或经他人允许、认可的公众形象，也是一种在社会交往中所追求的为他们所接纳和认同的形象（陈之昭，1982；成中英，1986；戈夫曼，1955；胡先缙，1944；Ting-Toomey，1988）。面子知觉是指个人因某种社会回馈而觉察到的自我心像（朱瑞玲，1988）。在人际互动过程中，人们习惯采用面子工夫。面子工夫是人际关系中，特别是面对面的关系中所发展出来种种维护面子的社会技术，"面子工夫"由于着意于维护面子，所以导出了种种表面无违、内外不一的虚伪"形式主义"（金耀基，1988）。相对于西方的消费者，中国人在消费决策过程中更加关注他人的看法和自身消费所产生的社会效应，所谓的"面子"就是这种社会效应的表现形式（戚海峰，2009）。显然，面子的存在使得人们对事物的评价与其真实的态度产生了差异。然而，尚未有学者从面子这个概念出发研究态度的变化。为了弥合现有文献的缺口，本文通过研究面子知觉对内隐态度和外显态度不同的影响，试图解释态度与行为背离的现象。

　　本文在综述现有关于面子知觉、原产国效应（country-of-origin effect）及态度的研究文献的基础上，提出面子知觉影响原产国品牌的内隐态度和外显态度的可能因素，然后分析面子知觉对各来源国品牌的态度的影响，最后提出本研究的理论意义和管理启示。

1　文献回顾

1.1　面子

1.1.1　面子的内涵

　　面子是根植于文化的社会心理构建，是个人从他人获致的社会尊严（social esteem）或经他人允许、认可的公众形象（public image）（Goffman，1955；Lim and Bower，1991；陈之昭，1982）。胡先缙（1944）首次将"面子"区分为"脸"和"面"两个既相互联系又截然不同的概念，她认为，"面"是个人透过可见的成就及夸耀而获致的声望；"脸"则是团体给予具有道德名誉者的尊重，"脸"也可称为"道德性的面"（金耀基，1988）。沿着胡先缙的面子二分法的思路，金耀基（1988）和成中英（1982）等多位华人学者进一步丰富和发展了"脸"和"面"的定义。

　　面子是人们对社会交往中的种种线索赋予"情境释义"而获得的（Mead，1934）。人们通常把这些行为（如：骂人、揭人伤疤、手戴劳力士表）看成一种"符号"，并根据他们对符号的解释（可称为面子知觉）而作出反应（面子工夫）（周美伶和何友晖，1993）。面子知觉是指个人因某种社会回馈而觉察到的自我心像，个人对面子的知觉就是其对社会期望和社会价值的知觉（朱瑞玲，1988）。个体会对各类面子事件形成不同的面子感知，同时进行累积并整合过去的经验，进而产生有面子、没面子和丢脸等不同的面子感受（陈之昭，1982）。

　　面子在社会交往中的运作过程，基本遵循社会刺激、面子知觉（认知系统）和反应系统三个环节（陈之昭，1982；黄光国，1987；朱瑞玲，1988）。互动双方在进行社会交往时，根据情境信息来掂估自己及他人的面子，从而采取相应面子工夫。人人固然有基本的面子需要（Brown and Levinson，1978），但这个需要在不同的社会交往情境中会激起不同的关注程度及内容，而这种面子的动机或意图又包括了想维护、显扬或伤害自己/他人的面子（周美伶和何友晖，1993）。当个体的面子受到威胁时，该个体会为争面子、防止丢面子及保全面子采取相应的行为或作出相应的反应（宝贡敏和赵卓嘉，2009；何友晖，1976）。

1.1.2　面子的作用机制

　　在"面子消费行为"的研究上，Li 和 Su（2007）认为，面子消费是一个动机过程，在这个过程中，个体通过消费产品努力地去提升、维护和保存自己的面子,同时也对其他人的面子表示尊重。面子知觉越强的人,越倾向于进行主动性的、关系层面的消费,越倾向于以他人的评价为标准(姜彩芬,2008),并且面子知觉高的消费者更愿意选择高知名度的品牌(Shi et al.,2011)。在"脸"和"面"对消费行为的影响研究上,Shi 等(2011)研究发现,消费者对产品原产国的态度认知上存在脸面差异。在正性脸面认知上,购买德国车最有面子,其次是美国车和日本车,而购买国产车是被认为没有面子的事情;在负性脸面认知上,购买日本车与"丢脸"的相关程度较高(Shi et al.,2011)。另外,在一项关于不同国别汽车的脸面认知差异的研究中发现,中国消费者感知德国车、美国车和法国车是"有脸有面"的,中国车是"有脸无面"的,日本车是"有面无脸"的,而韩国车是"无脸无面"的(王芳,2010)。

然而,现有关于原产国与面子之间关系的研究仅停留在不同来源国给消费者带来的脸面感知差异上,尚缺乏面子对原产国效应的影响研究。本研究旨在弄清面子知觉对原产国品牌的内隐态度和外显态度的影响,有助于各国企业更好地理解中国消费者对其品牌的态度。

1.2 原产国效应

1.2.1 原产国

Schooler(1965)认为原产国(country of origin)可以用"Made in"来解释,某一产品或企业在某国制造(made in)就代表了原产国,也有学者将原产国定义为产品制造的国家(Bilkey and Nes,1982)。本文倾向于将产品来源地界定为"营销产品或品牌的公司总部所在的国家"(Johansson et al.,1985)。原产国是一个多维度的概念,它能引起人们的认知反应(cognitive responses)和情感反应(emotional reaction)(Han and Terpstra,1988;Lampert,1996;Nebenzahl et al.,1997)。当消费者缺乏更具体的信息时,原产国能为消费者评估产品的质量、可靠性和价值提供信息(Han and Terpstra,1988;Hong and Wyer,1989)。此外,消费者本身对来源国的情感成分也会影响消费者对该国产品的评价。爱国主义和消费者仇恨(战争仇恨和经济仇恨)等情感因素都会影响消费者对来源国品牌的评价(Klein et al.,1998;Shimp and Sharma,1987)。

1.2.2 原产国效应

产品的原产国效应(country-of-origin effect)是指产品的来源国这一信息对消费的产品评价、态度及购买意愿的影响(Schooler,1965)。Schooler(1965)通过研究证实了来源国效应的存在,并发现来自经济较发达国家的产品比来自经济相对不发达国家的产品更受欢迎。随后,大量研究从国家特性(Cattin et al.,1982;Nagashirna,1977)、产品属性(Kaynak et al.,2000;王海忠和赵平,2004)和消费者因素(Janda and Rao,1997;Johansson et al.,1985)等不同角度出发,研究影响原产国效应的其他因素。

随着来源国效应研究的不断深入发展,研究者将研究重心从影响来源国效应的国家性质、产品属性等认知因素逐渐转移到消费者变量对来源国效应的影响上。但是从消费者变量的角度研究原产国效应的文献尚有不足。

1.2.3 原产国效应的研究方法

以往关于原产国效应的研究中,大多数研究者对消费者的品牌态度的测量都采用了访谈、问卷等自陈式报告的测量方法。而自陈式报告实际上测量的是受测者的外显态度(杨扬子等,2008)。近两年,一些学者采用能够消除社会期许反应偏差的内隐联想测验(IAT 技术)测量消费者对来源国品牌的态度,结果发现,消费者在对来源国品牌进行评价时,内隐态度和外显态度存在不一致性(李燕洁等,2009;杨扬子等,2008)。

1.3 内隐态度和外显态度

传统态度的界定,主要包括态度的三元论和一元论。态度三元理论也称为态度的 ABC 理论(affective-behavioral-cognitive model of attitude),认为态度包涵着情感性(affective)、行为倾向性（behavioral）和认知性（cognitive）元素（Eagly and Chaiken，1993）。随着研究的深入，学者对"评价作为态度的核心元素"还是"态度作为对象——评价之联结"的观点进行激烈的讨论。Greenwald 和 Banaji(1995)对现有资料进行创造性整合，提出"内隐社会认知"这一概念，并将内隐认知的不同类别界定为"内隐是个体无法内省识别，或者无法精确识别的过去经验的痕迹，这种痕迹调节着 R"，其中内隐包括态度、刻板印象、自我等，R 指的是反应类别（包括对象——评价判断）。Greenwald 等（2003）提出态度是"社会客体或社会群体概念与一个属性概念之间的联结"。随之提出了内隐态度这一概念。

1.3.1　内隐态度

消费者的内隐态度是个体无法对其进行有效的控制或者并不试图去加以控制的，它是过去经验和已有态度积淀下来的一种无意识痕迹会潜在地影响个体对社会客体对象的情感倾向、认识和行为反应（Greenwald and Banaji，1995）。内隐态度形成过程较为缓慢，需要通过大量学习（over-leaned）和经验积累方可形成，与外显态度相比，内隐态度非常稳定且难以改变（Banaji et al.，1993；Gregg and Banaji，2004；Smith and Decoster，2000）。

1.3.2　外显态度

外显态度是思维意识性的产物和自我反映的结果，它受到自我服务动机、个人目标或服从社会标准的目的等因素的影响（Greenwald and Banaji，1995）。在现今高度社会化的环境下，人人都细心地维护自己的形象。因此，人们习惯使用印象管理①（impression management theory）的方法塑造别人对自身的印象，以符合群体的规范，从而达成在社会中的目标或愿望。虽然有些人是刻意这样做的，但大部分人在不知不觉中就会有这样的行为出现（Depaulo，1992；Schleicher et al.，2004）。个体在提取和表达态度时通常会

思考其他人的感受。因此，消费者在对事物进行评价的时候为了与群体保持一致或者是符合自己在特定情境中的形象，特地改变自己的态度（杨扬子等，2008）。

1.3.3　内隐态度和外显态度的关系

对于内隐态度和外显态度之间的关系，存在两种观点：一是内隐-外显态度间关系的同一论；一是内隐-外显态度间关系的分离论。同一论假定：外显态度和内隐态度所测量的是同一个心理结构，内隐态度所测量的是"真实"态度（ture attitudes），而外显态度则是内隐态度受到其他因素干扰后的歪曲表达（Fazio and Olson，2003）。分离论假定：内隐态度和外显态度是两种不同的内在心理结构，具有不同的心理加工机制。外显态度是思维的意识性产物和自我反映的结果，而内隐态度可能是无意识的产物，是通过内省无法接近的，因此内隐和外显态度彼此并不相关（Dovidio et al.，2008；Greenwald and Banaji，1995）。无论是哪一种观点都有充分的理论依据和实证证据（吴明证，2004）。

研究者通过考察态度的内隐测量和外显测量之间的相关程度（以相关系数 r 表示）来对内隐态度和外显态度的关系作出推论，这种方法可以称为 IEC（implicit-explicit correspondence）研究。例如，当自我呈现水平高时，外显态度可能发生变化而内隐态度则不然，自我呈现和内隐-外显态度 IEC 之间负相关；当自我呈现低时，个体较少对自己的态度进行掩饰，自我呈现和内隐-外显态度 IEC 之间正相关（Greenwald and Banaji，1995）。

2　研究假设

本研究试图从中国典型的文化心理构念——面子的视角，考察不同程度的面子知觉对来源国品牌的外显态度的影响，以及对内隐态度和外显态度的调节作用。

---

① 印象整饰理论是指个人因他人的期望而有表现一致性自我形象的需求，态度改变是达成一致性印象的方法。

在来源国的选择上，本研究选取中国、美国和日本作为研究对象。主要的原因有以下两点：第一，世界品牌实验室公布的世界品牌前 500 强中美国居第一位，日本居第二位，而且美国、日本与我国贸易量非常大，也是国内汽车、食品和家用电器等消费品的主要品牌来源国，中国的消费者对日本、美国的品牌比较熟悉。第二，美国是发达国家的代表，而中国人对日本有着特殊的感情，选取美国和日本作为研究对象具有一般意义。

2.1 面子知觉对原产国品牌外显态度的影响

在对各国品牌进行外显评价时，消费者可以从记忆系统中检索到自己使用该产品的经验或利用自己对某国产品的偏见进行评价（李燕洁等，2009；杨扬子等，2008）。文化和价值观对原产国效应产生影响（Zeynep and Durairaj，2000），而面子作为中国典型的文化特征会影响消费者对来源国品牌的评价。外显评价易受到社会期许反应的影响，受测者在回答问题时，会倾向回答迎合别人或为社会所称颂的答案，从而隐藏自己内心真正的想法与行为（Depaulo，1992）。面子具有社会控制和社会规范的作用（朱瑞玲，1988）。个体的面子需要强，就意味着他的"社会赞许需要大，或是视社会赞许为重要的社会价值"，并对面子的得失有强烈而敏锐的感知，有较大的做面子或撑面子倾向；而面子需要弱的人则认为无做面子或撑面子之必要（陈之昭，1982）。相对于面子需要较弱的消费者，面子知觉较强的消费者会更注重别人对其的看法，因此在提取和表达态度时通常会思考他人的感受（吴明证，2004）。由于美国和日本相较于中国来说都属于经济发达国家，消费者对来自于经济较发达国家的产品持有更积极的欢迎态度（Schooler，1965）。综上，本文提出以下假设。

H1a：相对于面子知觉较弱的消费者来说，面子知觉较强的消费者对日本品牌的外显态度要比中国品牌的外显态度更为积极。

H1b：相对于面子知觉较弱的消费者来说，

面子知觉较强的消费者对美国品牌的外显态度要比中国品牌的外显态度更为积极。

2.2 面子知觉对原产国品牌的内隐态度和外显态度的调节作用

在内隐联想测试中，个体通过消费经验和已有态度以无意识的方式对原产国品牌进行评价（李燕洁等，2009；杨扬子等，2008）。因此，对内隐态度产生影响的因素不局限于品牌的本身，而会延伸到原产国的方方面面，尤其是消费者沉淀已久的价值观和成见。内化的道德性面子可能会对内隐态度产生影响。但是有约束力的道德必须起源于社会的监督，也就是唯有感知到观众的存在，面子才反映出来（朱瑞玲，1988）。内隐态度具有的稳定性，也是无意识的态度（Greenwald and Banaji，1995），在内隐联想测验（implicit association，test，IAT）测试中，消费者没有过多的时间进行有意识的思考，因此，面子知觉对内隐态度并没有显著的影响。

外显态度的表达受社会期许反应的影响，内隐态度则不然，它反映了个体不能或不愿报告的评价（Greenwald and Banaji，1995）。外显态度容易变化，但是，即使告知被试改变他们的内隐反应，被试也难以实现（Dovidio et al.，2000）。内隐态度与外显态度相比，难以受到其他因素的影响。外显态度和内隐态度是两个有所区别，但又存在联系的态度层次。例如，中国消费者在内隐态度上对于中国品牌的相对偏好程度越高，则其在外显态度上对于中国品牌的相对偏好程度也越高（杨扬子等，2008）。社会需求特征对个体态度的表达产生作用，而面子作为一种社会需求动机对个体的态度也会产生影响。相对于低面子知觉的消费者，高面子知觉的消费者更易感知面子的得失，更倾向于与群体保持一致，面子知觉对外显态度的影响更大，而对内隐态度没有显著影响，这使得内隐态度和外显态度之间的不一致性加大，减弱了两者之间的相关关系。综上，本文提出以下假设。

H2：面子知觉调节了原产国品牌的内隐态度和外显态度之间的关系。

H2a：当面子知觉高时，日本品牌的内隐-外显态度的一致性较低；当面子知觉低时，日本品牌的内隐-外显态度的一致性较高。

H2b：当面子知觉高时，美国品牌的内隐-外显态度的一致性低；当面子知觉低较时，美国品牌的内隐-外显态度的一致性较高。

3　研究设计

3.1　被试

选择广州某大学 85 名大学生和 47 名 MBA 学生参加测试，有效样本为 128 名，其中男生 64 名，女生 64 名，平均年龄为 24 岁，均为右利手。

3.2　实验程序

本研究主要采用量表形式考察消费者的面子知觉和外显态度，采用 IAT 形式考察消费者的内隐态度。所有的量表和 IAT 测试均通过 Windows XP 计算机上 Inquisit 实验系统来运行。在该研究中，每个受测者均经过量表测试、中国品牌和日本品牌的分类任务及中国品牌和美国品牌的分类任务测试三个步骤。

整个实验过程均在实验室环境下完成，被试在进入实验室之前被告知要关闭手机并保持安静，并由引导员安排就座。测试开始之前通过指导语告知实验目的和要求，具体如下："这是一次关于生活态度和中国人对部分国家及其产品态度的调查，调查共包括 4 个部分，需要花费您大约 15 分钟时间。请保持安静并独立、认真地完成所有测试，否则实验结果将是无效的。"

测试结束，待工作人员检查 IAT 得分后，被试方可领取礼品并离开。

3.2.1　面子知觉的测量

面子知觉的测量：本部分的测量主要采用 SHi 等（2011）开发的面子知觉量表，该问卷共包括 40 个题项，在国内研究中有着较高的信度。为了研究的需要，笔者将重复语义项进行整合，最终包含 30 个题项。

3.2.2　外显态度的测量

面子知觉测量之后，被试对中国、日本、美国的品牌进行评价。对外显态度的测量，参考 Parameswaran 和 Pisharodi（1994）开发的，杨扬子等（2008）修订的中文版来源国形象问卷（country of origin image，COI）。根据研究的需要对问卷进行修订，最终保留涉及服务、产品质量、广告宣传和国家整体情况等各方面的 10 个题项。

3.2.3　内隐态度的测量

问卷填写结束后，被试需要完成内隐态度的测量。在这部分我们采用 IAT 进行测量。这一方法通过测量两类词（目标词和属性词）在神经联系上的距离，利用反应时作为指标来反映受测者对于某一概念与某一属性的连接紧密程度，紧密程度反映被试对某一类目标的态度，从而能避免外显态度测量中被试存在的意识控制的成分及印象管理策略（杨扬子等，2008）。IAT 方法被广泛用于社会心理学、消费心理学研究中，并被证实具有较好的信度和效度（Hofmann et al.，2005；Maison et al.，2004；Nosek，2005）。

IAT 实验程序中，目标词和属性词均适合用中文词语作为实验材料。为了选出合适的目标词，本研究作了预测试，要求 40 名受测者报告最先想到的中国品牌、日本品牌和美国品牌，并选取提及率最高的品牌各 5 个（中国品牌：海尔、联想、吉利、红旗、美的；日本品牌：松下、索尼、丰田、本田、日立；美国品牌：微软、苹果、别克、福特、戴尔）。属性词则借鉴 Nosek 等（2005）、李燕洁等（2009）研究成果，包括 5 个积极词（精致、完善、可靠、环保、领先）和 5 个消极词（劣质、粗糙、笨重、烦琐、守旧）。

参照 Greenwald 等（2003）消除顺序效应后的实验设计，IAT 实验分为 14 个阶段（表 1），14 个阶段所有词语均随机呈现。

表 1　IAT 实验程序

阶段	任务	次数	反应键	
			左键	右键
S1	属性词辨别	20	积极词	消极词
S2	目标词辨别	20	中国品牌	日本品牌
S3	初始联合辨别联系	20	积极词、中国品牌	消极词、日本品牌
S4	初始联合辨别	40	积极词、中国品牌	消极词、日本品牌
S5	反转目标词辨别	40	日本品牌	中国品牌
S6	反转联合辨别联系	20	积极词、日本品牌	消极词、中国品牌
S7	反转联合辨别	40	积极词、日本品牌	消极词、中国品牌
S8	属性词辨别	20	积极词	消极词
S9	目标词辨别	20	中国品牌	美国品牌
S10	初始联合辨别联系	20	积极词、中国品牌	消极词、美国品牌
S11	初始联合辨别	40	积极词、中国品牌	消极词、美国品牌
S12	反转目标词辨别	40	美国品牌	中国品牌
S13	反转联合辨别联系	20	积极词、美国品牌	消极词、中国品牌
S14	反转联合辨别	40	积极词、美国品牌	消极词、中国品牌

在每一阶段开始前，在屏幕上呈现指导语说明该部分的实验要求，同时告知被试在保证正确的基础上，尽可能快地作出反应。被试反应正确，则词语消失，进入下一次测试；被试反应错误，则在原来词语呈现的位置出现红色的"×"进行提示，随后进入下一次测试。全部测试完成后，屏幕提示实验结束并显示 IAT 分数。

IAT 测试结束后，被试填写基本信息，包括性别、年龄、教育程度和月生活费等信息。

4　分析和结果

4.1　测量量表的信度检验

将面子知觉量表的题目进行计分后，求得其 Cronbach α 系数为 0.82。对外显态度量表的相应题目进行反向计分之后，分别计算中国、日本和美国产品印象量表的信度，发现中国、日本和美国产品印象量表的 Cronbach α 系数分别为 0.79、0.73 和 0.82。

4.2　面子知觉测量的结果

计算面子知觉量表中 30 个条目的平均分，作为面子知觉得分。全体被试的面子知觉得分的平均值为 3.01（SD＝0.42），本文将面子知觉得分大于整体平均值的被试组作为高面子知觉组（M＝3.41，SD＝0.31），将面子知觉得分小于整体平均值的被试组作为低面子知觉组（M＝2.69，SD＝0.20）。采用 SPSS16.0 软件进行独立样本的均值检验（独立样本 T 检验），结果表明高面子知觉组得分显著高于低面子知觉组的得分 $t(126)＝-15.90, p<0.01$。结果高面子知觉组和低面子知觉组分别是 60 人和 68 人。

4.3　面子知觉对原产国品牌外显态度的影响

分别计算中国、日本和美国产品印象量表的 10 个条目的平均分作为中国、日本和美国产品印象得分。分数越高，表明被试对该国品牌的评价越积极，其外显评价越高。将被试对日本品牌和中国品牌的外显评价得分相减得到被试对日本品牌的相对外显评价得分；同样，将被试对美国品牌和中国品牌的外显评价得分相减得到被试对美国品牌的相对外显评价得分，具体见表 2。

表 2　面子知觉、原产国产品印象得分平均值

分组	面子知觉得分	原产国产品印象				
		中国产品印象得分	日本产品印象得分	美国产品印象得分	日本相对外显态度得分	美国相对外显态度得分
高面子知觉组	3.41 (0.30)	2.66 (0.37)	3.95 (0.51)	4.06 (0.34)	1.29** (0.63)	1.40* (0.51)
低面子知觉组	2.69 (0.20)	2.72 (0.63)	3.78 (0.45)	3.84 (0.46)	1.07** (0.84)	1.11* (0.76)
总体得分	3.01 (0.42)	2.70 (0.52)	3.84 (0.50)	3.94 (0.43)	1.14 (0.74)	1.24 (0.66)

* 表示在 0.05 水平下显著；** 表示在 0.1 水平下显著。
注：括号里的数值表示标准差 SD。

采用 SPSS16.0 软件对中国、日本和美国产品印象量表得分在全体样本中进行相关样本的 t 检验。结果表明，总体上被试对日本品牌的外显评价($M = 3.84, SD = 0.50$)显著高于对中国品牌的外显评价($M = 2.70, SD = 0.52$)，$t(254) = -17.97, p < 0.00$。总体上被试对美国品牌的外显评价($M = 3.94, SD = 0.43$)也显著高于对中国品牌的外显评价($M = 2.70, SD = 0.52$)，$t(254) = -20.56, p < 0.00$，见表 2。

采用 t 检验分析高面子知觉组和低面子知觉组对各原产国的品牌的外显评价差异，结果发现：高面子知觉的被试对日本品牌的外显评价($M = 3.95, SD = 0.51$)显著高于低面子知觉被试对日本品牌的外显评价($M = 3.78, SD = 0.45$)，$t(126) = 2.10, p < 0.05$。高面子知觉的被试对美国品牌的外显评价($M = 4.06, SD = 0.34$)显著高于低面子知觉被试对美国品牌的外显评价($M = 3.84, SD = 0.46$)，$t(126) = 3.05, p < 0.01$。但是对于中国品牌，高面子知觉的被试对中国品牌的外显评价($M = 2.66, SD = 0.37$)与低面子知觉的被试对中国品牌的外显评价($M = 2.72, SD = 0.63$)没有显著差异 $t(126) = -0.64, p > 0.5$，具体见表 2 和图 1。

相对外显评价的结果表明，高面子知觉的被试对日本和美国品牌的相对外显评价均高于低面子知觉被试的外显评价(见图 2)。具体来说，高面子知觉的被试对日本品牌的相对外显评价

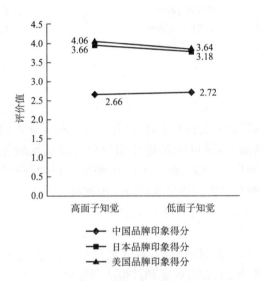

图 1　高、低面子知觉组对各国品牌的外显评价

($M = 1.29, SD = 0.63$)显著高于低面子知觉被试对日本品牌的相对外显评价($M = 1.07, SD = 0.84$)，$t(126) = 1.63, p < 0.10$，支持假设 H1a。高面子知觉的被试对美国品牌的相对外显评价($M = 1.40, SD = 0.51$)显著高于低面子知觉被试对美国品牌的相对外显评价($M = 1.11, SD = 0.76$)，$t(126) = 2.43, p < 0.05$ 支持假设 H1b。

4.4　面子知觉对原产国品牌内隐态度与外显态度的调节作用

4.4.1　IAT 数据处理

在进行程序设计的时候就对 IAT 数据进行

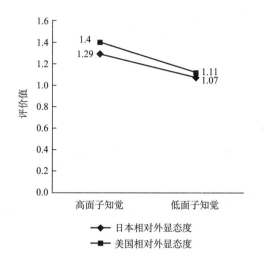

图2 高、低面子知觉组对日本
和美国相对外显评价

初步的设定:①为了保证数据使用的充分性和准确性,数据不仅包括 S4(S11)(初始联合辨别)和 S7(S14)(反转联合辨别阶段),也包括 S3(S10)、S6(S13)阶段,即联合辨别练习阶段;②为了排除反应时极端值影响,我们剔除所有反应时大于 10 000 毫秒的试次,同时删去反应时小于 300 毫秒的被试数据;③设置计算公式①,程序自动显示 D 值。在 S3(S10)和 S4(S11)阶段,被试需要对中国品牌和积极词、日本品牌和消极词或美国品牌和消极词进行同键反应,即均为相容阶段;在 S6(S13)和 S7(S14)阶段,被试则需要对中国品牌和消极词、日本品牌和积极词或美国品牌和积极词进行同键反应,即均为不相容阶段。D 值表示被试在相容阶段和不相容阶段的反应时差值;正数表示偏爱中国品牌,负数表示偏爱日本品牌或美国品牌,并且该得分越高表明被试对中国品牌的内隐态度越积极,对日本品牌或美国品牌的内隐态度越消极。

在中国和日本品牌的分类任务中,被试的 D 值($M=0.21$,$SD=0.95$)显著大于 0,$t(127)=2.43$,$p<0.05$。这一结果表明,消费者对于将中国品牌和积极词归于一类(同时将日本品牌和消极词归于一类)的反应时间显著短于将中国品牌和消极词归于一类(同时将日本品牌和积极词归于一类)的反应时间。由此可知,被试在内隐态度上对日本品牌的态度较本国品牌的态度更加消极。在中国和美国品牌分类任务中,被试的 D 值($M=-0.01$,$SD=0.95$)与 0 无显著差异,$t(127)=-0.16$,$p>0.88$。这一结果表明,消费者对于将中国品牌和积极词归于一类(同时将美国品牌和消极词归于一类)的反应时间与中国品牌和消极词归于一类(同时将美国品牌和积极词归于一类)的反应时间一样。由此可知,被试在内隐态度上对美国品牌和中国品牌的态度无显著差异。

由于本研究希望探讨的问题在于面子知觉如何改变消费者对日本、美国品牌的相对内隐态度和外显态度之间的关系,所以将以上数据处理步骤得到的 IAT 得分取负值,作为反映被试对日本、美国相对内隐偏好的指标。

4.4.2 面子知觉对内隐态度和外显态度的调节作用

研究结果表明,面子知觉与原产国品牌的内隐态度不相关,面子知觉与日本品牌的相对内隐态度和美国品牌的相对内隐态度的相关系数分别为 -0.13 和 -0.06;面子知觉与原产国品牌的外显态度却显著相关,面子知觉与日本品牌的相对外显态度和美国品牌的相对外显态度的相关系数分别为 0.27 和 0.24,具体见表3和表4。

表3 面子知觉与日本品牌态度的相关系数

	面子知觉	日本品牌相对外显态度	日本品牌相对内隐态度
面子知觉	1		
日本品牌相对外显态度	0.27**	1	
日本品牌相对内隐态度	-0.13	0.16	1

* 表示在 0.05 水平下显著,** 表示在 0.01 水平下显著。

① 计算公式为 $D=$(不相容阶段平均反应时—相容阶段平均反应时)/ 合并标准差。

表4　面子知觉与美国品牌态度的相关系数

	面子知觉	美国品牌相对外显态度	美国品牌相对内隐态度
面子知觉	1		
美国品牌相对外显态度	0.24**	1	
美国品牌相对内隐态度	−0.06	0.01	1

*表示在 0.05 水平下显著，** 表示在 0.01 水平下显著。

在日本品牌外显态度影响因素的回归分析中，回归方程 1 中的自变量包括面子知觉和内隐态度，它们对外显态度的影响都显著，$F_{(2,126)}=7.71$，$P<0.01$；回归方程 2 中的自变量包括面子知觉、内隐态度，以及面子知觉和内隐态度的交互项，它们对外显态度的影响都显著，其中交互的回归系数为 -0.31（$P<0.05$），$F_{(3,125)}=6.58$，$P<0.01$，见表5。面子知觉调节了日本品牌内隐态度和外显态度之间的关系，假设 H2a 得到支持。在美国品牌外显态度影响因素的回

归分析中，回归方程 1 中的自变量包括面子知觉和内隐态度，它们对外显态度的影响都显著，$F_{(2,126)}=3.73$，$P<0.05$；回归方程 2 中的自变量包括面子知觉、内隐态度，以及面子知觉和内隐态度的交互项，它们对外显态度的影响都显著，其中交互的回归系数为 -0.22（$P<0.10$），$F_{(3,125)}=3.21$，$P<0.05$，见表5。面子知觉调节了美国品牌内隐态度和外显态度之间的关系，假设 H2b 得到支持。

表5　外显态度影响因素的逐步多元回归分析

	日本品牌外显态度影响因素的回归分析		美国品牌外显态度影响因素的回归分析	
	回归方程 1	回归方程 2	回归方程 1	回归方程 2
面子知觉	0.52**	0.55**	0.37**	0.31*
内隐态度	0.15*	0.18**	0.02	0.12*
交互项	—	−0.31*	—	−0.22***
R^2	0.11	0.14	0.07	0.10
F 值	7.71**	6.58**	3.73*	3.21*

*表示在 0.05 水平下显著，** 表示在 0.01 水平下显著，*** 表示在 0.1 水平下显著。

5　讨论与结论

5.1　讨论

在外显态度上，被试对于日本品牌的态度比对中国品牌的态度更加积极，这与以往研究结果一致（王海忠和赵平，2004；杨扬子等，2008）。被试对于美国品牌的态度比对中国品牌的态度也更加积极，这与王海忠和赵平（2004）研究的结果一致。一般认为，来自发达国家的品牌优于来自发展中国家的品牌（Cattin et al.，1982），而日本和美国在工业化程度、生产体制和教育水平等各

方面都优于中国，因此国内消费者对日本和美国的品牌评价普遍较高。

研究结果表明高面子知觉的消费者与低面子知觉的消费者对各国品牌的外显评价存在差异。具体说来，高面子知觉的消费者对日本、美国品牌的外显评价均高于低面子知觉的消费者对这两个国家品牌的外显评价。当消费成为维持和留面子的工具时，中国人除了模仿他（她）的社会群体的面子消费外没有其他选择，基于阶层和参照群体的压力，个体的态度及购买行为必须与群体保持一致（Li and Su，2007）。具有强烈面子需要的个体为了表达他们的社会地位、声誉和自我形象会更注重产品的外在属性（如品牌）而

不是内在属性（如质量）（Belk，1988；Belk and Pollay，1985）。因此，相对于低面子知觉的消费者来说，高面子知觉的消费者对这两个国家品牌的外显评价更高。对于中国的品牌，无论是高面子知觉还是低面子知觉消费者的外显评价无显著差异。中国的消费者对国产品牌是一种矛盾的心理。一方面，消费者认为国产品牌是质量差的，价格低的，购买国产品牌是没有面子的；另一方面，对本国产品进行评价时，他们考虑了国家的颜面问题。他们认为购买国货，价格便宜，"挣不到面子"，却可以显示自己爱国，购买国货是"有脸"的（Shi et al.，2010）。

研究发现，相对于低面子知觉的消费者来讲，高面子知觉的消费者对日本和美国品牌的外显态度要比对中国品牌的态度更积极。面子使得人们考虑更多地社会需要而不是个人需要（Wong and Ahuvia，1998）。具有强烈面子意识的消费者更多地关注可见的公共的消费（Wong and Ahuvia，1998），为了提升面子和防止丢面子更易于购买名牌、高价格的产品和新颖时尚的产品（Bao et al.，2003；Belk，1988）。而且对于高面子知觉的人来说，被感知购买便宜产品是对一个人的完整性来说是一个严重的消损（Gao，1998）。相对于中国的品牌，日本的品牌和美国的品牌知名度更高，价格也更贵，在设计方面也比较新颖。因此，高面子知觉的消费者对日本和美国的品牌评价会更高。

在内隐态度上，研究结果表明消费者对日本品牌的内隐评价显著低于对本国品牌的内隐评价，这与以往的研究结果一致（李燕洁等，2009；杨扬子等，2008）。而消费者对美国品牌和国产品牌的内隐态度无显著差异。一方面，中国的消费者具有强烈的爱国主义，这种爱国主义体现了一种"大我"的面子，而且中国已出现了一些具有世界竞争力的品牌；另一方面，虽然美国是发达国家，拥有许多世界品牌，但是根据美国皮尤研究中心的调研显示，仅有 45.4%（2006～2010 年平均值）的中国人对美国持有好感。这很好地解释了这一结果。

面子知觉调节了原产国品牌的内隐态度和外显态度之间的关系。具体说来，当面子知觉高时，日本品牌、美国品牌的内隐态度和外显态度之间的不一致性较高，当面子知觉低时，日本品牌、美国品牌的内隐态度和外显态度之间的不一致性较低。人们常常为了符合社会的期望或取得有利于自己的评价而采用面子工夫（朱瑞玲，1988），即为了让别人对自己产生某些特定印象而故意做给别人看的行为（金耀基，1988）。对于爱面子的中国人，他们总是通过行为来表现自己以便给人留下印象，譬如在客厅里悬挂名人字画，身上佩戴名人要客赠送的装饰品等（金耀基，1988）。

国外大量关于消费行为领域的 IAT 研究表明，与外显态度相比，内隐态度有着更好的效度，也更为敏感，并且能更好地预测购买行为（Brunel et al.，2004；Frantz et al.，2004）。另外，内隐态度对消费者的影响要更大（杨扬子等，2008）。原产国的外显态度和内隐态度的存在差异在一定的程度上解释了态度与行为背离的现象。当面子知觉高时，外显态度与内隐态度的不一致性较大；当面子知觉低时，外显态度与内隐态度的不一致性较小。由于面子知觉的存在，内隐态度和外显态度的不一致性发生变化，所以态度和行为背离的程度发生了变化。

5.2 理论贡献与管理启示

5.2.1 理论贡献

首先，本文研究发现中国消费者不仅对日本品牌的内隐态度和外显态度不一致，还发现中国的消费者对美国品牌的内隐态度和外显态度也不一致。这种不一致的现象在一定的程度上解释了消费者对某个国别的产品评价很高，但是却不愿意购买的现象。另外，以往关于面子知觉与原产国方面的研究，仅停留在不同原产国品牌给消费者带来的面子感知如何，而本次的研究发现消费者的面子知觉影响了消费者对原产国品牌的评价。研究丰富了原产国方面的相关研究，为原产国效应方面的研究提供了新的思路。

其次，以往对于面子知觉、面子知觉差异等

方面的研究均采用定性分析方法进行,本文首次通过实证的方法研究不同程度的面子知觉对消费行为的影响,并发现不同程度的面子知觉对原产国品牌的外显态度会产生不同的影响。这一研究结果不仅丰富了面子的理论研究,也为面子对消费行为的影响研究拓宽了思路。

最后,本研究发现面子知觉调节了内隐态度和外显态度之间的关系。当面子知觉高时,内隐态度和外显态度之间的不一致性较高;当面子知觉低时,内隐态度和外显态度之间的不一致性较低。研究结果丰富了内隐态度和外显态度之间的关系的理论研究,同时,也为态度与行为背离现象的理论解释提供了一个新的视角。

5.2.2 管理启示

通过研究面子知觉对原产国品牌的内隐态度和外显态度的影响,给营销经理们提供的启示主要有以下两方面。

第一,营销经理们在制定营销策略时需注意提高消费者的面子知觉,以提高消费者对品牌的评价。当然,不同国家的品牌的营销策略应有所不同。

对于中国的品牌,企业应该在保证产品和服务质量的基础上,整合各种营销资源,赋予产品或服务更高层次的象征意义。首先,在广告方面,可以选择能激发国内消费者"大我"的面子意识的诉求,一是强调民族品牌和爱国主义,如海尔的"海尔,中国造"和美特斯·邦威的"我是新国货"等都以"民族品牌"为诉求点;二是唤起消费者的群体归属感,强调和谐。其次,在广告代言人方面,一方面可以采用民族英雄(如姚明、杨利伟等)作为代言人,激发人们的民族自豪感;另一方面可以采用国外的名人作为代言人,塑造国产品牌高端的品牌形象。最后,在生产制造方面,国内公司可以采取零部件原产国信息沟通策略,将产品零部件来自于拥有积极国家形象的国家作为一个宣传点。有实力的国内企业也可以在拥有积极国家形象的国家建造厂房,并购海外公司等。

对于日本的品牌,营销经理们应注意到这样

一个事实:中国的消费者对日本品牌的外显态度比较积极,但内隐态度相对消极。日本企业可以通过以下渠道改变中国消费者对其品牌的喜好,提高消费者的面子感知,以便进一步改变消费者对来源国的情感态度。首先,日本企业广告的诉求点应主要集中在产品的质量、功能方面。其次,日本企业需要重视事件营销,特别是在中国遇到自然灾害时,如果日本企业能第一时间作出反应,将会树立良好的企业形象,此外,日本企业也可以通过公益营销、赞助公益活动等形式提高企业的形象,引导正面的品牌联想。最后,日本品牌可以通过建立多重国籍的品牌或者通过品牌联盟的方式减弱消费者对日本国家形象的消极联想。

对于美国的品牌,企业经理人应该充分地意识到本品牌在中国消费者心中的地位,努力提高品牌形象,满足消费者的面子需求。首先,通过产品品质、增值服务、渠道、广告和营销活动等方面努力提高品牌形象。其次,企业可以提供个性化的体验活动、独特的增值服务,通过高端的销售渠道,建立品牌网络社区和线下品牌俱乐部等满足中国消费者的面子需求。最后,企业应避免大幅度降价和产品出现严重的质量问题,因为这些事件均会引起中国消费者的反感,如惠普电脑的"质量门"事件发生后,惠普这一洋品牌的耀眼光环正在黯然褪去。总之,美国品牌要争取做到让顾客根据品牌本身进行评价而不是根据其来源国信息进行评价。

第二,营销经理们应注意,消费者说"我喜欢这个国家的品牌",并不见得他们就会购买这个品牌的产品。不能仅凭消费者的评价去评估品牌的影响力,要从消费者的真实购买行为去评估。另外,各个国家的品牌需要努力提高其给消费者带来的面子感知,以提高消费者对品牌的评价,但是,这种情况下的评价可能会与消费者真实的态度相差甚远,这就需要营销经理们不仅能够根据市场的情况充分地理解消费者的真实态度,还需要整合各种营销方式,采用有利的资源提高消费者对品牌的喜好,树立对品牌的信念,进而改变他们对来源国的情感态度,以改变他们真实的态度。

5.3 局限性和未来研究方向

本研究也存在一些局限性。首先，由于 IAT 测试需要在实验室环境下进行，所以受测者样本均为方便抽样，即为广州某大学的本科生和 MBA 学生，在研究过程中没有对比这两个群体的结果差异，样本代表性不足。未来研究可以扩大样本选择，使研究结果更具代表性。

其次，本研究对品牌外显态度的测量时运用了 Parameswaran 和 Pisharodi（1994）编制的来源国形象问卷中对来源国产品的一般态度这一分量表，而没有让被试评价具体的品牌，也没有与 IAT 测量中的评价词进行匹配。因此，在未来研究可以采用更为具体准确的问卷进行测量，以验证研究结果有效性。

最后，虽然本研究区分了原产国品牌的内隐态度和外显态度之间存在差异，并发现面子知觉对原产国品牌的内隐态度和外显态度的影响差异，但本研究并未考察内隐态度和外显态度对消费者的真实购买行为的预测力。未来研究可以进一步测量内隐态度和外显态度对消费者的购买意向的影响及面子知觉在其中的作用。

参考文献

[1] 宝贡敏，赵卓嘉. 2009. 面子需要概念的维度划分与测量[J]. 浙江大学学报（人文社会科学版），39（2）：82-90.

[2] 陈之昭. 1982. 面子心理的理论分析与实际研究[C]//翟学伟. 中国社会心理学评论（第二辑）. 北京：社会科学文献出版社：107-160.

[3] 成中英. 1982. 脸面观念及其儒学根源[C]//翟学伟. 中国社会心理学评论（第二辑）. 北京：社会科学文献出版社：34-48.

[4] 何友晖. 1976. 论面子[C]//翟学伟. 中国社会心理学评论（第二辑）. 北京：社会科学文献出版社：18-33.

[5] 胡先缙. 1944. 中国人的脸面观[C]//翟学伟. 中国社会心理学评论（第二辑）. 北京：社会科学文献出版社：1-17.

[6] 黄光国. 1987. 人情与面子：中国人的权力游戏[G]//杨国枢. 中国人的心理. 台北：桂冠图书股份公司.

[7] 姜彩芬. 2008. 面子与消费：一个社会学的视角[D]. 广州：中山大学博士论文.

[8] 金耀基. 1988. "面"、"耻"与中国人行为之分析//翟学伟. 中国社会心理学评论（第二辑）. 北京：社会科学文献出版社：48-64.

[9] 李东进，吴波，武瑞娟. 2009. 中国消费者购买意向模型——对 Fishbein 合理行为模型的修正[J]. 管理世界，（1）：121-161.

[10] 李燕洁，黄蕴慧，施俊琦. 2009. 自我生成信息对品牌内隐和外显态度的影响——态度的关联-命题评价模型在来源国效应中的应用[J]. 营销科学学报，5（3）：105-117.

[11] 戚海峰. 2009. 中国人消费行为中的面子问题探究[J]. 湖北大学学报（哲学社会科学版），36（1）：120-125.

[12] 王芳. 2010. 基于"脸"、"面"细分的原产国形象认知及其对消费者态度的影响研究——以汽车消费为例[D]. 广州：中山大学硕士论文.

[13] 王海忠，赵平. 2004. 品牌原产地效应及其市场策略建议——基于欧、美、日、中四地品牌形象调查分析[J]. 中国工业经济，1：78-86.

[14] 吴明证. 2004. 内隐态度的理论与实验研究[D]. 上海：华东师范大学博士论文.

[15] 杨扬子，黄蕴慧，施俊琦. 2008. 中国消费者对本国/日本品牌的外显和内隐态度——内隐联想测验在来源国效应研究中的应用[J]. 营销科学学报，4（2）：130-140.

[16] 周美伶，何友晖. 1993. 从跨文化的观点分析面子的内涵及其在社会交往中的运作[C]//翟学伟. 中国社会心理学评论（第二辑）. 北京：社会科学文献出版社：186-216.

[17] 朱瑞玲. 1988. 中国人的社会互动：论面子的问题[C]//翟学伟. 中国社会心理学评论（第二辑）. 北京：社会科学文献出版社：79-106.

[18] Arends-Tóth J, van de Vijver, Fons J R, et al. 2006. Assessment of Psychological Acculturation [M]//The Cambridge Handbook of Acculturation Psychology. New York：Cambridge University Press：142-160.

[19] Banaji M R, Harden C D, Rothman A J. 1993. Implicit stereotyping in person judgment[J]. Journal

of Personality and Social Psychology,65:136-141.

[20] Bao Y, Zhou K Z, Su C. 2003. Face consciousness and risk aversion: do they affect consumer decision-making [J]? Psychology & Marketing, 20: 733-755.

[21] Belk R W, Pollay R W. 1985. Materialism and status appeals in Japanese and US print advertising [J]. International Marketing Review,2:38-47.

[22] Belk R W. 1988. Possessions and the extended self [J]. Journal of Consumer Research, 15 (2): 139-168.

[23] Bikey W J, Nes E. 1982. Country of origin effects on product evaluations[J]. Journal of International Business Studies,13(1):89-99.

[24] Brown S, Levinson. 1978. Universals in language usage: politeness phenomena//Goody E. Questions and Politeness: Strategies in Social Interaction. Cambridge:Cambridge University Press:56-311.

[25] Brunel F F, Tietje B C, Greenwald A G. 2004. Is the implicit association test a valid and valuable measure of implicit consumer social cognition[J]. Journal of Consumer Psychology, 14(4): 385-403.

[26] Cattin P,Jolibert A, Lohnes C. 1982. A cross cultural study of "made in" concepts[J]. Journal of International Business Studies,13(03):131-141.

[27] Depaulo B M. 1992. Nonverbal behavior and self presentation [J]. Psychological Bulletin, 111: 203-243.

[28] Dovidio J F, Kawakami K, Beach K. 2008. Implicit Attitudes: examination of the relationship between measures of intergroup bias//Brown R, Gaertner S. Blackwell Handbook in Social Psychology: Intergroup Processes. Oxford:Blackweu Publishers Ltd. 14:175-197.

[29] Eagly A H, Chaiken S. 1993. The Psychology of Attitudes[M]. Orlando: Harcourt Brace Jovanovich College Publishers: 794.

[30] Fazio R H, Olson M A. 2003. Implicit measures in social cognition research: their meaning and use [J]. Annual Review of Psychology,5:297-327.

[31] Fiske S T, Cuddy A J C, Glick P, et al. 2002. A model of (often mixed) stereotype content: competence and warmth respectively follow from perceived status and competition[J]. Journal of Personality and Social Psychology,82(6): 878-902.

[32] Frantz C M,Cuddy A J C, Burnett M, et al. 2004. A threat in the computer: the race implicit association test as a stereotype threat experience[J]. Personality and Social Psychology Bulletin, 30 (12): 1611-1624.

[33] Gao G. 1998. An initial analysis of the effects of face and concern for 'other' in Chinese interpersonal communication[J]. International Journal of Intercultural Relation,22: 467-482.

[34] Goffman E. 1967. Interaction Ritual: Essays on Face-to Face Behavior[M]. London: Penguin:97.

[35] Goffman E. 1955. On face-work:an analysis of ritual elements in social interaction[J]. Psychiatry: Journal for the study of Interpersonal Processes, 18:213-231.

[36] Greenwald A G,Banaji M R. 1995. Implicit social cognition: attitudes, self-esteem, and stereotypes [J]. Psychological Review,102:4-27.

[37] Greenwald A G, Mcghe D E, Schwartz J K L. 1998. Measuring individual differences in implicit cognition: the implicit association test [J]. Journal of Personality and Social Psychology,74:464-1480.

[38] Greenwald A G,Nosek B A, Banaji M R. 2003. Understanding and using the implicit association test: an improved scoring algorithm [J]. Journal of Personality and Social Psychology,85:197-216.

[39] Gregg A, Banaji M R. 2004. Antecedents of stability and change in implicit attitudes[D]. Unpublished Manuscript University of Southampton.

[40] Han M, Terpstra V. 1988. Country-of-origin effects for uni-national and bi-national products[J]. Journal of International Business Studies, 19: 235-255.

[41] Hofmann W, Gawronski B,Gschwendner T, et al. 2005. A meta-analysis on the correlation between the implicit associate test and explicit self-report measure[J]. Personality and Social Psychology Bulletin,31:1369-1385.

[42] Hong S T,Wyer R S. 1989. Effects of country of origin and product attribute information on product evaluation: an information processing perspective [J]. The Journal of Consumer Research,16(02): 175-187.

[43] Janda S, Rao C P. 1997. The effect of country of origin related stereotypes and personal beliefs on product evaluation[J]. Psychology & Marketing, 14(07): 689-702.

[44] Johansson J K, Dougla S S P, Nonaka I. 1985. Assessing the impact of country of origin on product evaluations: a new methodological perspective [J]. Journal of Marketing Research, 22 (04): 388-396.

[45] Kaynak E, Kucukemiroglu O, Hyder A S. 2000. Consumers' country of origin perceptions of imported products in a homogenous less developed country[J]. European Journal of Marketing, (9/10): 1221-1241.

[46] Kim D Y. 2003. Voluntary controllability of the implicit association test (IAT) [J]. Social Psychology Quarterly, 66: 83-96.

[47] Klein J, Ettenson R, Morris M D. 1998. The animosity model of foreign product purchase: an empirical test in the people's republic of China [J]. Journal of Marketing, 62(1): 89-100.

[48] Lampert S I. 1996. Country of origin effects of international market entry [J]. Journal of Global Marketing, 10(2): 27-53.

[49] Li J J, Su C T. 2007. How face influences consumption: a comparative study of american and chinese consumers[J]. International Journal of Marketing Research, 49(2): 237-256.

[50] Lim T S, Bowers J W. 1991. Facework: solidarity, approbation, and tact[J]. Human Communication Research, 17(3): 415-436.

[51] Maison D, Greenwald A G, Bruin R H. 2004. Predictive validity of the implicit association test in studies of brands, consumer attitudes, and behavior [J]. Journal of Consumer Psychology, 14 (4): 405-415.

[52] Marlow B J. 1975. The comparative behavior of the Australian sea lions Neophoca cinerea and phocarctos hookeri[J]. Mammalia, 39: 160-230.

[53] Mead G H. 1934. Mind, Self, and Society. [M/OL]. Chicago: University of Chicago Press.

[54] Nagashina A. 1977. A comparative "made in" product image survey among Japanese businessmen [J]. Journal of Marketing, 6: 95-100.

[55] Nebenzahl I D, Jaffe E D, Lampert S I. 1997. Towards a theory of country image effect on product evaluation[J]. Management International Review, 37(1): 27-49.

[56] Nosek B A. 2004. Moderators of the relationship between implicit and explicit evaluation[J]. Journal of Experimental Psychology, 134: 565-584.

[57] Parameswaran R, Pisharodi R M. 1994. Facets of country of origin image: an empirical assessment [J]. Journal of Advertising, 23(1): 43-56.

[58] Powell M C, Fazio R H. 1984. Attitude accessibility as a function of repeated attitudinal expression [J]. Personality and Social Psychology, 10 (1): 139-148.

[59] Schleicher D J, Greguras G J, Watt J D. 2004. Reexamining the job satisfaction-performance relationship: the complexity of attitudes [J]. Journal of Applied Psychology, 89(1): 165-177.

[60] Schooler R D. 1965. Product bias in the central American common market[J]. Journal of Consumer Research, 2: 394-397.

[61] Shimp T, Sharma S. 1987. Consumer ethnocentrism: construction and validation of the CETSCALE[J]. Journal of Marketing Research, 24 (8): 280-289.

[62] Shi Z M, Ichiro F K, Jin C J. 2011. Cognitive discrepancy in Chinese "Face": Mian and Lian, and their impact on cognition of country-of-origin imege [J]. Frontiers of Business Research in China, 5(2): 163-178.

[63] Smith E R, Decoster J. 2000. Dual process models in social and cognitive psychology: links to underlying memory systems[J]. Personal Integration and Social Psychology Review, 4: 108-131.

[64] Wong N Y, Ahuvia A C. 1998. Personal taste and family face: luxury consumption in confucian and western societies [J]. Psychology & Marketing, 15: 423-441.

[65] Zeynep, Gurhan-Canli, Durairaj M. 2000. Cultural variations in country of origin effects[J]. Journal of Marketing Research, 24(8): 309.

A Study on the Effect of Face Perception on the Implicit and Explicit Brand Attitude toward Country of Origin

Shi Zhuomin, Fan Lijie, Wen Linlin

(School of Management, Sun Yat-Sen University)

Abstract　There is a difference between implicit and explicit attitude due to the facework in Chinese. Although existing literatures have verified some factors that affect implicit and explicit brand attitudes toward country of origin, few research study the effect of face perception. The study uses both questionnaire and IAT to measure the effect of face perception on the implicit and explicit brand attitude toward country of origin. Results show that: (1) the consumers with high face perception have a more positive explicit attitude toward Japanese/American brand, and (2) Face Perception as a moderator of the relationship between the implicit and explicit brands attitude toward of country of origin.

Key words　Face Perception, Country-of-origin Effect, Implicit Attitude, Explicit Attitude

专业主编：李东进

附表1　面子知觉量表

题号	题　项
1	我不愿意让别人说我小气
2	我很在意我和家人的衣着打扮
3	我不愿意开比领导还贵的汽车
4	我不愿意让别人知道我做了不符合自己社会地位的事情
5	请客不想去低档次的餐厅
6	我认为丈夫应该比妻子的社会地位高
7	我认为丈夫应该比妻子的收入高
8	我很愿意让人知道我在一定的时期内做出了让人刮目相看的成绩
9	我非常喜欢别人赞赏我买的东西
10	我认为按照自己的社会地位去消费很重要
11	我认为买名牌产品能够显示我的社会地位
12	我非常介意送给他人礼物的档次
13	持有环保意识的商品可以让我在别人面前感到自豪
14	我喜欢让别人征求我的意见
15	我喜欢给别人出主意
16	我对自己领先时代和流行的感觉很自信
17	即使价格贵一点,我还是愿意购买高档品牌
18	我喜欢被视为领导
19	与国产商品相比,我更愿意购买进口的产品
20	我有很多不同类型的朋友
21	购物时我很在意产品来自哪个国家
22	我喜欢通过服饰来表标新立异,显示我与别人不同
23	我有点儿爱看别人的脸色行事
24	与自己的意向和喜好相比,我更愿意优先考虑他人对我的期待
25	再勉强也要维持与他人同等的生活水平
26	别人有的东西我没有,我就会不痛快
27	如果我的车和房子比他人档次低,我就会有劣等感
28	我很在意内衣的品牌和档次
29	去境外旅游可以向周围人炫耀
30	买国外品牌的汽车可以向周围的人炫耀

附表2　来源国形象问卷

题号	题　项
1	中国、美国、日本人受过良好教育
2	中国、美国、日本人的生活水平高
3	中国、美国、日本人的技术水平高
4	中国、美国、日本的产品知识产权含量高
5	中国、美国、日本的产品操控性能好
6	中国、美国、日本的产品工艺良好
7	中国、美国、日本的产品需要频繁的维修
8	中国、美国、日本的产品难以得到服务
9	中国、美国、日本的产品做大量的广告
10	中国、美国、日本的产品在许多国家销售

营销科学学报
第7卷第3辑:42-50

Journal of Marketing Science;
Vol. 7, No. 3, September 2011:42-50

童璐琼[①],郑毓煌[②],赵 平[③]

摘 要 时间是消费者日常生活中经常遇到的概念,但是关于它对消费者行为的影响的研究近年来才逐渐得到学术界的关注。本研究发现,启动消费者的时间概念会使消费者更容易意识到有益品和有害品在长期和短期利益上的冲突,从而实现成功的自我控制。与此同时,消费者现有的时间限制水平会调节时间概念对消费者自我控制的影响。

关键词 时间概念,有益品,有害品,自我控制

借我一双时间的慧眼:
时间概念对消费者有益品和有害品选择的影响[④]

世界上最快而又最慢,最长而又最短,最平凡而又最珍贵,最容易被人忽视,而又最令人后悔的就是时间。

——高尔基

0 引言

在日常生活中,人们常常需要进行长期和短期利益的权衡取舍,无论是享受当下、今朝有酒今朝醉,还是放眼长远、未雨绸缪;是图一时口舌之欲,还是以长期健康为本等。在面临这些选择的时候,人们总会左右为难,一方面难以抵挡当下的诱惑,一方面又顾及长远的收益。因此,关于影响人们此类决策的因素研究近年来也成为营销研究领域的热点 (Loewenstein et al., 2003)。根据前人的研究,有很多因素会影响到人们的长短期利益权衡,如认知资源(ego depletion)(Vohs and Heatherton, 2000)、认知层次(construal level)(Liberman and Trope, 1998)、生理因素(visceral influences)(Loewenstein, 1996)等。

在本研究中,我们将探讨一种非常重要的,并且在日常生活中普遍存在的概念——时间概念对人们自我控制的影响。根据过去的研究,时间作为一种环境变量,会潜在地影响我们的思维方式和目标选择(Goldenberg et al., 2000; Ferraro et al., 2005)。但是关于它如何影响人们的自我控制决策,特别是消费者对有益品和有害品的产品选择(virtue vs. vice),过去的研究并没有给出答案。本研究将聚焦于消费者自我控制问题,通过两个实验,探讨启动时间概念如何影响消费者对有益品(virtue)和有害品(vice)的选择。

① 童璐琼,清华大学经济管理学院博士研究生,E-mail: donglq@sem. tsinghua. edu. cn。
② 郑毓煌,清华大学经济管理学院副教授,博士生导师,E-mail: zhengyh@sem. tsinghua. edu. cn。
③ 赵平,清华大学经济管理学院教授,博士生导师,E-mail: zhaop@sem. tsinghua. edu. cn。
④ 真诚感谢匿名评审专家对本文的改进和完善所提供的建设性意见。本研究受到国家自然科学基金(70972027)、教育部哲学社会科学研究重大课题攻关项目基金(08JZD0019)的资助。

1 文献综述及理论假设

1.1 时间概念对人们决策行为的影响

时间是人类社会中一类很重要的资源。它的存在方式多样，既可作为决策支配的资源存在，又可作为决策中的环境变量存在。在过去10年里，关于时间和金钱对人们决策行为的影响也逐渐成为市场营销和消费者行为研究中的一个重要问题（Okada，2005；Liu and Aaker，2008）。当时间作为决策资源时，人们多关注于它与金钱的差异，如可测量性的差异（Okada，2005）和可替代性的差异（Reed et al.，2007）。其中，Soman（2001）指出，相比于为金钱记账，人们缺乏为时间记账的能力，因此人们在面临时间投资时会忽视沉没成本的存在。但是，如果将时间投资表述为金钱形式，人们会开始注意到沉没成本。Okada 和 Hoch（2004）比较了人们支配时间和金钱的方式，得出了以下区别：如果付出时间得到的是负面结果，人们可以很容易地调整自己对于时间的价值评估来平衡心态；相比于支付金钱，人们更愿意为高风险高回报的选项支付时间。

与此同时，时间也会潜在影响我们的思维方式和目标选择。例如，时间概念会让人们更加关注幸福感，更倾向于采用情感思维。Liu 和 Aaker（2008）通过对时间和金钱提示对人们捐赠行为的影响研究发现，两种提问方式会触发人们两类不同的思维方式，从而影响他们慈善捐赠的意愿。其中，因为时间的消费更多是体验型消费，有关时间的提问会启动人们的情感思维方式和社会目标，而金钱更多与实际的经济利益相关，所以有关金钱的提问会激发人们经济利益最大化的思维方式。Mogliner 和 Aaker（2009）进而提出，时间概念会激发消费者与产品的情感联系，进而对他们对产品的态度和评价产生积极影响，但是金钱概念会激发消费者产品占有的概念，从而对他们对产品的态度和评价产生消极影响。

1.2 有益品（virtue）和有害品（vice）的两难选择

Bazerman 等（1998）提出，每个人都面临两个自我，"想要自我"（want self）和"应该自我"（should self）。前者集中于短期利益，能给人带来短期的情感或体验上的享受，但是不符合人们的长期利益，甚至会给人们带来长期的损失，如酗酒、抽烟和冲动性购买等。而后者虽然短期内不能带来与前者相当的享受，但是符合人们的长远利益，如辛勤工作。

Wertenbroch（1998）进一步给出了与之相近的两个概念：有益品（virtue）和有害品（vice）。具体来说，有害品指的是这样一类产品：它能在短期内给消费者带来很大的享受，但是也会给消费者带来长期损失，而有益品与之相反，虽然在短期内带给消费者的收益低于有害品，但是会给他们带来很大的长期收益。如果人们是理性决策者，对未来的收益有理性的期待，他们会选择有益品。但是，因为人们并不是完全理性的，决策时会受到自身喜好和环境因素的影响，所以在某些时候，人们会放大短期的收益，或者对未来收益进行大幅折现，从而增大选择有害品的可能性。

根据过去的研究，消费者在有益品和有害品之间的选择涉及自我控制，一般情况下，成功抵制有害品的短期诱惑选择有益品，代表了消费者自我控制的成功。但是，过去的研究同时证明，消费者在进行具体的自我控制决策时会受到很多因素的影响。这些因素包括努力或者优异的表现（郑毓煌，2007）、决策中断（郑毓煌和董春艳，2011）、他人自我控制行为（董春艳等，2010）、选择产品或者放弃产品（马京晶等，2008）、收入获得的难易程度（纪文波和徐菁，2008）及之前自我控制的成功（Fishbach and Dhar，2005）等。

1.3 理论假设

本研究所关心的问题：启动时间概念会如何影响消费者对于有益品和有害品的选择？

第一个可能的结果是，启动时间概念会让人

们放松自我控制,更容易选择有害品。因为根据之前的研究,时间概念会让人们更倾向于采用情感思维,所以人们似乎会更容易屈从于具有情感和体验优势的有害品。

结果真是如此吗?这需要我们区分具体的决策环境。在过去的研究中,情感思维和人们的幸福感之间是正向的关系。例如,慈善捐赠和与亲人朋友的情感联系,都是长期来看会增进人们幸福感的行为,即我们所提到的有益品。而在我们的产品决策环境中,有害品虽然能给人带来短期的情感或者体验上的享受,但是这些收益会带来长期的损失,不利于人们长远幸福,所以情感性收益的作用在本研究的决策环境中会发生变化。

虽然之前有很多研究关注到时间概念对人们心理和行为的影响,但是对于它是如何影响人们的自我控制行为的,却很少有人研究。与本研究相关的一类研究认为,一些有代表性的时间信息(生命必将有终,或者身边人癌症信息)会影响人们的人生目标,使人们更加关注长期利益。例如,Goldenberg 等(2000)发现,当人们意识到"生命必将有终"(mortality salience)时,他们会更愿意将有限的自我控制资源投放在与自尊相关的领域,而忽略其他不重要的领域,进而会影响人们的享乐行为。Ferraro 等(2005)发现,当享乐行为与人们对自尊的定义高度相关时,Mortality Salience 会减少人们的享乐行为。Liu 和 Aaker(2007)探讨了生命经验的显著性对于年轻人跨时间决策的影响。她们提出,身边人癌症病危的事实,作为一种时间的信息,会让人们在长期和短期利益的抉择中更倾向于选择长期利益。在本研究中,虽然我们启动的是普遍的时间概念(时钟,生命,时刻等),而不仅限于"生命必将有终"和身边人癌症信息等有代表性的时间信息,但是这些研究也能给我们一定的启示,即时间信息有可能会影响到人们对长短期利益的权衡。

第二个可能的结果是,时间作为一种不可替代的资源,人们想到它的时候会联想到它的稀缺性,如"一寸光阴一寸金,寸金难买寸光阴"。而这种稀缺性会让人们意识到需要将有限的资源投放到更重要的领域,更加有利于自身长远发展的领域。Carstensen 和 Isaacowitz(1999)提到,对时间的感知和感受在人们的人生目标选择和实现中有着基础性的作用。过去的研究也证明,当人们意识到时间的不可替代性时,决策会更加规避风险,更愿意将对未来的影响纳入自己的决策考虑(Leclerc et al.,1995)。Mogilner(2010)中提到,相比启动金钱概念,人们在启动时间概念的条件下更关注于实现自身的长远幸福。为了实现自己的长远幸福,人们在作决策时就更需要权衡当下行为对自己短期和长期的影响。

与此同时,Kivetz 和 Zheng(2006)发现,当人们意识到有益品和有害品对自己的长远利益有不同影响时,更容易进行自我控制(如选择有益品)。他们的研究采用了"感知冲突"这一概念测量人们是否意识到有益品和有害品的利益冲突。具体到本研究中,我们认为,因为时间概念让人们意识到时间资源的稀缺,让人们更关注追求自身的长远利益和幸福,更容易意识到有益品和有害品在长期和短期利益上的冲突(即感知冲突),从而实现成功的自我控制(选择有益品,放弃有害品)。

因此,我们提出以下假设。

H1:当启动消费者时间概念时,消费者会意识到有益品和有害品在长短期利益上的冲突,从而在有益品和有害品的两难选择中更倾向于选择有益品。

此外,我们认为,时间概念对消费者自我控制的影响还会受到他们现有时间限制水平的影响。根据过去的研究,消费者面临的时间限制会显著影响他们对产品的选择,如他们对产品价格和质量的权衡(Suri and Monroe,2003)。对于现有时间限制强的消费者,即时间不够用的被试来说,因为环境的要求,他们本身就有很强的时间概念。根据我们之前的推导,他们已经意识到时间资源的稀缺性,在不提示时间概念的情况下,他们已经更有意识关注能给自己带来长远利益的行为,因此时间概念对他们的影响会相对有限。反之,对于现有时间限制不强的消费者,即时间较为充足的消费者,他们本身并没有强烈的自我控制目标,这使得时间概念带来的控制目标更具有启发性。因此,我们提出如下假设。

H2:相对于现有时间限制较强的消费者,启动时间概念对于现有时间限制较弱的消费者的自我控制行为影响更大(更倾向于选择有益品)。

图1展示了本文由 H1 和 H2 联合组成的研

究框架。接下来,我们将通过两个实验来检验这两个假设。其中,实验一证明了启动时间概念使得消费者更倾向于选择有益品,而且,产生这一结果的原因是时间概念让人们显著地意识到有益品和有害品之间的长短期利益冲突。通过实验二,我们进一步证明,消费者现有的时间限制水平会调节时间概念对消费者自我控制的影响。

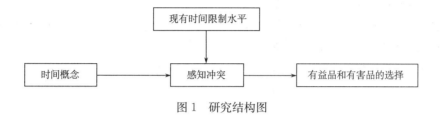

图 1   研究结构图

2 实验

2.1 实验一

2.1.1 实验方法

本实验的参与者为位于北京某综合性大学的 57 名 MBA 学生。他们的平均年龄为 29 岁;性别分布为 57% 是男性,43% 是女性;每月个人可支配收入分布为 5000 元以下者占 30%,5000元以上者占 70%。

为了验证 H1,实验一采用了单因素的简单组间设计。所有的实验参与者被随机分配到 2 个不同的实验组:其中第一组为启动时间概念组,第二组为控制组。为了启动被试的时间概念,我们参考了 Mogilner(2010)中的启动方法,要求被试完成一系列造句练习(scrambled-words task)。其中,每个练习包含 4 个词语,而我们要求被试从其中选择 3 个词语来组成一个完整的句子。每个被试都需要完成 18 个造句练习,而根据启动概念的不同,其中 9 个造句练习的词语稍有不同。例如,在启动时间概念组,这 9 个造句练习中都有一个词语和时间相关,如"床单 这条 更换 闹钟",而控制组的这 9 个练习的词语没有特殊含义,如"床单 这条 更换 袜子"。

实验具体程序如下:首先,要求被试作 18 个造句练习,正如之前提到的,根据操纵内容的不同,其中一些练习中的词语有所不同。在完成造句练习之后,我们告诉被试"在未来的研究中,我们会考虑给参与者一些奖励。因此接下来,我们想了解一下什么样的奖品会受大家欢迎。想象一下,为了感谢您参加之前的造句游戏,你可以从以下两个选择中选一个作为对你的奖励。(在以下的奖励选择中,奖励 A 和奖励 B 的价钱相等)"。接下来,被试需要在"3 盒 200 抽维达纸巾"和"150 克德芙巧克力(多口味混搭)"中选择(图 2)。在所有的实验参与者作出选择之后,我们还借鉴 Kivetz 和 Zheng(2006)中测量感知冲突的问题,测试了被试在两种产品选择中产生的感知冲突。这一量表包含 4 个问题,如"用维达纸巾/吃德芙巧克力能让我立即感到很愉悦"、

图 2   实验一中可供选择的产品

"用维达纸巾/吃德芙巧克力长期看来会给我带来不好的结果"等。最后,被试回答了实验卷入度(造句练习难度、完成感受等)及人口特征等问题。在收回问卷后,实验调查人员对实验参与者的帮助表示感谢。

2.1.2 结果与讨论

2.1.2.1 操纵检验

为了检验我们的造句练习是否真实启动了人们的时间概念,我们另外招募了同一个大样本群里面的69名被试进行了操纵检验。我们将被试随机分配到启动时间概念组(完成含有时间词语的造句)和控制组(完成不包含时间词语的造句),在他们完成造句练习之后,我们列出了7个字(表、刻、天、间等),要求被试分别用每一个字组一个词,如天——天空。然后,我们对被试所填写的词语进行编码,统计其中与时间概念相关的词语,如时间、钟表、时刻、明天等。两组被试的对比结果显示,相比控制组,启动时间概念组的被试想到了更多与时间相关的词语(M_{time} = 3.00, SD = 1.26, vs. $M_{control}$ = 1.89, SD = 1.30; $t(67)$ = 3.619, $p < 0.01$)。因此,造句练习成功启动了人们的时间概念。

另外,我们还对可供选择产品的种类进行了操纵检验。结果显示,相比巧克力,被试更倾向于认为纸巾属于有益品(1~7,1代表完全有益品,7代表完全有害品;M_{tissue} = 3.04, SD = 1.22, vs. $M_{chocolate}$ = 4.09, SD = 1.50; $t(68)$ = 5.02, $p < 0.01$)。

2.1.2.2 产品选择

控制组和时间概念组的被试在造句练习中的卷入度上并没有显著的区别,他们对任务难度和任务完成质量的感知差异均不显著($p > 0.2$)。我们将消费者的产品选择作为因变量(0代表选择有害品,1代表选择有益品),将时间概念的操纵(0代表控制组,1代表启动时间概念组)作为自变量进行二元 logistic 回归。结果显示,对时间概念的操纵显著影响了人们的产品选择($p < 0.05$)。相比控制组,被试在启动时间概念之后更倾向于选择维达纸巾(X_{time} = 34.5% (10/29), $X_{control}$ = 14.3% (4/28); $\chi^2(1)$ = 3.14, $p < 0.05$)。

2.1.2.3 中介作用

我们将被试在4个冲突问题上的得分两两对应相减,然后相加得到被试的感知冲突。例如,用"吃德芙巧克力长期看来会给我带来不好的结果"的得分减去"用维达纸巾长期看来会给我带来不好的结果"的得分,就得到感知冲突的一部分得分。

接下来,我们采用 Sobel(1982)的方法检验感知冲突对时间概念影响的中介作用。我们首先将产品选择作为因变量,对时间概念的操纵作为自变量作二元 logistic 回归。结果证明时间概念对产品选择的影响是显著的($p < 0.05$)。然后,我们将感知冲突作为因变量,时间概念的操纵作为自变量作线性回归,结果证明时间概念对感知冲突的影响是显著的,即时间概念增加了人们对于冲突的感知($p = 0.05$)。最后,我们将感知冲突和时间概念同时作为自变量,将产品选择作为因变量,得到的结果是,时间概念的影响不再显著($p > 0.05$),而感知冲突的影响仍然显著($p < 0.05$)。因此,感知冲突的确在时间概念对产品选择的影响中起到边缘显著的中介作用(sobel test: $p = 0.10$),如图3所示。时间概念会增强消费者面临有益品和有害品时的感知冲突,从而提高他们的自我控制。

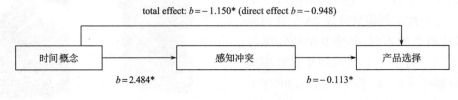

图3   实验一中感知冲突的中介作用

* 表示 $p < 0.05$。

综上所述，实验一的结果有力地支持了我们的 H1。结果表明，时间概念的确对消费者的自我控制，特别是在有益品和有害品之间的选择有显著影响。在启动时间概念之后，人们更容易感知到有益品和有害品在长期和短期利益上的冲突，所以人们更愿意关注长期利益，从而选择有益品。

2.2 实验二

2.2.1 实验方法

本实验的参与者为位于北京某综合性大学的 89 名学生。他们的平均年龄为 21 岁；性别分布为 78％是男性，22％是女性；学历分布为本科生占 80％，研究生占 20％；每月个人可支配收入分布为 1000 元以下者占 59％，1000 元以上者占 41％。

实验二的基本程序和实验一基本相同，不同的是：第一，在完成造句练习之后，被试需要在"奶油蛋糕"和"牙膏"之间进行奖品选择（图 4）；第二，在产品选择之后，被试还需要回答关于现有时间限制水平的问题，如"请问你最近是否会感觉到时间不够用？"（0～10 分，分数越高，被试越觉得时间不够用）。过去研究中将时间限制变量主要分为两类：一类是消费者的客观时间限制，大部分实验采用的是直接操纵此类时间限制；另一类是直接询问消费者的主观时间限制（Suri and Monroe, 2003）。具体到本研究中，因为消费者的时间概念是消费者的主观感受，所以我们借鉴了 Hornik（1984）中直接询问消费者时间限制感受的问题。

图 4　实验二中可供选择的产品

2.2.2 结果与讨论

2.2.2.1 操纵检验

操纵检验的结果显示，相比奶油蛋糕，被试更倾向于认为云南白药牙膏属于有益品（1～7，1 代表完全有益品，7 代表完全有害品；$M_{\text{toothpaste}} = 2.13$，SD = 1.37，vs. $M_{\text{cake}} = 4.64$，SD = 1.37；$t(66) = 10.53$，$p < 0.01$）。

2.2.2.2 产品选择

实验二再次证明了我们的 H1，相比控制组，时间概念组的消费者更倾向于选择有益品（$X_{\text{time}} = 51.2％（22/43）$，$X_{\text{control}} = 30.4％（14/46）$；$\chi^2(1) = 3.96$，$p < 0.05$）。

2.2.2.3 调节作用

我们将消费者的产品选择作为因变量（0 代表选择有害品，1 代表选择有益品），将时间概念（0 代表控制组，1 代表启动时间概念组），现有时间限制水平及时间概念和时间限制的交互项作为自变量进行二元 logistic 回归。结果显示，时间概念的主效应，以及时间概念和时间限制的交互作用显著（$p < 0.05$）。Slope analysis（Aiken and West, 1991）显示，对现有时间限制较强的被试，时间概念对他们的产品决策影响并不显著（$b = 0.085$，Ward（1）= 0.085，$p > 0.30$）；对现有时间限制相对较弱的被试，时间概念会显著影响他们的产品选择（$b = 0.911$，Ward（1）= 6.370，$p < 0.01$）。

为了更直观地展示现有时间限制水平的调节作用，我们将时间限制的中位得分作为分界线，将被试分为两组：高时间限制组和低时间限制组。对于高时间限制组的被试，时间概念并没有显著影响他们的自我控制行为（$X_{\text{time}} = 45.8％（11/24）$，$X_{\text{control}} = 41.7％（10/24）$；$\chi^2(1) = 0.09$，$p > 0.30$）。而时间概念对低时间限制组的产品选择有显著影响（$X_{\text{time}} = 57.9％（11/19）$，$X_{\text{control}} = 18.2％（4/22）$；$\chi^2(1) = 6.93$，$p < 0.01$），见图 5。

我们同时还检验了感知冲突对时间概念对消费者产品选择影响的中介作用。结果证明，感

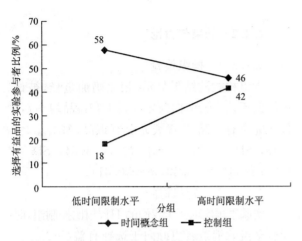

图 5　实验二中不同的时间限制组的产品选择

知冲突只对低时间限制的消费者有边缘显著的中介作用（sobel test：$p = 0.08$，如图 6 所示）。

而对于高时间限制的消费者，感知冲突的中介作用并不显著。

　　实验二的结果有力地支持了我们的 H2，即现有的时间限制水平会调节时间概念对消费者自我控制的影响。一般情况下，有时间压力的消费者更容易自发产生时间概念，因此根据本研究的 H1 和实验一，即使在没有外部线索的情况下，自发时间概念也会约束他们自身的行为。因此，在外部提供时间线索时，时间概念会产生"屋顶效应"（ceiling effect），使得时间概念的影响有限。反之，在时间充裕的条件下，人们不容易产生时间概念，因此更容易放松自我控制。而如果我们启动这类人的时间概念，他们会显著意识到长短期利益的冲突，从而加强自我控制。

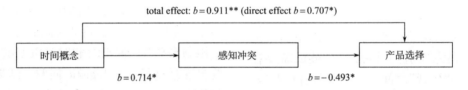

图 6　实验二中感知冲突的中介作用

* 表示 $p<0.05$；** 表示 $p<0.01$。

3　研究总结与讨论

　　时间是人类生活中不可或缺的一部分，正如高尔基提到的，它"最平凡而又最珍贵，最容易被人忽视，而又最令人后悔"。虽然它无声无息地在日常生活中存在，却对我们的思想和行为产生重要的影响。本研究通过两个实验发现，启动人们的时间概念，会使人们更容易意识到有益品和有害品在长期和短期利益上的冲突，从而实现成功的自我控制（选择有益品，放弃有害品）。与此同时，人们现有的时间限制水平会调节时间概念对人们自我控制的影响，即时间概念的启动对时间充裕的消费者影响更为显著。

　　本文的理论贡献主要体现在以下两个方面。第一，首次探讨了普遍的时间概念在人们无意识的情况下如何影响人们对长期和短期利益的权

衡。它加深了我们对人们长短期利益权衡影响因素的了解，也为无意识的环境变量影响（Aarts and Dijksterhuis，2003）提供了新的知识。第二，为时间概念对人们行为的影响提供了新的研究角度。过去的研究证明，时间概念会让人更加关注长期的幸福，因此会更关注与长期幸福正向相关的感性因素，如人际交往和产品体验。而根据我们的研究结果，当感性因素与长期幸福不是正向关系的时候，在启动人们的时间概念之后，追求长远幸福（长期利益）的目标会让人们更加理性，更容易进行成功的自我控制。

　　本研究对企业管理者、消费者及政策制定者都具有一定的实践启示。对于企业来说，为了促进消费者进行消费，应该在其商业环境中避免时间的信息。最典型的例子是赌场为了促进顾客进行更多的消费（赌博），通常都不悬挂时钟。对于消费者来说，现代人的生活节奏快，生活压力

大,人们越来越难以拥有耐心的心态,从而更加关注短期利益,追求瞬间的愉悦。例如,冲动性购买,大量食用高热量的快餐和甜食,抽烟和酗酒等,而这些行为会影响人们长期的健康或者财务状况。为了消费者的长远幸福,政策制定者及消费者个人都可以考虑在环境中加入一些与时间概念相关的因素,以帮助消费者进行自我控制。例如,在购物环境中悬挂时钟,或者在自己手机上提前设置购物时间限制提醒等,虽然这些只是举手之劳,却可能减少人们的冲动性购买。

更重要的是,从本研究出发,未来还有一些值得研究的问题。首先,本研究中探讨的是人们在有益品(virtue)和有害品(vice)之间的选择,而这两类产品的最大差异体现在长短期的收益冲突。未来的研究可以考虑另外一种产品分类:享乐品(hedonic products)和实用品(utilitarian products)。这两类产品的差别主要体现在产品体验(享乐品更关注感官享受,实用品更体现实用价值)而不一定在长短期的收益上有显著冲突。当情感体验并不会带来长期的恶性后果时,人们会如何权衡情感体验和实用价值?其次,时间概念还有很多种分类,如与现在相关的概念和与未来相关的概念。本研究的操纵中包含了这两种概念,但没有对其进行具体的区分。未来的研究可以尝试将时间概念分成不同的类别,看看它们是否会对人们的行为产生同样的效果。另外,在本研究中,我们都是在实验室环境下检验时间概念对消费者的影响的,未来我们将考虑在真实的商业环境中检验时间概念的影响。在未来的研究中,我们还将探索其他一些操纵时间概念及测量(操纵)消费者时间限制的方法,以期拓展本研究的外部有效性。

总而言之,作为人们生活中最平凡而又最珍贵的部分,时间对我们的思想和行为有着深远的影响。我们期待未来有更多关于它的研究,让人们借时间的慧眼,作出更明智的决策。

参考文献

[1] 董春艳,郑毓煌,夏春玉,等. 2010. 他人自我控制行为对观察者自我控制决策的影响[J]. 营销科学学报,6(2):1-13.

[2] 纪文波,徐菁. 2008. 辛苦与概率:收入获得的难易程度对消费者选择行为的影响作用[C]. JMS中国营销科学学术论坛参选论文:399-409.

[3] 马京晶,马新昕,张黎. 2008. 选择与放弃中对产品实用性和享乐性的不同偏好[J]. 营销科学学报,4(1):107-119.

[4] 郑毓煌. 2007. 理由启发式:消费者购买或选择享乐品的一个简单而有效的决策过程[J]. 营销科学学报,3(4):63-71.

[5] 郑毓煌,董春艳. 2011. 决策中断对消费者自我控制的影响[J]. 营销科学学报,7(1):1-14.

[6] Aarts H, Dijksterhuis A. 2003. The silence of the library: environment, situational norm, and social behavior [J]. Journal of Personality and Social Psychology, 84:18-28.

[7] Aiken L S, West S G. 1991. Multiple Regression: Testing and Interpretion Interaction[M]. Newbury Park:Sage.

[8] Bazerman M H, Tenbrunsel A E, Wade-Benzoni K. 1998. Negotiating with yourself and losing: making decisions with competing internal preferences [J]. The Academy of Management Review, 23(2):225-241.

[9] Carstensen L L, Isaacowitz D M. 1999. Taking time seriously [J]. American Psychologist, 54(3):165.

[10] Ferraro R, Shiv B, Bettman J R. 2005. Let us eat and drink, for tomorrow we shall die: effects of mortality salience and self-esteem on self-regulation in consumer choice [J]. Journal of Consumer Research, 32(1):65-75.

[11] Fishbach A, Dhar R. 2005. Goals as excuses or guides: the liberating effect of perceived goal progress on choice [J]. Journal of Consumer Research, 32:370-377.

[12] Goldenberg J L, McCoy S K, Pyszczynski T, et al. 2000. The body as a source of self-esteem: the effect of mortality salience on identification with one's body, interest in sex, and appearance monitoring [J]. Journal of Personality & Social Psychology, 79(1):118-129.

[13] Hornik J. 1984. Subjective vs. objective time measures: a note on the perception of time in con-

sumer behavior [J]. Journal of Consumer Research, 11(1): 615-618.

[14] Kivetz R, Zheng Y H. 2006. Determinants of justification and self-control [J]. Journal of Experimental Psychology: General, 135:572-587.

[15] Leclerc F, Schmitt B H, Dube L. 1995. Waiting time and decision making: is time like money[J]? Journal of Consumer Research, 22(1):110-119.

[16] Liberman N, Trope Y. 1998. The role of feasibility and desirability considerations in near and distant future decisions: a test of temporal construal [J]. Journal of Personality and Social Psychology, 75:5-18.

[17] Liu W, Aaker J. 2007. Do you look to the future or focus on today? the impact of life experience on intertemporal decisions [J]. Organizational Behavior and Human Decision Processes, 102(2): 212-225.

[18] Liu W, Aaker J. 2008. The happiness of giving: the time-ask effect [J]. Journal of Consumer Research, 35(3):543-557.

[19] Loewenstein G. 1996. Out of control: visceral influences on behavior [J]. Organizational Behavior and Human Decision Processes, 65: 272-292.

[20] Loewenstein G, Read D, Baumeister R. 2003. Time and Decision: Economic and Psychological Perspectives on Intertemporal Choice [M]. New York: Russell Sage Foundation.

[21] Mogilner C. 2010. The pursuit of happiness: time, money, and social connections [J]. Psychological Science, 21(9): 1348-1354.

[22] Mogilner C, Aaker J. 2009. The time vs. money effect: shifting product attitudes and decisions through personal connection [J]. Journal of Consumer Research, 36(2): 277-291.

[23] Okada E M. 2005. Justification effects on consumer choice of hedonic and utilitarian goods [J]. Journal of Marketing Research, 42(1): 43-53.

[24] Okada E M, Hoch S J. 2004. Spending time versus spending money [J]. Journal of Consumer Research, 31(2): 313-323.

[25] Reed A, Aquino K, Levy E. 2007. Moral identity and judgments of charitable behaviors [J]. Journal of Marketing, 71(1): 178-193.

[26] Sobel M E. 1982. Asymptotic Confidence Intervals for Indirect Effects in Structural Equation Models [M]//Leinhart S. Sociological Methodology. San Francisco: Jossey-Bass:290-312.

[27] Soman D. 2001. The mental accounting of sunk time costs: why time is not like money [J]. Journal of Behavioral Decision Making, 14(3): 169-185.

[28] Suri R, Monroe K B. 2003. The effects of time constraints on consumers' judgments of prices and products [J]. Journal of Consumer Research, 30: 92-104.

[29] Wertenbroch K. 1998. Consumption self-control by rationing purchase quantities of virtue and vice [J]. Marketing Science, 17(4): 317-337.

[30] Vohs K, Heatherton T. 2000. Self-regulatory failure: a resource-depletion approach [J]. Psychological Science, 11: 249-254.

The Impact of Time Concept on
Consumers' Choice between Virtue and Vice

Tong Luqiong, Zheng Yuhuang, Zhao Ping

(School of Economics and Management, Tsinghua University)

Abstract　　This research investigates how time concept influences consumers' self-control, especially, the choice between virtue and vice. The results of two experiments reveal that unconsciously expose individuals with time concept helps them to have a better understanding of the conflict between the short-term and long-term interests, hence consumers with time concept are more likely to choose virtue versus vice. Furthermore, the impact of time concept is moderated by consumers' current time constraint.

Key words　　Time, Vice, Virtue, Self-Control

专业主编:何佳讯

营销科学学报
第 7 卷第 3 辑:51—58

Journal of Marketing Science;
Vol. 7, No. 3, September 2011:51—58

王静一[①],王海忠[②]

摘 要 消费者在面临不确定和不可控的营销情境时,常常会有意识地根据幸运信念来进行决策。本文从控制幻觉理论出发对此进行实验研究。结果表明,幸运信念和动机水平共同影响消费者幸运迷信决策;动机水平高时,高幸运信念的消费者较低幸运信念的消费者,更有可能采用幸运迷信决策;动机水平低时,高幸运信念的消费者较低幸运信念的消费者,幸运迷信决策可能性无显著差异。本文是对目前较有限的消费者迷信研究的重要拓展,并对企业营销实践具有重要启发。

关键词 控制幻觉,幸运信念,动机水平,消费者迷信决策

基于控制幻觉的消费者幸运迷信决策研究[③]

0 引言

假如你要买一张彩票,你会不会在毫无头绪的情况下选择那个感觉会给你带来幸运的数字? 假如你是一名学生,你会不会在紧张的考试前佩戴你的幸运物? 人们在面临不确定和不可控的情境时,常常会作出类似的幸运迷信行为。

尽管社会学、心理学领域的学者已经围绕迷信进行了大量的研究,但在市场营销领域,关于消费者迷信的实证研究还很匮乏(Kramer and Block,2008),现有研究也主要集中于特定文化下迷信信念(如中国文化下数字 8 被认为是吉利的,数字 4 被认为是不吉利的)对消费者选择和评价的影响(Ang, 1997; Kramer and Block, 2008; Simmons et al. ,2003)上,且上述影响更多是在一种无意识的状态下潜移默化地发生作用(Kramer and Block,2008)的。而现实中消费者也常常有意识地进行迷信决策,如在选择彩票

号码时刻意使用自己的幸运数字。消费者的这种迷信决策的发生受到哪些因素的影响,尚缺乏相关实证研究。

基于此,本文从控制幻觉理论出发,研究消费者幸运迷信决策行为。实验研究结果表明,幸运信念和动机水平共同影响消费者幸运迷信决策:动机水平高时,高幸运信念的消费者较低幸运信念的消费者,更有可能采用幸运迷信决策;动机水平低时,高幸运信念的消费者较低幸运信念的消费者,幸运迷信决策可能性无显著差异。研究结果不仅具有理论上的创新意义,对营销实践也具有重要启发。

1 理论背景

人们在日常生活中经常面对两种情境(陈雪玲等,2010):一种是技能情境,个体可以通过练习和努力获得想要的结果,是个体可以控制的;另一种是不可控或随机情境,个体行为与结果之

① 王静一,中山大学管理学院博士研究生,广东商学院讲师,E-mail:wjydzh@163. com。
② 王海忠,中山大学管理学院教授,博士生导师,E-mail: wanghzh. 05@alum. sem. tsinghua. edu. cn。
③ 本研究受国家教育部哲学社会科学研究重大课题攻关项目"加快中国企业国际知名品牌发展战略研究"(08JZD0019)的支持。同时真诚感谢匿名评审专家为本文的改进和完善所提供的宝贵意见。

间没有因果关系,是个体无法控制的。但有时个体在不可控情境中也会相信自己能控制事件的结果,从而产生控制幻觉(illusion of control)。Langer(1975)首次提出了控制幻觉(illusion of control)的概念,即个体对环境或某一事件的控制能力的高估。这一定义得到后来学者的普遍接受和认同(陈雪玲等,2010;Skinner,1996;Thompson,2004;Thompson and Armstrong,1998)。自那以后,控制幻觉成为了一个重要的研究领域,现已被证明普遍存在于各种日常生活情境之中,并用来解释很多日常生活中出现的现象,典型的如博彩者对赌博的痴迷行为(Källmén et al.,2008)、投资决策中的非理性决策和羊群行为(Burger and Lynn,2005)及迷信行为(Kay et al.,2009;Whitson and Galinsky,2008)等。在研究过程中,发展了三种主要用来测量控制幻觉的方法:间接测量(Fast et al.,2009;Langer,1975)、自我报告(Taylor and Gollwitzer,1995)和实验室任务法(Thompson et al.,2007)。

个体为什么会产生控制幻觉?一些理论试图对此进行解释。Thompson 和 Armstrong (1998)使用控制启发式理论来解释控制幻觉的形成机制,即关于控制的判断是基于一种"启发式控制"(control heuristic)的程序,是个体判断自己能否取得某一结果的简捷快速的规则。根据该方法,人们会过于关注行为之后出现某一特定结果的事例,而忽视了行为之后不出现该结果的事例,从而导致控制幻觉。Langens(2007)则根据调节定向理论对控制幻觉进行解释,促进定向的个体更加关注行为与特定结果之间的一致性,因此更容易产生控制幻觉;而预防定向的个体则更加关注行为与特定结果间的不一致性,因而不产生或者较少产生控制幻觉。Wegner (2002)提出了三个原则来解释个体控制幻觉产生的条件:①某个行为先于结果而发生(priority);②行为结果与个体的目标一致(consistency);③该行为对结果的解释具有排他性(exclusivity)。

到底有哪些因素会影响控制幻觉的发生和强弱?不可控的情境被认为是控制幻觉产生的

一个不可或缺的条件(陈雪玲等,2010)。但除此之外,还有一些因素会影响个体的控制幻觉:①人格因素,如个体的超自然信念(Goodman and Irwin,2006)、归因模式(Rudski,2004)、认知风格(Nisbett et al.,2001)等;②动机水平(Biner et al.,1995;Burger,1986);③权力(Fast et al.,2009);④反馈(Langens,2007);⑤事件与个体的关联性(Langer and Roth,1975)等。

关于控制幻觉的作用,包括控制幻觉在内的积极幻觉,被一些学者认为能促进心理上的良好感觉(Taylor,1989),具有适应性的心理功能(Taylor et al.,2000);但也有学者(Fenton-O'Creevy et al.,2003)指出,有时控制幻觉也会表现出非适应性的一面。因为虽然控制幻觉的信念会促进个体为了目标而努力,但并不利于他们作出明智的决策。

2　研究假设

迷信这个概念在学术界还没有一个一致的定义,但总体上是指与已知的自然规律或一个社会中通常认可的理性不一致的信念。迷信有积极和消极之分。"消极"迷信("negative"superstitions)指人们认为一些行为或征兆与不幸或潜在的有害结果有神奇的关联;"积极"迷信("positive"superstitions)指人们认为一些行为或征兆可以带来好的结果(Wiseman and Watt,2004)。有学者指出这两种迷信背后可能有完全不同的心理机制,应分开来考察,并强调了积极迷信研究在理论和实践上的重要性(Vyse,1997;Wiseman and Watt,2004)。本文中的"幸运信念"是指个体关于某些事物、行为或征兆能够为自己带来幸运的信念,是一种积极迷信;"幸运迷信决策"是指个体依据自己的幸运信念而有意识采取的迷信决策行为。

在现实的营销情境中,消费者有意识地主动地依据幸运信念进行决策的现象大量存在。例如,购买彩票的时候,很多人倾向于选取自己的幸运数字;在中国,为了获得含有数字"8"的车牌号码或电话号码而付出高溢价的例子屡见不鲜

（Yardley，2006）。为何消费者会发生这种迷信行为，有学者从线索的角度来解释，即迷信为消费者提供了决策的线索和捷径（Carlson et al.，2009）。这不仅发生在消费者介入度低的时候，而且可能发生在消费者介入度高的时候，如选择婚礼日期、选购某只股票、选择卖房地点等，都可能将迷信作为一条捷径，来帮助自己简化决策过程，以省去很多辛苦的信息收集和处理工作。这种解释有一定的道理，但仅仅将迷信作为一条决策捷径来看，理由还不是很充分。特别是在消费者介入度高的情形中，决策本身对消费者比较重要，迷信决策对消费者而言，除了简单以外，还应该起到提高决策效果的作用，至少消费者感觉上是如此。控制幻觉理论为此提供了更为合理的解释。

在非营销领域，学者们早已开始尝试用控制幻觉理论来研究迷信现象。以往大量研究表明，人们倾向于在不确定和不可控的情境下认同迷信信念，采取迷信行为（Rudski，2004；Vyse，1997）。而不可控情境下个体控制感受到威胁，个体控制感缺失，这会导致其幻觉模式感知的增加，即个体会试图在那些随机的或根本不相关的事物间建立起有意义的内在联系，包括迷信（Whitson and Galinsky，2008）。也就是说，当控制感缺失时迷信为个体提供了一种补偿控制（Kay et al.，2009），人们会希望借助迷信行为来试图影响或控制结果（Case et al.，2004；Vyse，1997）。营销领域的研究发现，当消费者感知到自己的购买似乎能够对某些外部事件进行控制时（比如购买消费某个品牌的啤酒之后自己支持的球队获胜了），他们会使用"迷信策略"来指导自己的购买行为，而不是基于产品属性进行购买决策（Hamerman，2009）。这时迷信被个体作为一种策略来主动应用以增加对事件的控制感。因此，根据控制幻觉理论，当消费者面对不确定性和难以抉择的决策情境时，依据幸运信念决策能增加消费者的控制感，有助于产生更为乐观的心理感受和积极的心理预期。

然而，并不是任何消费者在任何可能的情况下都会发生幸运迷信决策，这会受到哪些因素的影响呢？控制幻觉领域的研究表明，人格因素，如个体对超自然的信仰程度和动机是影响控制幻觉的两个重要因素（陈雪玲等，2010）。对于消费者而言，其幸运迷信决策也同样会受到消费者自身幸运信念和动机水平的影响。首先，迷信作为一种个体特质（Carlson et al.，2009），在消费者间存在很大差异。持有幸运信念的人认为某些事物、行为或征兆会给自己带来好运，会使人产生一种"积极的"幻觉（Taylor，1989），从而相信迷信决策有助于产生好的结果。Prendergast和 Thompson（2008）的研究表明相对于其他促销方式，个人幸运信念水平高的消费者会更喜欢抽奖的促销方式，因为他们更愿意相信幸运。

然而，现实中即使是高幸运信念的个体也未必会在任何可能的情况下都发生迷信行为。研究表明，个体的动机水平对控制幻觉的产生有很大影响（陈雪玲等，2010；Burger，1986）。当个体对某一特定结果有着高需要时，会激发其行动的动机（采取迷信行为），从而使个体更容易高估自己的控制力，进而产生控制幻觉（Binger et al.，1995）。例如，很多体育运动员在参加重大赛事时会特别穿上幸运颜色的袜子或使用对自己有幸运意义的其他比赛装备等，但在一般的比赛或友谊赛中却不会这样做。说明动机水平高时，个体有更高的控制欲望，从而导致幸运迷信行为的发生；而动机水平低时，这种幸运信念并未得到充分的激发，从而抑制了迷信行为的产生。

同样，在营销情境下，当消费者动机水平高时，尽管个体在客观上不能对情境进行控制，但他会努力让自己在感觉上获得这种控制（Whitson and Galinsky，2008），这是一种有意识地主动增加控制感的行为。然而，消费者幸运信念存在差异，可能会导致其借以获得控制感的途径有所不同。具体来说，对高幸运信念的消费者而言，会感觉依据能给自己带来幸运的征兆或方法行事（比如买彩票时选择自己的幸运数字）能对结果产生积极的影响，从而产生更高的控制感；而对低幸运信念的消费者而言，可能会更愿意借助一些相对理性的方式（比如听取专家的意见或自己进行统计分析来决定购买彩票的号码）来获得控制感。也就是说,动机水平高时,高幸运信念的消费者比低幸运信念的消费者更有可能进行幸运迷信决策。而当消费者动机水平低时,其对情境的控制欲望较低。即使是高幸运信念的消费者,由于其内在的幸运信念被激发的程度较低,也有可能和低幸运信念的消费者一样,采用更随意的方法来决策。比如,一张定价为2元的彩票,如果中奖金额仅为5元,那么消费者很可能选择最为简单的随机产生号码的方式。也就是说,当动机水平低时,高幸运信念的消费者与低幸运信念的消费者幸运迷信决策的可能性都较低。由此,提出以下假设。

H1:动机水平高时,高幸运信念的消费者较低幸运信念的消费者,更有可能采用幸运迷信决策。

H2:当消费者动机水平低时,高幸运信念的消费者较低幸运信念的消费者,幸运迷信决策可能性无显著差异。

3　实验研究

3.1　实验设计

本实验为2(动机水平:低,高)×2(幸运信念:低,高)被试间设计。其中,动机水平采用操纵的方法,幸运信念采用测量的方法。共有126名大二学生被试自愿参加实验,去掉6份不合格问卷,剩余120份有效问卷。其中男性为59人,占49%;女性61人,占51%。参加实验的每名被试获赠签字笔一支。

3.2　实验材料及变量的操纵

实验首先假设被试去超市购物,获得了超市和中国体彩联合促销的彩票一张,并在超市现场提供彩票网点服务。该彩票名为"幸运10选1",市场中每注单价为5元,其玩法是购买者在0~9这10个数字中任选一个作为自己的彩票号码。为保证公平公开,全国联网的电脑彩票系统每隔15分钟开奖一次。在两次开奖之间,电脑系统会播放专家所做的中奖数字趋势分析和一个数字推荐,以为彩民提供决策参考。如果购买者的

彩票号码与开奖数字一致就赢得奖金,不一致则没有任何回报。实验材料通过奖金金额来操纵被试的动机水平,在低动机水平下,中奖奖金为20元;在高动机水平下,中奖奖金为1万元。根据目前彩票网点售彩的实际做法和网民购彩的常见形式,实验提供三种选择彩票号码的方式给所有被试:①机选(由计算机系统随机生成);②根据专家推荐选择;③根据自己的幸运数字选择。

3.3　实验流程及变量的测量

实验流程方面。首先出现实验指导语,交代调查目的和研究机构信息;紧接着请被试阅读实验材料;然后在阅读完实验材料后依次对消费者迷信决策可能性、幸运信念进行测量,并在问卷最后进行动机水平的操纵检验。最后,致谢并赠送礼品。

因变量幸运迷信决策可能性,询问被试:你会根据自己的幸运数字选择的可能性如何,采用7点量表(1=绝对不可能,7=绝对有可能)。

自变量消费者幸运信念,采用测量的方法,因为现实中人们的幸运信念常常不是被操纵的,而是一种因人而异的个体特征(Carlson et al.,2009;Kramer and Block,2008)。参考 Wiseman 和 Watt,(2004),采用3个测项测量:①你是否会祈祷成功或好运;②你是否相信有的东西会给人带来好运;③你会不会佩戴护身符或幸运物。均采用7点量表(1=绝对不会,7=绝对会)。量表信度 $\alpha=0.81$。

操纵变量动机水平,参考 Gürhan-Canli 和 Maheswaran(2000),采用2个测项测量:①是否感兴趣(1=一点也不,7=兴趣很高);②参与度高低(1=完全没参与度,7=参与度很高)。量表信度 $\alpha=0.82$。

3.4　分析和结果

首先进行操纵检验,被试的动机水平,$M_{低}=3.52$,$M_{高}=4.23$,$F(1,118)=15.554$,$p<0.0005$,说明对动机水平的操纵是成功的。

将消费者幸运信念的三个测项取均值,并分

为高($M>4$)和低($M\leqslant4$)两个水平来代表消费者幸运信念。以幸运迷信决策可能性为因变量，以动机水平和幸运信念为自变量，进行双因素被试间方差分析，结果发现动机水平与幸运信念的交互作用显著，$F(1,116)=4.938$，$p=0.028$，如表1所示。进一步进行简单效应检验，得到：高动机水平下，幸运信念的主效应显著($M_{低幸运信念}=3.81$，$M_{高幸运信念}=4.67$，$F(1,117)=6.74$，$p=0.011$)；低动机水平下，幸运信念的主效应不显著($M_{低幸运信念}=3.44$，$M_{高幸运信念}=3.54$，$F<1$)。假设 H1 和 H2 均得到支持，说明幸运信念和动机水平会交互影响消费者幸运迷信决策，如图1所示。

表 1　动机水平与幸运信念的交互作用

项目	低动机水平		高动机水平	
	低幸运信念（$N=34$）	高幸运信念（$N=26$）	低幸运信念（$N=36$）	高幸运信念（$N=24$）
均值	3.44 (0.960)	3.54 (1.029)	3.81 (0.786)	4.67 (0.963)

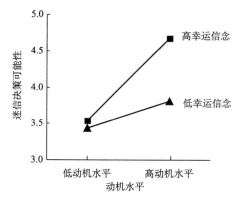

图 1　幸运信念与动机水平的交互作用

4　讨论

4.1　理论贡献

尽管迷信在营销实践中大量存在并对市场具有重要影响，但关于消费者迷信的研究还非常少(Kramer and Block，2008)，本文的理论贡献

具体体现在以下两个方面。

第一，已有研究主要关注特定文化下迷信信念对消费者评价及选择的影响(Ang，1997；Kramer and Block，2008；Simmons et al.，2003)，但这种影响常常是无意识地潜移默化地在起作用的(Kramer and Block，2008)。而消费者也常有意识地主动地运用自身持有的幸运信念进行决策，哪些因素会影响消费者的这种行为，尚缺乏深入的实证研究。本文从控制幻觉这一理论出发，首次验证了幸运信念和动机水平对消费者幸运迷信决策的影响，有助于深入理解消费者主动运用迷信信念进行决策的行为。

第二，本文关注的消费者幸运信念与已有研究中的迷信信念在视角上有所创新。一是以往研究多将迷信信念看做一个单一的变量，但迷信信念有消极和积极之分，它们的内在心理机制可能存在很大不同，因此将其区分对待非常必要(Vyse，1997；Wiseman and Watt，2004)，本文则直接针对幸运信念这种积极迷信进行研究。二是以往研究多关注特定文化下的迷信信念(如中国人认为数字 8 是吉利的，数字 4 是不吉利的)，但是消费者迷信信念并非都受传统文化中迷信信念的影响(Kramer and Block，2008)，比如某个消费者可能认为 5 是自己的幸运数字，而不是传统文化中的数字 8，因此应将其作为一种个体特质来理解其对消费者行为的影响(Carlson et al.，2009)。本文对幸运信念的界定及实验的设计都是针对消费者本身所持有的幸运信念的，这种幸运信念的内容可能受文化的影响，也可能来自个体体验等，但是不论如何，这种消费者本身所持有的幸运信念对消费者行为应该具有更为直接和重要的影响，研究结论也更具可推广性。

4.2　营销实践启发

第一，重视幸运营销。从控制幻觉的角度来理解，当消费者主动地有意识地根据幸运信念来进行决策时，可以增加对不确定性情境的控制感，提高对决策质量的感知，预期有更好的决策结果。这不仅意味着在抽奖、购买彩票等典型的不可控情境下,消费者会更多地依赖于迷信;事实上,生活本身就充满了不确定性,这意味着幸运信念会在更广泛的情境下对消费者发生作用。一些蕴涵幸运内涵的产品本身就能够使消费者在面对多变的环境和充满不确定性的现实生活时产生控制幻觉,吸引消费者购买。比如,网上流行一种用鲜花标本做的幸运草手链,其宣传就非常具有代表性:"据说在十万株首蓿草中,可能只有唯一的一株是四叶草。因为珍稀难求,所以四叶草一直是国际公认的幸运的象征。四片叶子的幸运草,每片叶子都有不同的意义,当中包含了人生梦寐以求的四样东西:名誉、财富、爱情、健康。相传若是为爱人找到了幸运草,那就是找到了幸福……"很好地捕捉了消费者追求幸运和美好人生的心理。当然,在以幸运为主题的营销过程中,要注意的是如何激发和提升低幸运信念者的幸运信念水平,以及如何激发高幸运信念者的动机水平。

第二,根据消费者幸运信念高低进行市场细分。根据消费者个体特质进行市场细分是一种重要的方法,如根据消费者性别、收入、受教育程度、个性、生活方式等进行市场细分的方式,在营销实践中被广泛采用。本文关注的幸运信念与以往特定文化下的迷信信念有所不同,是消费者的一种个体特质。研究表明,高幸运信念的消费者较之低幸运信念的消费者更有可能发生幸运迷信决策,尤其是动机水平较高时。因此,针对消费者幸运心理的抽奖促销活动和彩票营销活动,更适合于高幸运信念的目标群体。在这些情况下,幸运信念水平应该成为市场细分的一个重要变量。

第三,注重营销伦理,对消费者过度的幸运迷信行为要适当引导。本文的研究表明,高幸运信念的消费者,其动机水平越高,发生幸运迷信决策的可能性越高。当消费者面临着不可控的决策问题,迷信决策确实提供了一种方法,并且能使消费者感受到更高的控制幻觉,这对消费者心理有积极的作用。但是在有些营销情境下,如在彩票销售过程中,也可能发生消费者因为过于信赖自己的幸运数字而非理性加大投注的情形,

这时幸运迷信会导致消费者的盲目投资,极有可能造成重大损失。对此商家应给予必要的提醒和指导,引导消费者进行理性决策。这不仅有利于保护消费者的利益,也只有如此,才能有利于商家与消费者结成更长远的关系。

4.3　局限性与未来研究方向

由于采用实验室实验的方法,本文主要通过询问被试在特定情境下的反应来进行研究,如能进一步选择或设计实际的营销情境来考察消费者的实际决策将更有价值。同时本文主要关注了幸运信念和动机水平对消费者幸运迷信决策的影响,除此之外,是否还有其他变量,如介入度、熟悉度等也会对消费者幸运迷信决策产生影响,需要进一步检验。

但无论如何,迷信对消费者决策的影响存在着较大的研究空间。从本文关注的问题出发,我们认为至少有两个主题值得关注。①传统文化的幸运信念(如中国文化下的数字8)和个人幸运信念(如某人可能认为数字5是自己的幸运数字)共存时,谁对消费者的影响更大,或者分别在何种条件下起作用?②本文关注的消费者的幸运迷信是积极地追求好运,而还有一种是消费者的消极迷信,即努力去躲避坏运(如美国人躲避数字13和星期五,中国人躲避数字4和在喜庆的场合躲避白色)。两者对消费者决策起作用的心理机制是否存在不同,有何区别?这些问题都非常值得去进一步深入探索。

参考文献

[1] 陈雪玲,徐富明,刘腾飞,等. 2010. 控制幻觉的研究方法、形成机制和影响因素[J]. 心理科学进展,18(5):800-809.

[2] Ang S H. 1997. Chinese consumers' perception of alpha-numeric brand names[J]. Journal of Consumer Marketing,14(3):220-233.

[3] Biner P M, Angle S T, Park J H, et al. 1995. Need state and the illusion of control[J]. Personality and Social Psychology Bulletin,21:899-907.

[4] Burger J M. 1986. Desire for control and the illusion

of control: the effects of familiarity and sequence of outcomes[J]. Journal of Research in Personality, 20: 66-76.

[5] Burger J M, Lynn A L. 2005. Superstitious behavior among American and Japanese professional baseball players[J]. Basic and Applied Social Psychology, 27(1):71-76.

[6] Carlson B D, Mowen J C, Fang X. 2009. Trait superstition and consumer behavior: reconceptualization, measurement, and initial investigations[J]. Psychology and Marketing, 26(8):689-713.

[7] Case T I, Julie F, David R C, et al. 2004. Coping with ucertainty: superstitious strategies and secondary control[J]. Journal of Applied Social Psychology, 34(April):848-871.

[8] Fast N J, Gruenfeld D H, Sivanathan N, et al. 2009. Illusory control: a generative force behind power's far-reaching effects[J]. Psychological Science, 20: 502-508.

[9] Fenton-O'Creevy M, Nicholson N, Soane E, et al. 2003. Trading on illusions: unrealistic perceptions of control and trading performance[J]. Journal of Occupational and Organizational Psychology, 76(1): 53-68.

[10] Goodman J K, Irwin J R. 2006. Special random numbers: beyond the illusion of control[J]. Organizational Behavior and Human Decision Processes, 99:161-174.

[11] Gürhan-Canli, Z, Maheswaran D. 2000. Determinants of country-of-origin evaluations[J]. Journal of Consumer Research, 27(1):96-108.

[12] Hamerman E. 2009. Moving beyond the rabbit's foot: superstition and magical thinking in consumer behavior[J]. Advances in Consumer Research, 36: 31-36.

[13] Kay A C, Whitson J, Gaucher D, et al. 2009. Compensatory control: in the mind, in our institutions, in the heavens[J]. Current Directions in Psychological Science, 18:264-268.

[14] Kramer T, Block L. 2008. Conscious and nonconscious components of superstitious beliefs in judgment and decision making[J]. Journal of Consumer Research, 34(6):783-793.

[15] Källmén H, Andersson P, AndrenA. 2008. Are ir-

rational beliefs and depressive mood more common among problem gamblers than non-gamblers? A survey study of Swedish problem gamblers and controls[J]. Journal of Gambling Studies, 24: 441-450.

[16] Langens T A. 2007. Regulatory focus and illusions of control[J]. Personality and Social Psychology Bulletin, 33:226-237.

[17] Langer E J. 1975. The illusion of control[J]. Journal of Personality and Social Psychology, 32(2): 311-328.

[18] Langer E J, Roth J. 1975. Heads I win, tails it's chance: the illusion of control as a function of the sequence of outcomes in a purely chance task[J]. Journal of Personality and Social Psychology, 32: 951-955.

[19] Nisbett R E, Peng K, Choi I, et al. 2001. Culture and systems of thought: holistic versus analytic cognition[J]. Psychological Review, 108:291-310.

[20] Prendergast G P, Thompson E R. 2008. Sales promotion strategies and belief in luck[J]. Psychology and Marketing, 25(11):1043-1062.

[21] Rudski J. 2004. The illusion of control, superstitious belief, and optimism[J]. Current Psychology, 22:306-315.

[22] Simmons L C, Schindler R M. 2003. Cultural superstitions and the price endings used in Chinese advertising[J]. Journal of International Marketing, 11(June):101-111.

[23] Skinner E A. 1996. A guide to constructs of control[J]. Journal of Personality and Social Psychology, 71:549-570.

[24] Taylor S E. 1989. Positive Illusions Cretive self-deceptior and the Healthy Mind[M]. New York: Basic Books. well-being revisited separating fact from fiction[J]. Psychological Bulletin, 116:21-27.

[25] Taylor S E, Gollwitzer P M. 1995. Effects of mindsets on positive illusions[J]. Journal of Personality and Social Psychology, 69:213-226.

[26] Taylor S E, Kemeny M E, Reed G M, et al. 2000. Psychological resources, positive illusions, and health[J]. American Psychologist, 55:99-109.

[27] Thompson S C. 2004. Illusion of Control[M]// Pohl D. Cognitive Illusions: A handbook on Falla-

cies and Biases in Thinking, Judgment and Memory. New York: Taylor & Francis.

[28] Thompson S C, Armstrong W. 1998. Illusions of control, underestimations, and accuracy: a control heuristics explanation[J]. Psychological Bulletin, 2:143-161.

[29] Thompson S C, Nierman A, Schlehofer M M, et al. 2007. How do we judge personal control? Unconfounding contingency and reinforcement in control judgment[J]. Basic and Applied Social Psychology, 29:75-84.

[30] Vyse S A. 1997. Believing in Magic: The Psychology of Superstition[M]. New York: Oxford University Press.

[31] Wegner D M. 2002. The Illusion of Conscious Will [M]. Cambridge: MIT Press.

[32] Whitson J A, Galinsky A D. 2008. Lacking control increases illusory pattern perception[J]. Science, 322:115-117.

[33] Wiseman R T, Watt C. 2004. Measuring superstitious beliefs: why lucky charms matter[J]. Personality and Individual Differences, 37 (December): 1533-1541.

[34] Yardley J. 2006-07-05. First comes the car, then the $10 000 license plate [N]. New York Times, A4.

Consumer's Lucky Superstitious Decision Making Basing on Illusion of Control

Wang Jingyi[1][2], Wang Haizhong[2]

(①School of Business, Sun Yat-sen University

②Management School, Guangdong University of Business Studies)

Abstract　Consumers often make decisions relying on lucky superstitions when facing with uncontrolled marketing situations. Basing on the illusion of control theory, this paper examines consumers' superstitious decision making. The results indicate that lucky belief and motivation level influence consumer's superstitious decision making. When motivation level is high, compared to consumers with low lucky belief, consumers with high lucky belief have a higher likelihood making a superstitious decision. When motivation level is low, there is no significant difference between consumers with high lucky belief and those with low lucky belief. This paper not only makes valuable contributions to limited extant research in consumer superstition, but also has great implications for marketing practice.

Key words　Illusion of Control, Lucky Belief, Motivation Level, Consumer's Superstitious Decision Making

专业主编：彭泗清

营销科学学报
第 7 卷第 3 辑:59－84

Journal of Marketing Science;
Vol. 7, No. 3, September 2011:59－84

杜晓梦[①],张　黎[②]

摘　要　本文研究了在目标系统理论中,增加一个附加目标对原有手段偏好度评价的影响。从附加目标与原有手段和原有目标在实用性/享乐性特性的异同角度出发,论述了两种情况下,附加目标对原有手段偏好度评价的不同影响,并通过三个实验探究了其中的影响机制。实验结果显示,首先,当附加目标与原有目标在实用性/享乐性属性上不一致时,由于对照效应的影响,增加一个享乐性的附加目标会提高对原有手段的偏好度评价;而增加一个实用性的附加目标会降低对原有手段的偏好度评价。其次,当附加目标与原有目标在实用性/享乐性属性上一致时,由于吸收效应的影响,增加一个感知价值小于原有目标的附加目标,会提高对原有手段的偏好度评价;而增加一个感知价值大于原有目标的附加目标,会降低对原有手段的偏好度评价。

关键词　附加目标,手段,手段偏好度,目标系统

实用性和享乐性附加目标
及其对手段偏好度评价的影响[③]

0　序言

根据传统的目标系统理论(goal system theory),一个目标可以通过多种手段来实现,同样的,一个手段也可以实现多个目标(Kruglanski et al., 2002)。对于某种特定手段的偏好度评价,一方面取决于这种手段所实现目标的感知价值,另一方面取决于这种手段能实现目标的可能性大小(Thompson et al., 2005)。举例来说,对一张彩票的偏好度评价,一方面取决于中奖奖金的价值,另一方面取决于中奖的概率大小。在手段实现目标可能性不变的情况下,增加目标的价值会提高人们对手段的偏好度评价。因此,人们往往偏好能实现更多目标的手段,这是因为目标的增加使得此手段能够实现的价值也增加了。

已有的研究发现,一个与手段不太相关的附加目标会降低对于手段的偏好度评价(Kivetz and Simonson, 2003;Meyvis and Janiszewski, 2002)。而也有研究指出,即使是相关的附加目标也会影响对原有手段的偏好度评价(Zhang et al., 2007)。由此看来,"相关性"这一变量不足以解释增加一个附加目标会如何影响对原有手段的偏好度评价这一问题。

本研究从另一个角度去审视这一问题,通过分析附加目标与原有手段和原有目标在实用性/享乐性属性上的差别,以及附加目标与原有目标的感知价值大小差异,尝试提供另一种可能的答案。实用性/享乐性角度一直是学术界讨论的重点问题之一,不同的学科,如哲学、经济学、心理学、社会学等均从这一角度出发,尝试解释不同的现象。在市场营销的研究领域中,前人的研究

①　杜晓梦,管理学博士生,北京大学光华管理学院,通讯作者,E-maiil:fancia814@gmail.com。

②　张黎,管理学教授,北京大学国家发展研究院,北大国际 MBA,E-maiil:leezhang@ccer.edu.cn。

③　本研究得到北京大学中国经济研究中心-奥美品牌研究中心资助。真诚感谢匿名评审专家为本文的改进和完善所提供的宝贵意见。

发现产品可以被分成实用品和享乐品,而消费者
在选择不同商品时,所持有的消费目标也可以分
成实用性的和享乐性的(Batra and Ahtola,
1990)。持有不同的实用性/享乐性目标会对消
费者的选择和评价带来不同的影响(Voss et
al.,2003;马京晶等,2008;赵占波等,2007;郑毓
煌,2007;郑毓煌和董春艳,2011)。因此,本研究
引入这一视角,试图分析附加目标与原有手段不
同的实用性/享乐性特性如何影响消费者对手段
的偏好度评价。

　　本文通过两个实验先后论述了增加一个附
加目标对原有手段偏好度评价的影响。第一,我
们将回顾相关的理论框架;第二,实验一将讨论
当附加目标与原有手段在实用性/享乐性这一特
性不一致的情况下,附加目标如何影响原有手段
的偏好度评价;第三,实验二在实验一的基础上,
进一步通过更严谨的设计和实验刺激物的更替
来排除实验一中可能出现的其他干扰因素;第
四,实验三将讨论当附加目标与原有手段在实用
性/享乐性这一特性相一致的情况下,附加目标
如何影响原有手段的偏好度评价;第五,我们将
对实验结果及理论实践意义进行综合讨论。

1　理论回顾和假设提出

1.1　目标系统理论与实用性/享乐性目标

　　目标这一概念在消费者行为学中正在得到
越来越多的关注。目标可以影响个体关注的信
息(Huffman and Houston,1993),如个体如何
作出一个决定(Garbarion and Johson,2001)及
个体在购买产品时会考虑哪些因素(Ratneshwar
et al.,2001)。早期的研究将目标作为一个独立
的个体来研究,研究的重点在于目标的价值和如
何实现目标。而Kruglanski等开始将目标纳入
一个更大的目标系统中进行研究。在这个系统
中,目标被看成一系列认知结构中的一个节点,
一个目标可以和其他目标联系起来,此外,一个
目标也可以和多个可以实现此目标的手段联系
起来,从而将手段和目标纳入一个整体系统来
(Kruglanski et al.,2002),如图1所示。

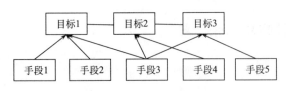

图1　目标系统示意图

　　与价值系统相类似,在目标系统中也可以采
用实用性/享乐性这一二分法来区分目标的属
性。相应地,享乐性目标是指那些体验性的、追
求乐趣、审美及刺激等的目标,如休闲、放松和美
的追求;而实用性目标则是指那些工具性、实际
的目标,如节约和效率(Dhar and Wertenbroch,
2000;Voss et al.,2003)。目标的这一属性可
以被视为一种动机性的特性(motivtional attrib-
ute),在整个目标系统之间进行传递(Fishbach
et al.,2004)。也就是说享乐性目标的享乐性会
传递给手段,从而使手段也具有享乐性的特性;
而功能型的目标也会把功能性这一属性传递给
实现它的手段,使手段也具有功能性(Fishbach
et al.,2004)。例如,如果想彰显自己高贵的身
份和地位(享乐性的目标),你可能会购买一件奢
侈的手表或者首饰(享乐性手段)。因此,在研究
一种特定手段及此手段实现的目标,即一个"手
段-目标"联系时,手段的属性与原有目标的属性
是一致的。

　　正是由于手段和目标具有实用性/享乐性这
一属性,当我们在研究增加一个附加目标将会如
何影响对手段的偏好度评价时,就要考虑到增加
的目标与原有目标和手段在这一属性上是否一
致这一问题。以下我们将分别讨论当附加目标
与原有目标不一致及附加目标与原有目标一致
时的情况,并提出相应的假设。

1.2　附加目标与原有目标属性不一致的情况

　　早期的产品创新研究发现,在附加一项新的
功能到一个原有产品上时,如果这一新功能与原
有产品在享乐性/实用性属性上不一致,这个新
的功能就会与原有产品产生一种对照,从而影响
人们对这一附加了新功能的产品的评价,这种效

应被称之为对照效应(contrast effect)(Chernev,2004;Gill,2008;Nowlis and Simonson,1996)。对照效应有两种表现形式:①如果一个享乐性的功能被附加到一个实用性的产品上,会产生正面的对照效应,从而提高对产品的喜好;②如果一个实用性的功能被附加到一个享乐性的产品上,则会产生负面的对照效应,此时原有的享乐性产品看起来并没有那么"有乐趣",从而对产品的喜好也会下降(Gill,2008)。

在目标系统理论中,更多的研究集中在附加目标与原有目标之间的冲突(goal conflict)上(Baumeister et al.,1998;Muraven et al.,1998)。一些研究认为,增加一个新的目标会分散手段实现目标的能力,降低人们对原有目标的注意力,从而影响对原有目标的实现,所以人们有时不得不作出一些取舍,来保证主要目标的实现(Gailliot et al.,2007)。而另外一些研究则认为人们都在寻找一些能够同时实现多个目标的"多功能的"手段(Kopetz et al.,2006;Kopetz et al.,2011)。然而,很少的研究集中在新增的附加目标与已有目标在实用性/享乐性属性上的对照如何影响人们对手段的评价上。事实上,已有研究发现,目标在情感特性上的不同,可能会带来对同一手段的不同评价。例如,Fishbach等(2004)的研究发现,当被试具有"食物应该带来美食的享受"的目标时,他们会对食物的评价更高;反过来,当被试具有"监控体重"的目标时,他们对食物的评价就降低了。在目标系统理论的研究中,据我们所知还不曾有研究从实用性/享乐性属性差异角度出发,对附加目标对原有手段偏好度评价的影响作出过探讨,因此我们认为,引入这个角度的理论是有必要的。

结合上述讨论,我们认为,当增加一个附加目标到一个原有的"手段-目标"联系中时,也可以分成以下两种情况。

第一种情况是附加目标为享乐性的目标,而原有目标为实用性的目标。在这种情况下,附加的目标会与原有的目标产生正面的对照效应,从而提高对原有手段的偏好度评价。举例来说,假设你想达到保持身体健康这一实用性的目标时,你选择了学习瑜伽这一手段来实现,在学习了一段时间后,你惊喜地发现瑜伽是很有乐趣的并且会给你带来身心的放松(享乐性的附加目标),你会更加喜欢瑜伽这个手段。由此,我们提出以下的假设。

H1:当一个享乐性的附加目标被添加到一个实用性的"手段-目标"联系中时,对原有手段的偏好度评价会由于正面的对照效应而得到提高。

第二种情况是附加目标为实用性的目标,而原有目标为享乐性的目标。在这种情况下,附加的目标会与原有的目标产生负面的对照效应,使得原有的目标和手段显得没有那么享乐了,从而降低了对原有手段的偏好度评价。这也就是为什么人们常说当一种爱好变成了工作之后,对这种爱好的兴趣也就没那么多了。正是因为当增加了"得到报酬"这一实用性的附加目标时,原来为了"得到乐趣"而进行的兴趣爱好,也就变得没有那么有乐趣了,那么我们对这一兴趣爱好的评价和喜好度也就下降了。由此,我们提出以下的假设。

H2:当一个实用性的附加目标被添加到一个享乐性的"手段-目标"联系中时,对原有手段的偏好度评价会由于负面的对照效应而得到降低。

1.3 附加目标与原有目标属性一致的情况

在产品创新研究领域,早期的研究发现,如果一项新的产品功能与原有产品在享乐性/实用性属性上相一致,如一个新的享乐性功能被添加到一款享乐性产品上,这个新的产品功能所具有的价值就会被吸收,这种效应被称之为吸收效应(assimilation effect)(Chernev,2004;Gill,2008;Nowlis and Simonson,1996)。在吸收效应作用之下,新产品的总体价值提升了,因此对产品的喜好也就相应提升了。

然而,又有研究指出,当附加的产品功能小于原有产品的功能时,这个新功能会被人们接受,并得到正面的认识;而当附加一个大于原有产品功能的新功能时，人们会怀疑此产品是否有能力实现这一功能，并且怀疑增加的功能是否会对原有功能的性能产生影响（Chernev，2004；Nowlis and Simonson，1996）。举例来说，诺基亚的一款手机因为增添了手电功能而得到热卖，但试想如果一个手电筒厂家推出了可以打电话的手电筒，相信应该没有多少人敢于购买。这正是因为人们对于功能的价值大小存在一个主观的排序，如果一个新的功能超出了原有产品可以实现的能力，那么人们就会怀疑此产品的性能，进一步降低对该产品的偏好。

类似地，在目标系统的研究中，手段有限资源理论（means limited resources theory）指出一个特定手段的资源是有限的，因此，它能够达到目标的能力是有限制的，那么，增加一个附加目标势必会分散一部分原有手段的资源，从而使其对原有目标的实现产生影响（Gill，2008；Thompson et al. ，2005）。就像一个人的能力有限，不能够同时处理不同的任务一样，手段的能力也是有限的（limited capability）。如果增加的附加目标感知价值超过原有目标的价值：一方面，人们会怀疑原有手段能否实现这一附加目标；另一方面，人们会认为这个感知价值大的附加目标牵扯了原有手段的大部分资源，从而影响了手段实现原有目标的能力，使得原有目标的性能变差。而原有目标的性能变差又导致手段带来的整体价值减少，从而进一步降低了对手段的偏好度评价。

那么，当增加的目标与原有目标在实用性/享乐性这一属性上相一致时，附加目标的价值能否被原有手段所吸收从而进一步增加对手段的偏好度，要取决于附加目标与原有目标感知价值的相对大小。因此，我们可以提出以下假设。

H3：当增加的附加目标与原有目标都是实用性属性时，一个感知价值小于原有目标感知值的附加目标会提高对手段的喜好度评价；而一个感知价值大于原有目标感知价值的附加目标会降低对手段的喜好度评价。

H4：当增加的附加目标与原有目标都是享乐性属性时，一个感知价值小于原有目标感知

值的附加目标会提高对手段的喜好度评价；而一个感知价值大于原有目标感知价值的附加目标会降低对手段的喜好度评价。

同时，手段有限资源理论指出，一个手段的资源是有限制的，增加一个附加目标会牵扯到一部分手段的资源，从而影响原有目标的性能。那么，为什么增加一个感知价值大的附加目标会降低人们对手段的偏好度评价呢，其中的机理是什么呢？

我们认为，增加一个感知价值大的附加目标会使人们对手段实现原有目标的能力产生怀疑，认为增加了附加目标后，原有目标的性能会下降，而原有目标性能的下降又导致手段带来的整体价值减少，从而进一步降低了人们对手段的偏好度评价。因此，我们认为，原有目标的性能变化在增加一个附加目标对手段偏好度评价影响这一问题中起到一个中介变量的作用。因此，我们提出以下假设。

H5：原有目标的性能变化会作为一个中介变量，调节附加目标感知价值对原有手段的喜好度评价的影响。增加一个感知价值大的附加目标会通过降低原有目标的性能这一途径间接降低对原有手段的喜好度评价。

2 实验设计和数据分析

2.1 实验一：附加目标与原有目标属性不一致的情况

实验一的目的是证明增加一个属性不一致的附加目标到一个特定的"手段-目标"联系中，会对原有手段的偏好造成不同的影响。具体来说，我们的假设是：增加一个享乐性的附加目标到一个实用性的"手段-目标"联系中，会提高对原有手段的偏好度；而增加一个实用性的附加目标到一个享乐性的"手段-目标"联系中，会降低对原有手段的偏好度。

2.1.1 实验方法

2.1.1.1 被试

位于北京的某综合性大学的 100 名学生参

与了这个实验(其中包括 44 名男生和 56 名女生),在实验结束后我们发放给每人 15 元人民币作为报酬。经过检验,被试的各项人口统计数据(包括性别、年龄、专业和收入)均对我们关注的变量没有产生显著的影响,因此,我们将不汇报这些因素在实验中的相关结果。

2.1.1.2 实验过程

本实验采用了一个 2(目标状态:无附加目标 vs. 有附加目标)×2(原有目标属性:实用性 vs. 享乐性)×2(手段类型:手表 vs. 香水)的混合设计,其中目标状态和原有目标属性被操控为组间因素,手段类型被操控为组内因素。被试被邀请来参加一个产品创新的实验,并被告知他们将阅读两个关于即将推出的新产品的描述,在每个产品描述之后,他们需要回答一些关于这个产品的问题。由于手段类型为组内因素,我们将分别阐述在这个因素包含的两个水平的情况下,不同实验条件的被试阅读到的产品描述。也就是说,所有的被试都将看到一个关于手表的产品描述和一个关于香水的产品描述,而由于前两个因素(目标数和原有目标属性)的不同,被试将看到的产品描述是不同的。

具体来说,由于前两个因素分别包含两个水平,所以我们得到四个实验条件:无附加目标且原有目标为实用性目标的条件、有附加目标且原有目标为实用性目标的条件(由于此实验是原有目标属性与附加目标属性不一致的情况,这意味着附加目标为享乐性目标)、无附加目标且原有目标为享乐性目标的条件、有附加目标且原有目标为享乐性目标(附加目标为实用性目标)。我们由此将被试分为四组,每组分别阅读关于两个手段类型,即手表和香水的产品介绍。

在手表的产品描述中,我们虚拟了一个手表制作商的品牌 TITON。无附加目标且原有目标为实用性目标的条件下,被试阅读到以下的实用性原有目标的描述。

"TITON 是欧洲著名的腕表品牌之一,建立于 1919 年瑞士的格林肯小镇。TITONI 一向以朴实无华但精密可靠的品质闻名,是性能价格比最出色的瑞士腕表品牌之一。TITON 将'提供

更加优质的产品给世界上所有人'作为自身的使命,在精密加工、测量技术、节能等方面具有很强的技术优势。TITON 将于 2010 年推出名为'火焰'的功能型腕表系列。该系列以优质的不锈钢钢材制造,强抗撞击性非常明显,通过承受 5000Gs 撞击测试。其光动能最长可以连续运转 10 年,采用高精度的年误差机芯,年误差在 10 秒以内,具有很强的实用性。"

在原有目标为实用性目标附加目标为享乐性目标的条件下,被试读到和以上一样的实用性原有目标描述,只是在最后添加了一句话作为享乐性附加目标的描述:"另外,火焰系列专门聘请了法国顶级设计师为其设计了三种颜色(蓝火、金火和赤火)的可替换型真皮表带,以满足佩戴者不同服饰的搭配需求。"

类似地,在无附加目标且原有目标为享乐性目标的条件下,被试读到以下的享乐性原有目标的描述。

"TITON 是欧洲著名的腕表品牌之一,建立于 1919 年瑞士的格林肯小镇。高贵的艺术境界与昂贵的制作材料塑造了 TITON 经久不衰的品牌效应。TITON 腕表采用的钻石全部经过严格挑选,无论颜色还是清晰度都是上乘的水平,经由经验丰富的珠宝工艺师精心镶嵌,尽显佩戴者非凡的魅力和优雅的风度。

TITON 将于 2010 年推出名为'火焰'的高档腕表系列。该系列采用完美切割的 3 层红宝石镜面设计,搭配以 12 颗精挑细选的钻石镶嵌,加上白金表带上纯手工雕刻的火焰造型,充分体现了佩戴者的高贵身份和不凡品味。"

在原有目标为享乐性目标,附加目标为实用性目标的条件下,被试读到和以上一样的享乐性原有目标描述,只是在最后添加了一句话作为实用性附加目标的描述:"另外,火焰系列还具备打火机的功能,以满足佩戴者的实际需求。"

在阅读完产品描述后,被试被要求对此款即将推出的产品作出评价,我们用一个从 1(一点也不喜欢)到 9(非常喜欢)的李克特 9 点量表测量其对产品的偏好度评价。这个问题被隐藏在其他三个填充问题(filler items)之间。

在香水的产品描述中，我们虚拟了一个香水制作商的品牌 Well-being。实验过程基本与上述的手表的实验过程是一样的。在无附加目标且原有目标为实用性目标的条件下，被试读到以下的实用性原有目标的描述。

"Well-being 是韩国知名的日常生活化学用品品牌，创立至今已有 20 年的时间，在韩国日用品市场占领较大的市场份额。旗下产品包括厨卫清洁剂、洗衣粉、蚊香和沐浴用品等多种日常生活用品。

Well-being 将于 2010 年推出'绿意'的驱蚊药水系列。该系列驱蚊药水采取纯植物气味驱蚊原理，蚊子无耐药特性，驱蚊效果好，其添加的最新科技成分'纳米银'，可达到除臭和杀灭 500 多种病菌的功能，家庭经常使用可减少或避免人体感染病毒。"

在原有目标为实用性目标，附加目标为享乐性目标的条件下，被试读到和以上一样的实用性原有目标描述，只是在最后添加了一句话作为享乐性附加目标的描述："另外，'绿意'驱蚊药水系列融合了知名香水品牌的三种香水配方（花香型、果香型和木香型），使用者在驱蚊的同时还能选择自己喜爱的香氛类型，以满足不同消费者感官上的需求。"

类似地，在无附加目标且原有目标为享乐性目标的条件下，被试读到以下的享乐性原有目标的描述。

"Well-being 是韩国知名的香水品牌，创立至今已有 20 年的时间，深受韩国时尚人士的喜爱。品牌以'美是自然和科学的结晶'为理念，甄选天然名贵香料，采用 24 道香水提纯加工工艺，将自然清新与时尚优雅完美地结合在一起。

Well-being 将于 2010 年推出'绿意'的香水系列。该系列香水设计的灵感来自雨后的花朵，使用了两种不同寻常的成分：来自留尼汪岛的海湾玫瑰和来自西部非洲的卡罗卡朗迪香料，将雨水的清新与玫瑰的香甜巧妙地融合在一起，给人一种神清气爽的感受。"

在原有目标为享乐性目标，附加目标为实用性目标的条件下，被试读到和以上一样的享乐性

原有目标描述，只是在最后添加了一句话作为实用性附加目标的描述："另外，'绿意'系列香水还添加了驱蚊配方，使使用者远离蚊虫的侵扰。"

在阅读完产品描述后，被试被要求对此款即将推出的产品作出评价，我们用一个从 1（一点也不喜欢）到 9（非常喜欢）的李克特 9 点量表测量其对产品的偏好度评价。这个问题被隐藏在其他三个填充问题之间（问卷示例问题见附录 1）。

2.1.2　结果分析及讨论

我们对被试的产品评价进行了重复性测量的 2（目标状态：无附加目标 vs. 有附加目标）×2（原有目标属性：实用性 vs. 享乐性）×2（手段类型：手表 vs. 香水）的 ANOVA 分析。结果显示了目标状态和原有目标属性两个因素之间的交互作用是显著的（$F(1, 96) = 37.75$，$p <$ 0.01），如图 2 所示。另外，与我们预想的一样，手段类型这个因素并没有对产品评价产生显著的影响，也没有与其他因素产生交互作用（$Fs <$ 1）。这意味着在不同类型的手段操控下，目标状态和原有目标属性两个因素的交互效应显示出同样的交互模式，如图 3 所示。

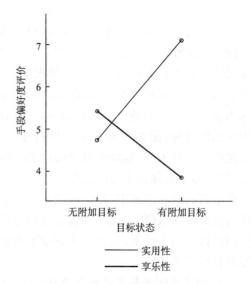

图 2　目标状态和原有目标属性
对手段偏好度评价的交互作用

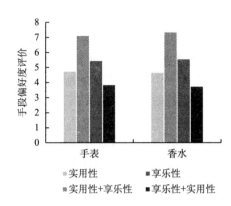

图 3 不同手段类型下交互作用对手段
偏好度评价的影响模式

为了进一步分析交互作用的具体数据,我们进行了单因素效应检验(simple effect test)。由于不同手段类型条件下,目标状态和原有目标属性的交互作用并没有显著差异,此处我们仅以以手表为原有手段的研究数据为例,进行单因素效应的检验。检验结果如表 1 所示。

上述结果与我们的假设是一致的。当增加一个享乐性的附加目标到一个实用性的"手段-目标"联系中时,被试对原有手段的偏好度评价从 4.72 显著地提高到了 7.095($p<0.01$);而当增加一个实用性的附加目标到一个享乐性的"手段-目标"联系中时,被试对原有手段的偏好度评价从 5.417 显著地降低到了 3.833($p<0.05$)。

表 1 单因素效应检验结果

因素	编码	均值	标准差	样本量
原有目标属性:	实用性			
目标状态	无附加	4.720	1.969	25
目标状态	有附加	7.095	1.261	21
原有目标属性:	享乐性			
目标状态	无附加	5.417	2.636	24
目标状态	有附加	3.833	2.574	30
整个样本		5.120	2.492	100

实验一证实了假设中的"对照效应",也就是说,增加一个性质不一致的附加目标到一个原有的"手段-目标"联系中,会产生附加目标与原有目标的对照,从而影响对原有手段的偏好度。具体来说,增加一个享乐性的附加目标到一个实用性的"手段-目标"联系中,附加的享乐目标产生了正面的对照效应,从而提高对原有手段的偏好度。相反地,增加一个实用性的附加目标到一个享乐性的"手段-目标"联系中,会产生一种负面的对照效应,从而降低对原有手段的偏好度。

然而,实验一也存在着一些不足。例如,并没有测量原有手段和附加目标的享乐性与感受,这可能会导致操控的目标不明确;另外,实验一也没有检验附加目标与原有手段的相关性、感知价值等属性,这些都可能导致有其他的解释干扰我们的假设。因此,我们设计了实验二用于排除

以上种种的可能性。

2.2 实验二:附加目标与原有目标属性不一致的情况

实验二的目的在于在实验一的基础上,进一步通过更严谨的设计和实验刺激物的更替来排除实验一中可能出现的其他干扰因素。具体来说,首先,我们会增加附加目标与原有手段感知价值差异这一属性,来排除由感知价值所带来的对手段偏好度的干扰,我们将会对感知价值小于、等于、大于原有手段的附加目标分别进行考察,以排除可能相关的因素;其次,我们会对原有手段和附加目标的实用性/享乐性属性进行测量,以保证实验操控目标的实现;再次,我们会增加附加目标与原有手段相关性的检验,以排除其因为附加目标和原有手段不相关导致的手段偏

好度下降的可能性；最后，我们采用不同的刺激物，对手段偏好度的测量也采用不同的量表，进一步加强研究结果的内外部效度。

2.2.1　预实验

在实验二中，我们选取"夏令营活动"作为原有手段。在实用性的条件下，我们将把夏令营和实用性目标联系起来，向被试展示一段学术型夏令营的描述；而在享乐性条件下，我们将把夏令营和享乐性目标联系起来，向被试展示一段观光型夏令营的描述（具体的描述与正式实验中的相同，请见正式实验部分）。

预实验的目的在于为两个类型的原有手段寻找符合以下条件的附加目标：①与原有手段在实用/享乐属性上不一致；②感知价值显著小于、等于或大于原有手段的感知价值。具体来说，我们将为学术型夏令营挑选出三个感知价值分别小于、等于、大于其享乐性的附加目标，而对于观光型夏令营，我们需要准备三个感知价值分别小于、等于、大于其实用性的附加目标。

位于北京的某综合性大学的 67 名学生参与了这个实验（其中包括 24 名男生和 43 名女生），在实验结束后我们发放给每人 10 元人民币作为报酬。

2.2.1.1　测量

为了保证附加目标与原有手段的相关性，我们在进行预实验之前，通过前期访谈的方式征集了相关的意见，以此为基础设计了实验材料的备择选项。具体来说，对于学术型夏令营，我们的 8 项附加目标包括"每天播放电影 1 小时"、"举办社交聚会"、"组织抽奖活动"、"举办结业旅行"、"附送礼品"、"邀请名人演出"、"准备丰盛的自助午餐"以及"为学员拍摄写真"。相应地，对于观光型夏令营，我们的 8 项附加目标包括"配备外教"、"增长文化知识"、"举办去名校考察活动"、"准备丰富的特色书籍"、"邀请名师进行演讲"、"举行体能训练摆脱亚健康状态"、"举办有奖竞猜"及"返还国内 1000 公里经济舱里程"。对于两项原有手段和 16 项附加目标，我们

将进行以下属性的测量：①实用性和享乐性属性，在这里，我们采用 Voss 等（2003）文章中的量表，用"无用处的/有用处的"和"不实际的/实际的"两项去测量实用性得分（结果进行平均处理为单一值，$r=0.76$），用"无乐趣的/有乐趣的"和"沉闷的/刺激的"两项去测量享乐性得分（结果进行平均处理为单一值，$r=0.83$）（量表均采用李克特 7 点量表）；②感知价值属性，我们采用 Gill（2008）的方法，用一个问题"总体来说，这项活动（或这项附加目标）对于你来说有多少价值？"来测量（量表采用李克特 9 点量表，1 代表非常没有价值，9 代表非常有价值）。

2.2.1.2　结果分析

首先，对于两种手段的实用性和享乐性测量，学术型夏令营在实用性属性上得分显著高于享乐性属性得分（$t=3.764, p=0.000$），这说明学术型夏令营属于实用性的原有手段。相反地，观光型夏令营在实用性属性上得分显著低于享乐性属性得分（$t=-3.801, p=0.000$），这说明观光型夏令营属于享乐性的原有手段。

其次，经过上文陈述的附加目标的条件筛选，我们分别为两项原有手段挑选出 3 项符合标准的附加目标。具体来说，对于学术型夏令营，我们分别挑选了"每天播放电影 1 小时"、"举办社交聚会"及"举办结业旅行"作为附加目标。对于观光型夏令营，我们分别挑选了"增长文化知识"、"举办去名校考察活动"及"举行体能训练摆脱亚健康状态"作为附加目标。

我们挑选的标准需要符合：①与原有手段在实用/享乐属性上不一致；②感知价值显著小于、等于或大于原有手段的感知价值。举例来说，"每天播放电影 1 小时"，其在实用性上得分显著低于享乐性属性（$t=-4.108, p=0.000$），这说明它属于享乐性附加目标，与原有手段——学术型夏令营的属性是不一致的，符合了我们的第一个挑选标准。同时，它在感知价值上得分显著低于原有手段在感知价值上的得分（$t=-4.259, p=0.000$），符合了我们的第二个挑选标准。其他的选项在两个标准上的得分结果见表 2。

表 2　原有手段和附加目标在实用性/享乐性和感知价值比较属性的结果

原有手段	附加目标	实用性/享乐性	t 值	p 值	感知价值比较[a]	t 值	p 值
学术型夏令营		实用性	3.764	0.000			
	每天播放电影 1 小时	享乐性	−4.108	0.000	显著小于	−4.259	0.000
	举办社交聚会	享乐性	−4.357	0.000	无显著差异	0.280	0.781
	举办结业旅行	享乐性	−4.870	0.000	显著大于	3.631	0.001
观光型夏令营		享乐性	−3.801	0.000			
	增长文化知识	实用性	5.694	0.000	显著小于	−5.236	0.000
	举办去名校考察活动	实用性	6.037	0.000	无显著差异	−0.808	0.422
	举行体能训练摆脱亚健康状态	实用性	5.526	0.000	显著大于	3.829	0.000

a 此感知价值比较为附加目标与相对应的原有手段的感知价值比较。

2.2.2　正式实验

2.2.2.1　实验方法

第一,被试。

我们邀请了位于北京的综合性大学的 268 名学生参与了这个实验(其中包括 103 名男生和 165 名女生),在实验结束后我们发放给每人 15 元人民币作为报酬。经过检验,被试的各项人口统计数据(包括性别、年龄、专业和收入)均对我们关注的变量没有产生显著的影响,因此,我们将不汇报这些因素在实验中的相关结果。

第二,实验过程。

本实验采用了一个 2(目标状态:无附加目标 vs. 有附加目标)×2(原有目标属性:实用性 vs. 享乐性)×3(附加目标价值:显著小于 vs. 无显著差异 vs. 显著大于)的组间设计。被试被邀请来参加一个关于大学生生活的调查,并被告知他们将阅读一段关于某夏令营的描述,并在之后回答一些关于这个夏令营的问题。

在原有目标属性为实用性的实验条件下,被试将看到以下的描述。

“赴新学术夏令营是新加坡某大学面向中国在校大学生举办的学术型夏令营。在为期一周的时间内,夏令营将为学生教授密集的英文课程以及前沿的学术课程。学校将会指导学生们如何在学习中取得成功,如何在学校建立良好的信誉,并给大家介绍申请著名大学的技巧。此

夏令营的主要目标在于培养学生的学术能力。”

在目标状态为无附加目标的实验条件下,被试的阅读到此为止;而在目标状态为有附加目标的实验条件下,被试还将阅读一句关于附加目标的描述。进一步,由于附加目标价值有三个实验条件,不同条件下的被试将分别阅读到以下三种描述:“此外,夏令营还会在每晚加播一场电影,以满足同学们的娱乐需求”;“此外,夏令营还会举办社交聚会活动,使同学们认识更多的朋友,丰富夏令营的生活”;“此外,夏令营将在学习结束后举办结业旅行,带领同学们在新加坡观光览胜”。

在阅读完关于夏令营的介绍后,被试被要求回答以下的问题:首先,我们用两个问题来测量手段偏好度——被试被要求在一个从 1(非常不愿意)到 9(非常愿意)的李克特 9 点量表上标出其想要参加此夏令营的意愿,并给出愿意为此次夏令营支付的价格(开放性问题);其次,我们采用预实验中使用过的方法检验了两项夏令营和三项附加目标的实用性/享乐性属性;最后,我们采用两个问题来检验附加目标与原有手段的相关性,即“你认为每晚加播一场电影(或举办社交聚会活动,或举办结业旅行活动)在学术夏令营中的安排合适吗?”以及“你认为每晚加播一场电影(或举办社交聚会活动,或举办结业旅行活动)与学术夏令营相关性高吗?”量表采用从 1(非常不合适/非常不相关)到 7(非常合适/非常相关)

的李克特量表进行测量。

类似的实验过程被应用到原有目标属性为享乐性的实验条件下。在此条件下,被试将看到以下的描述。

"赴新观光夏令营是新加坡某大学面向中国在校大学生举办的观光型夏令营。在为期一周的时间内,夏令营将带领学生周游新加坡的名胜景点,观赏位于新加坡河河口海滨大道上的鱼尾狮塑像,领略充满热带风情的度假旅游胜地圣陶沙岛,品尝各种东南亚美食。此夏令营的主要目标在于让学生充分享受假期的快乐。"

类似地,在目标状态为无附加目标的实验条件下,被试的阅读到此为止;而在目标状态为有附加目标的实验条件下,被试还将阅读一句关于附加目标的描述。进一步,由于附加目标价值有三个实验条件,不同条件下的被试将分别阅读到以下三种描述:"此外,夏令营还将讲授新加坡历史文化,增长同学们的文化知识";"此外,夏令营还将举办去名校的考察活动,帮助同学们了解海外一流大学的学习情况";"此外,夏令营还将举行各式体能训练,帮助同学们摆脱平日学习所积累的亚健康状态"。在阅读完关于夏令营的介绍后,被试被要求回答的问题与原有目标属性为实用性的实验条件下的问题类似,在此不作赘述(问卷示例问题见附录2)。

2.2.2.2　结果分析及讨论

(1) 操控检验。

首先,我们检验了原有手段和附加目标的实用性/享乐性特性。结果和预实验的结果相吻合:学术型夏令营在实用性得分上显著高于其在享乐性上的得分($t=4.531, p=0.000$);而享乐型夏令营在实用性得分上显著低于其在享乐性上的得分($t=-3.602, p=0.000$);附加目标的实用性/享乐性得分也和预实验结果相吻合,因此不在此一一赘述。对于相关性的操控检验,我们将两项问题进行平均化处理成一个值($r=0.73$),结果显示六项附加目标和对应的原有手段之间的相关性得分为4～7(1～7的量表中),处于中等偏高的相关性,排除了由相关性引起的对分析结果的干扰。

(2) 手段偏好度评价。

在实验二中,对手段偏好度评价的测量,我们采取了两个问题:测量了被试想要参加夏令营的意愿和被试愿意为夏令营支付的价格。我们首先对于被试想要参加夏令营的意愿进行了一个2(目标状态:无附加目标 vs. 有附加目标)×2(原有目标属性:实用性 vs. 享乐性)×3(附加目标价值:显著小于 vs. 无显著差异 vs. 显著大于)的 ANOVA 分析。结果显示了目标状态和原有目标属性两个因素之间的交互作用是显著的($F(1, 262) = 15.586, p<0.01$)。同时,目标状态、原有目标属性和附加目标价值的三个因素之间的交互作用并不显著($F(1, 256)=0.680, p=0.508$)。这意味着在不同附加目标价值的条件下,目标状态和原有目标属性两个因素的交互效应显示出同样的交互模式如图4～6所示。

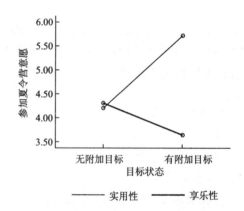

图4　附加目标价值小于原有手段价值时,
目标状态和原有目标属性的交互作用

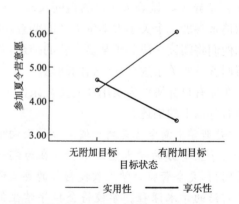

图5　附加目标价值与原有手段无差异时,
目标状态和原有目标属性的交互作用

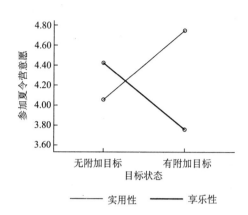

图 6   附加目标价值大于原有手段价值时,
目标状态和原有目标属性的交互作用

此外,我们对被试给出的愿意为夏令营支付的价格也进行了一个 2(目标状态:无附加目标 vs. 有附加目标)×2(原有目标属性:实用性 vs. 享乐性)×3(附加目标价值:显著小于 vs. 无显著差异 vs. 显著大于)的 ANOVA 分析。结果与上述结果相吻合。目标状态和原有目标属性两个因素之间的交互作用是显著的(F(1,262)= 86.179,$p < 0.01$)。同时,目标状态、原有目标属性和附加目标价值的三个因素之间的交互作用并不显著(F(1,256)= 1.386,p = 0.252)。

综合上述结果,我们可以发现,附加目标价值对目标状态和原有目标属性的交互作用没有显著的影响。也就是说,无论附加目标价值显著小于原有手段的价值、与原有手段价值无显著差异,还是显著大于原有手段的价值,增加一个享乐性的附加目标到一个实用性的原有手段上,都会提高对原有手段的偏好度,而反过来,增加一个实用性的附加目标到一个享乐性的原有手段上,则会降低对原有手段的偏好程度。

实验二在实验一的基础上,加入了附加目标与原有手段感知价值差异这一属性,排除了由感知价值可能带来的对手段偏好程度的干扰。同时,实验二检验了原有手段、附加目标的实用性/享乐性属性,使得研究结果更加可靠,并且通过两个问题检验了附加目标与原有手段的相关性,排除了因为附加目标和原有手段不相关导致的

手段偏好程度下降的可能性。

2.3   实验三:附加目标与原有目标属性一致的情况

实验三的目的在于研究在附加目标与原有目标属性一致的情况下,附加目标将会如何影响对原有手段的偏好度。我们认为,增加一个感知价值小于原有目标的附加目标,会带来"吸收效应",使得附加目标的价值被原有手段吸收,从而提高对原有手段的偏好度;而增加一个感知价值大于原有目标的附加目标,不会带来"吸收效应",反之,会带来对手段实现原有目标能力的怀疑,从而降低对原有手段的偏好度。

此外,为了验证导致这一现象的内部途径,我们检验了"手段对原有目标的实现能力"这一变量的中介作用(mediation effect)。我们预测,增加一个感知价值小于原有目标的附加目标不会影响手段对原有目标的实现能力,从而使附加目标的价值能够被原有手段吸收,从而进一步提升对手段的偏好度;而增加一个感知价值大于原有目标的附加目标会降低手段对原有目标的实现能力,使原有目标的性能变差,从而进一步降低对原有手段的偏好度。

2.3.1   实验方法

2.3.1.1   被试

我们邀请了位于北京的综合性大学的 60 名学生参与了这个实验(其中包括 31 名男生和 29 名女生),在实验结束后我们发放给每人 15 元人民币作为报酬。经过检验,被试的各项人口统计数据(包括性别、年龄、专业和收入)均对我们关注的变量没有产生显著的影响,因此,我们将不汇报这些因素在实验中的相关结果。

2.3.1.2   实验过程

本实验采用了一个 2(附加目标感知价值:小于原有目标 vs. 大于原有目标)×2(目标状态:无附加目标 vs. 有附加目标)×2(手段/目标的属性:实用性 vs. 享乐性)的混合设计,其中附加目标感知价值被操控为组间因素,目标状态和手段/目标属性被操控为组内因素。在这里,

我们按照组间因素的两个水平将被试分为两个实验组：附加目标感知价值小于原有目标的实验组及附加目标感知价值大于原有目标的实验组。对于这个属性的操控效果我们将会在之后的结果分析部分进行讨论。

我们邀请被试参加一个所谓的产品创新的实验，并告知他们将阅读两段关于即将推出的新产品和服务的描述，一个是明年将推出的一款新的软件组合（实用性），另一个是明年将开张的一间咖啡厅（享乐性）。在每段描述后，他们将回答一些相关的问题。

第一个描述被操控为一个实用性的手段/目标。我们虚拟了一个专业翻译软件公司及其要在明年推出的一款新的软件组合。被试会首先读到以下描述（原有目标）。

"鼎尚软件公司是成立于深圳的一家中型翻译软件开发公司，生产面向企业与专业学术机构的翻译词典软件。该公司创立至今已有5年时间，推出了包括微电子学科电子辞典、生物化学学科电子词典等专业翻译软件，拥有较高的客户满意度。

鼎尚软件公司将于2010年首次推出一款适用于个人用户的翻译软件。软件含部分本地词库，支持取词、查词和查句等经典功能；支持中、日、英三语查询，并收录30万单词纯正真人发音，含5万长词、难词发音。"

阅读完以上的描述后，被试会被问及对于这款新的软件的偏好程度，一个从1（一点也不喜欢）到9（非常喜欢）的9点量表被用来测量这一问题。

接着，在附加目标感知价值小于原有目标价值的实验组的被试将会读到以下描述（附加目标）。

"为了与传统翻译软件进行区分，鼎尚软件公司首次尝试在即将推出的翻译软件中集成文档管理的功能。在文档管理的窗口下，用户可以搜索并查看浏览本地文档，保护文档的安全，并能设置文档的属性和文档的定时保存。"

在附加目标感知价值大于原有目标价值的实验组的被试将会读到以下描述（附加目标）。

"为了与传统翻译软件进行区分，鼎尚软件公司首次尝试在即将推出的翻译软件中集成病毒查杀的功能。在病毒查杀的窗口下，用户可以自定义查杀病毒的区域和方式，更新病毒库及备份系统文件。"

阅读完这一附加目标的描述后，两个实验条件下的被试会被问及对于这款附加了功能的新软件的偏好程度，一个从1（一点也不喜欢）到9（非常喜欢）的9点量表被用来测量这一问题。同时，他们被问及附加的功能会如何影响原有软件的翻译功能，一个从-4（极大地降低）到4（极大地提高）的9点量表被用来测量这一问题。这两个问题被隐藏在其他三个填充问题之间。最后，作为操控检验的问题，被试被要求判断附加功能与原有翻译功能的相关性，一个从1（一点也不相关）到9（非常相关）的9点量表被用来测量这一问题；并要求分别评价附加功能与主要功能给他们带来的价值，一个从1（一点也没价值）到9（非常有价值）的9点量表被用来测量这一问题。

接下来的第二段描述被操控为一个享乐性的手段/目标描述，我们虚拟了一个咖啡厅的品牌及其要开设一家新的分店。被试会首先读到以下描述（原有目标）。

"三色咖啡厅是一家中小型休闲咖啡厅，创业至今已有5年时间，在北京共有8家分店。三色咖啡厅以口味纯正的咖啡、公道实惠的价格及舒适的环境受到消费者的欢迎。

由于注意到大学生消费水平的提高，三色咖啡厅将于2010年在本大学东门设立分店，店面占地约150平方米，以简洁清新的设计为主，定位价格中等偏低，以迎合大学生的需求。"

阅读完以上的描述后，被试会被问及对于这间新咖啡厅的偏好程度，一个从1（一点也不喜欢）到9（非常喜欢）的9点量表被用来测量这一问题。

接着，在附加目标感知价值小于原有目标价值的实验条件下的被试将会读到以下描述（附加目标）。

"为了与周围咖啡厅进行差异化竞争，三色咖啡厅决定在销售咖啡的同时，新增糖果的销售。其销售的糖果包括巧克力、牛奶糖等几十种糖果，以满足消费者不同的需要。"

在附加目标感知价值大于原有目标价值的实验条件下的被试将会读到以下描述（附加目标）。

"为了与周围咖啡厅进行差异化竞争，三色咖啡厅决定在销售咖啡的同时，加入高档西式餐品的销售。其销售的高档西式餐品包括意式秘制浓酱鹅肝、木炭火焦烤法国小填鸭等几十种高档菜肴，以满足消费者不同的需要。"

阅读完这一附加目标的描述后，两个实验条件下的被试会被问及对于这间附加了其他销售服务的咖啡厅的偏好程度，一个从1（一点也不喜欢）到7（非常喜欢）的7点量表被用来测量这一问题。同时，他们被问及附加的销售会如何影响原有咖啡厅的咖啡质量，一个从−4（极大地降低）到4（极大地提高）的9点量表被用来测量这一问题。这两个问题被隐藏在其他三个填充问题之间。最后，作为操控检验的问题，被试被要求判断附加的销售与原有的咖啡销售之间的相关性，一个从1（一点也不相关）到9（非常相关）的9点量表被用来测量这一问题；并要求分别评价附加销售与主要咖啡销售给他们带来的价值，一个从1（一点也没价值）到9（非常有价值）的9点量表被用来测量这一问题（问卷示例问题见附录3）。

2.3.2 结果分析及讨论

2.3.2.1 操控检验

已有研究显示，感知的附加目标与原有目标的相关性可能影响对手段的偏好程度（Kopetz, et al.，2006）。具体来说，增加一个相关度高的附加目标会比增加一个相关度低的附加目标带来对原有手段的更高评价。而由于相关度并不是我们感兴趣的变量，所以在此研究中，我们控制了这一因素的影响。经过一个重复测量的2（附加目标感知价值：小于原有目标 vs. 大于原有目标）×2（手段/目标的属性：实用性 vs. 享乐性）的 ANOVA 分析，结果显示附加目标与原有目标的相关性对手段偏好评价没有显著影响（$Fs < 1$），并且与其他变量没有交互关系（$Fs < 1$）。另外，感知价值小与感知价值大的附加目标与原有目标的相关性得分都在5左右（1～7的量表中），处于中等水平，而不是极端的不相关或

极端相关。

为了检验附加目标感知价值变量的两个不同水平是否显著地小于/大于原有目标，我们以此变量取值将数据分裂成两部分，并分别对这两组数据中附加目标和原有目标的感知价值进行了 t 检验。结果显示，附加目标感知价值小于原有目标的一组中，被试对附加目标的感知价值 3.32 要显著低于原有目标的感知价值 5.58（$t = 4.284$，$p < 0.01$）；而附加目标感知价值大于原有目标的一组中，被试对附加目标的感知价值 7.51 要显著高于原有目标的感知价值 5.75（$t = −4.527$，$p < 0.01$）。这个结果验证了我们对于组间因素附加目标感知价值的操控是成功的。

2.3.2.2 手段偏好度评价

对于手段偏好度评价分析，我们分别分析了实用性手段/目标属性操控下和享乐性手段/目标操控下的手段偏好度。首先，在实用性手段/目标属性设置下，经过一个重复测量的2（附加目标感知价值：小于原有目标 vs. 大于原有目标）×2（目标状态：无附加目标 vs. 有附加目标）的 ANOVA 分析，结果显示附加目标感知价值和目标状态存在显著的交叉效应（$F(1,58) = 6.73$，$p < 0.05$），当增加一个感知价值小于原有目标的附加目标时，手段偏好度评价从 4.45 上升到 5.94，而当增加一个感知价值大于原有目标的附加目标时手段偏好度评价从 4.68 下降到 3.97，如图7所示。

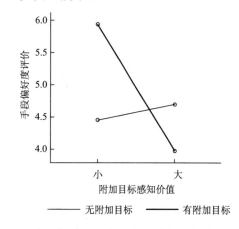

图7　实用性手段/目标属性下附加目标感知价值与目标状态的交互作用对手段偏好度评价的影响

　　类似地,在享乐性手段/目标属性下,经过一个重复测量的2(附加目标感知价值:小于原有目标 vs. 大于原有目标)×2(目标状态:无附加目标 vs. 有附加目标)的 ANOVA 分析,结果显示附加目标感知价值和目标状态存在显著的交叉效应($F_{(1,58)}=6.73$, $p<0.05$),当增加一个感知价值小于原有目标的附加目标时,手段偏好度评价从5.25上升到6.10,而当增加一个感知价值大于原有目标的附加目标时手段偏好度评价从5.65下降到3.86,如图8所示。

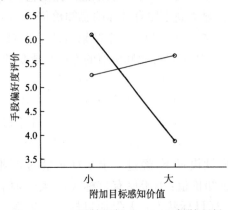

图8　享乐性手段/目标属性下附加目标感知价值与目标状态的交互作用对手段偏好度评价的影响

　　上述结果与我们的假设相吻合,即无论是在实用性手段/目标属性设置下,还是在享乐性手段/目标属性设置下,增加一个感知价值小于原有目标感知价值的附加目标会提高对原有手段的偏好度评价;而增加一个感知价值大于原有目标感知价值的附加目标会降低对原有手段的偏好度评价,各实验条件下的相应数据见表3。

　　我们认为上述情况是因为增加一个感知价值小的附加目标时,原有手段实现原有目标的能力并不会受到怀疑,也就是说原有目标的性能并没有出现下降,此时,由于"吸收效应",所以附加目标的价值被原有手段吸收,从而提高了对手段的偏好程度。相反地,当增加一个感知价值大的附加目标时,不会带来"吸收效应",这是因为增加一个感知价值大的附加目标会占用原有手段的大量资源,使得原有手段实现原有目标的能力受到怀疑,也就是说原有目标的性能会出现下降,这导致附加目标的价值不能被原有手段吸收,从而降低对原有手段的偏好程度。接下来我们将检验"原有目标性能变化"这一中介作用的影响。

表3　实用性/享乐性手段下添加不同感知价值的附加目标对手段偏好程度的影响

手段类型	附加目标	均值(标准差)	样本量	手段类型	附加目标	均值(标准差)	样本量
实用性手段	无附加目标	4.45 (2.173)	31	享乐性手段	无附加目标	5.25 (2.556)	31
	附加目标感知价值小于原有目标	5.94 (2.393)			附加目标感知价值小于原有目标	6.10 (2.038)	
实用性手段	无附加目标	4.68 (2.173)	29	享乐性手段	无附加目标	5.65 (3.131)	29
	附加目标感知价值大于原有目标	3.97 (2.195)			附加目标感知价值大于原有目标	3.86 (2.133)	

2.3.2.3　中介作用检验

　　为了检验中介作用的影响,我们首先平均了实用性和享乐性手段/目标设置下的原有目标性能变化值,然后经过一系列的回归分析,检验了原有目标性能的变化是否作为中介变量调节了附加目标感知价值对手段偏好度评价的影响。中介作用检验结果如图9所示。

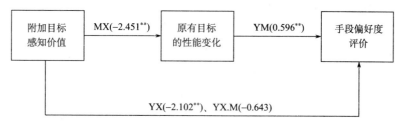

图 9 附加目标感知价值对手段偏好度评价影响的路径结构图

** 表示 $p < -0.01$。

中介变量的定义：考虑自变量 X 对因变量 Y 的影响，如果 X 通过影响变量 M 来影响 Y，则称 M 为中介变量（温忠麟等，2004）。本研究按照温忠麟等人提出的中介效应检验程序，采用建立结构方程模型的方法来检验中介效应，即分别考察 YX（自变量对因变量的直接影响），MX（自变量对中介变量的影响）和 YM（中介变量对因变量的影响），YX.M（考虑中介变量后，自变量对因变量的影响）。

具体步骤：第一，检验附加目标感知价值对手段偏好度评价的影响（YX）；第二，检验附加目标感知价值对原有目标的性能变化的影响（MX）；第三，检验原有目标的性能变化对手段偏好度评价的影响（YM）；第四，检验加入原有目标的性能变化这一变量后，附加目标感知价值对手段偏好度评价的影响（YX.M）。具体结果见表 4。

表 4 中介效应检验步骤表

步骤	自变量	因变量	标准回归系数	标准误	t 值
1（路径 YX）	附加目标感知价值	手段偏好度评价	−2.102	0.433	−4.858**
2（路径 MX）	附加目标感知价值	原有目标的性能变化	−2.451	−0.399	−6.146**
3（路径 YM）	原有目标的性能变化	手段偏好度评价	0.596	0.120	4.955**
4（路径 YX.M）	附加目标感知价值	手段偏好度评价	−0.643	0.469	−1.371

** 表示 $p < -0.01$。

与 ANOVA 的结果相似，回归结果显示如下。

（1）附加目标的感知价值（小 vs. 大）与手段偏好度评价显著负向相关（$\beta = -2.102$），$F(1, 58) = 23.597$，$p < 0.01$。

（2）增加一个感知价值大的附加目标会显著降低原有目标的性能（$\beta = -2.451**$），$F(1, 58) = 37.778$，$p < 0.01$。

（3）原有目标性能的变化显著影响对原有手段的偏好度评价（$\beta = 0.596**$），$F(1, 58) =$ 55.015，$p < 0.01$。

（4）而当控制住原有目标性能变化这一变量的时候，附加目标的感知价值对手段偏好度评价的影响减弱了并且不再显著（$\beta = -0.643$，NS）。

进一步地，我们进行了一个 Baron 和 Kenny 版本的 Sobel 检验（Baron and Kenny, 1986），结果显示中介作用显著（$Z = -3.8269$，$p = 0.0001$）①（Sobel 检验的具体说明详见附录 4）。这就是说，当控制住原有目标性能变化这一变量

---

① 在 95% 的显著水平下，Sobel test 的 $Z = ab/SE(ab) = -38269 < -1.96$，可以拒绝 ab 为 0 的假设，因此可以认为中介变量作用是显著的。

的时候,增加一个感知价值大的附加目标并不能直接降低对原有手段偏好程度的评价。附加目标的感知价值这一变量间接地通过原有目标性能变化这一中介变量影响对原有手段偏好度的评价。

3　总体讨论

3.1　理论意义

已有研究指出能实现多个目标的手段通常因能够带来更多的价值而显得更有吸引力(Kopetz et al.,2006；Thompson et al.,2005),另有研究指出当增加了附加目标时,原有目标和手段的联系会被减弱,从而进一步降低对手段的偏好度评价(Zhang et al.,2007)。因此,增加一个附加目标会如何影响对原有手段的偏好度评价不仅取决于增加的附加目标的价值,还要取决于原有目标的实现是否被增加了的目标影响。

本研究尝试着从另一个角度去回答附加目标如何影响对原有手段的偏好度评价这一问题,即采用了实用性/享乐性属性二分法以及感知价值等理论框架,论证了如下内容。当附加目标与原有目标在实用性/享乐性属性不一致时,增加一个享乐性的附加目标到一个实用性的"手段-目标"联系中,由于正面对照效应的影响,会提高对原有手段的偏好度评价；而增加一个实用性的附加目标到一个享乐性的"手段-目标"联系中,由于负面对照效应的影响,会降低对原有手段的偏好度评价。

另一方面,当附加目标与原有目标在实用性/享乐性属性上一致时,增加一个感知价值小于原有目标的附加目标,那么由于吸收效应的影响,会增加原有手段所带来的整体价值,从而提高对原有手段的偏好度评价；而增加一个感知价值大于原有目标的附加目标,则不会发生吸收效应,由于对原有手段实现原有目标的能力,即原有目标的性能产生了怀疑,手段所能带来的整体价值反而下降,从而进一步降低了对原有手段的偏好度评价。

总体来说,对于手段的偏好度评价和手段的

选择一直是目标系统中研究的重要问题之一,然而通过增加一个特定手段能够实现的目标价值,即增加附加目标并不一定能提高对手段的偏好度评价。以往的研究从附加目标和主要目标的相关性角度出发,探讨了和主要目标相关度高低不同的附加目标对于手段偏好度评价的影响(Kopetz et al.,2006；Thompson et al.,2005,Zhang et al.,2007),但是却不能得出一个统一的答案。本研究采取了另外一个角度,即从附加目标和主要目标的实用性/享乐性属性角度出发,探讨了当附加目标和主要目标在这一属性上一致或不一致时,附加目标对与手段偏好度评价的影响,并检验了主要目标如何调节附加目标对手段偏好度评价的影响。相信上述的发现和讨论能从一个另外的角度对相关研究问题和文献作出理论上的贡献。此外,本研究对于新产品和新服务的开发与促销领域的相关研究问题也具有一定的启发意义。

3.2　营销意义

本研究讨论了目标系统中,添加一个附加目标对原有手段偏好度评价的影响。在现实的营销环境中,此研究结果可以用于新产品和新服务的设计。例如,从我们的结论可以看出,增加一个新产品功能或新的服务品种要考虑到原有产品或服务与新添加的产品功能或服务在实用性/享乐性这一特性上是否一致。当新添加的产品功能或服务与原有产品或服务在这一特性上不一致时,依据我们的研究结果,一方面,增加一个享乐性的附加目标到一个实用性的手段上,会提升对手段的偏好度评价。也就是说,增加一项享乐性新功能或服务会提高对已有的实用性产品或服务的评价。例如,添加音乐功能的手机比普通手机的评价高。另外,增加一个实用性的附加目标到一个享乐性的手段上,却会降低对手段的偏好度评价。例如,我们证明了添加驱蚊功能到香水上会降低对香水的评价。

当新添加的产品功能或服务与原有产品或服务在实用性/享乐性这一特性上一致时,我们的研究结果表明,增加一个感知价值小的新功能或服务会提升对原有产品或服务的偏好程度评价,而增加一个感知价值大的新功能或服务会降低对原有手段的偏好程度评价,这是因为人们会对原有产品或服务的性能产生怀疑。例如,在捆绑销售的时候,如果捆绑的商品的感知价值超过主要商品时,人们就会怀疑主要商品的质量和价值,这也就是"买一赠二"这种促销活动往往起不到理想的效果的原因。综上所述,在设计一项新的产品功能或服务时,要综合比较新功能或服务与已有产品或服务的实用性/享乐性特性和感知价值,从而设计出成功的新产品或新服务。

4 研究局限和未来研究方向

研究的局限性表现在实验一和实验二的结果仅仅停留在现象发现的层面上。例如,我们通过前两个实验发现增加一个实用性/享乐性不同的附加目标会对原有手段偏好度评价产生影响,但是其中的机理并没有得到很好的解释。增加一个附加目标是通过增加或降低了手段实现原有目标的能力从而改变对原有手段的偏好度评价,还是通过改变了人们对原有手段的认知从而改变了对原有手段的偏好度评价,这个问题并没有进行深入的探讨。未来的研究应对此问题给出详细的解释。

另外,未来的研究可以尝试将属性不一致的情况与属性一致的情况相结合,进行对比,以检验当增加相同的附加目标到不同属性的原有"手段-目标"联系中时,会对不同属性的手段产生怎样的影响。例如,增加一个享乐性的附加目标到一个享乐性和一个实用性的原有"手段-目标"联系中,考察比较吸收效应和对照效应的相对差异。一个2(原有目标属性:实用性 vs. 享乐性)×2(附加目标属性:实用性 vs. 享乐性)的组间实验设计可以被运用去考察此类问题。

参考文献

[1] 温忠麟,张雷,侯杰泰,等. 2004. 中介效应检验程序及其应用[J]. 心理学报,36(5):614-620.

[2] 马京晶,马新昕,张黎. 2008. 选择与放弃中对产品实用性和享乐性的不同偏好[J]. 营销科学学报,4(1):107-119.

[3] 赵占波,涂荣庭,涂平. 2007. 产品的功能性和享乐性属性对满意度与购后行为的影响[J]. 营销科学学报,3(3):50-58.

[4] 郑毓煌. 2007. 理由启发式:消费者购买或选择享乐品的一个简单而有效的决策过程[J]. 营销科学学报,3(4):63-71.

[5] 郑毓煌,董春艳. 2011. 决策中断对消费者自我控制的影响[J]. 营销科学学报,7(1):1-14.

[6] Baron R M, Kenny D A. 1986. The moderator-mediator variable distinction in social psychological research: conceptual, strategic, and statistical considerations [J]. Journal of Personality and Social Psychology, 51: 1173-1182.

[7] Batra R, Ahtola O T. 1990. Measuring the hedonic and utilitarian sources of consumer attitudes [J]. Marketing Letters, 2(2): 159-170.

[8] Baumeister R F, Bratslavsky E, Muraven M, et al. 1998. Ego-depletion: is the active self a limited resource[J]? Journal of Personality and Social Psychology, 74(5): 296-309.

[9] Chernev A. 2004. Goal-attribute compatibility in consumer choice [J]. Journal of Consumer Psychology, 14(1&2): 141-150.

[10] Dhar R, Wertenbroch K. 2000. Consumer choice between hedonic and utilitarian goods [J]. Journal of Marketing Research, 37(1): 60-71.

[11] Fishbach A, Shah J Y, Kruglanski A W. 2004. Emotional transfer in goal systems [J]. Journal of Experimental Social Psychology, 40: 723-738.

[12] Gailliot M T, Baumeister R F, DeWall C N, et al. 2007. Self-control relies on glucose as a limited energy source: willpower is more than a metaphor [J]. Journal of Personality and Social Psychology, 92(2): 325-336.

[13] Garbarion E, Johson M S. 2001. Effect of consumer goals on attribute weighting, overall satisfaction, and product usage [J]. Psychology & Marketing, 18(9): 929-949.

[14] Gill T. 2008. Convergent products: what functionalities add more value to the base[J]? Journal of Marketing, 72: 46-62.

[15] Huffman C, Houston M J. 1993. Goal-oriented experiences and the development of knowledge [J]. Journal of Consumer Research, 20 (Septembber): 190-207.

[16] Kivetz R, Simonson I. 2003. The idiosyncratic fit heuristic: effort advantage as a determinant of consumer response to loyalty programs [J]. Journal of Marketing Research, 40: 454-467.

[17] Kopetz C, Fishbach A, Kruglanski A W. 2006. Having one's cake and eating it too: the quest for multifinal means in goal pursuit [J]. Unpublished manuscript.

[18] Kopetz C, Faber T, Fishbach A, et al. 2011. The multifinality constraints effect: how goal multiplicity narrows the means set to a focal end [J]. Journal of Personality and Social Psychology, 100(5): 810-826.

[19] Kruglanski A W, Shah J Y, Fishbach A, et al. 2002. A theory of goal systems [J]. Advances in Experimental Social Psychology, 34: 331-378.

[20] Meyvis T, Janiszewski C. 2002. Consumers' beliefs about product benefits: the effect of obviously irrelevant product information [J]. Journal of Consumer Research, 28: 618-635.

[21] Muraven M, Tice D M, Baumeister R F. 1998. Self-control as a limited resource: regulatory depletion patterns [J]. Journal of Personality and Social Psychology, 74(3): 774-789.

[22] Nowlis S M, Simonson I. 1996. The effect of new product features on brand choice [J]. Journal of Marketing Research, 33: 36-46.

[23] Ratneshwar S, Barsalou L W, Pechmann C, et al. 2001. Goal-derived categories: the role of personal nd situational goals in category representations [J]. Journal of Consumer Psychology, 10(3): 147-157.

[24] Thompson D V, Hamilton R W, Rust R T. 2005. Feature fatigue: when product capabilities become too much of a good thing [J]. Journal of Marketing Research, 42: 431-442.

[25] Voss K E, Spangeberg E R, Grohmann B. 2003. Measuring the hedonic and utilitarian dimensions of consumer attitude [J]. Journal of Marketing Research, 40: 310-320.

[26] Zhang Y, Fishbach A, Kruglanski A W. 2007. The dilution model: how additional goals undermine the perceived instrumentality of a shared path [J]. Journal of Personality and Social Psychology, 92(3): 389-401.

The Impacts of an Additional Hedonic/Utilitarian Goal on the Evaluation of the Preference of Means

Du Xiaomeng[1], Zhang Li[2]

([1]Guanghua School of Management, Peking University

[2]National School of Development, Peking University)

Abstract　Based on the goal system theory, this study tried to find out that whether adding an additional goal would increase or decrease the preference of means. Specifically, the dichotomy of hedonic/utilitarian characteristics of the focal goal and the additional goal was adopted to analyze the effect of additional goal on the preference of means. Three experiments were conducted to investigate the mechanism. Results showed that when the additional goal and the main goal were different in the utilitarian/hedonic attribute, because of contrast effect, adding a hedonic additional goal would enhance the preference of means and adding a utilitarian additional goal would decrease the preference of means. On the other hand, when the additional goal and the main goal were the same in the utilitarian/hedonic attribute, because of the assimilation effect, adding an additional goal which has a smaller perceived value than the main goal would enhance the preference of means and adding an additional goal which has a bigger perceived value than the main goal would decrease the preference of means.

Key words　　Additional Goal，Means，Preference of Means，Goal System

专业主编：彭泗清

附录 1：实验一问卷示例问题

产品开发调查问卷

　　您好！我们正在进行一项新产品开发的研究，希望可以占用您几分钟的宝贵时间填写问卷。此问卷所有答案都将用于研究，不会用于任何其他用途，也不会泄露给任何第三方。您认真仔细的回答将对我们的研究非常有意义，十分感谢您的合作！

北京大学北大国际 MBA 产品开发调研组

第一部分：基本信息

您的年龄：_____岁

您的性别：A. 男　　　B. 女

您的月可支配收入：A. 500 元及以下　　　B. 501～800 元

　　　　　　　　　　C. 801～1300 元　　　D. 1301 元及以上

您所在的年级：　　A. 大一　　B. 大二　　C. 大三　　D. 大四

　　　　　　　　　E. 硕士生　　F. 博士生　　G. 其他

您的专业：　　　　A. 理工类　　B. 艺术类　　C. 传媒类　　D. 经济类

　　　　　　　　　E. 管理类　　F. 文史哲法类　G. 其他

第二部分：请先阅读以下产品介绍，再依次填写问题，在您同意的数字上打勾

Utilitarian goal①：

　　TITONI 是欧洲著名的腕表品牌之一，建立于 1919 年瑞士的格林肯小镇。TITONI 一向以朴实无华但精密可靠的品质闻名，是性能价格比最出色的瑞士腕表品牌之一。TITONI 将"提供更加优质的产品给世界上所有人"作为自身的使命，在精密加工、测量技术、节能等方面具有很强的技术优势。

　　TITONI 将于 2010 年推出名为"火焰"的功能型腕表系列。该系列以优质的不锈钢钢材制造，强抗撞击性非常明显，通过承受 5000Gs 撞击测试。其光动能最长可以连续运转 10 年，采用高精度的年误差机芯，年误差在 10 秒以内，具有很强的实用性。

　　请就即将推出的火焰系列腕表回答下列问题（在相应的数字上打勾）。

　　您认为火焰系列腕表能给你带来的价值为

1	2	3	4	5	6	7	8	9
非常没价值				中等				非常有价值

----

　　①　这里的英文标注是我们在本文中特地加入的，以便阅读者理解之用。在实际的实验中，为了不引起被试对实验目的的猜测，这些内容并不显示。其余部分中的英文注释同。

您对火焰系列腕表的喜好程度为

1	2	3	4	5	6	7	8	9
非常不喜欢				中等				非常喜欢

您是否愿意拥有火焰系列腕表

1	2	3	4	5	6	7	8	9
非常不愿意				中等				非常愿意

您是否有可能购买火焰系列腕表

1	2	3	4	5	6	7	8	9
非常不可能				中等				非常可能

第三部分：请先阅读以下产品介绍，再依次填写问题，在您同意的数字上打勾

hedonic goal：

Well-being 是韩国知名的香水品牌，创立至今已有 20 年的时间，深受韩国时尚人士的喜爱。品牌以"美是自然和科学的结晶"为理念，甄选天然名贵香料，采用 24 道香水提纯加工工艺，将自然清新与时尚优雅完美地结合在一起。

Well-being 将于 2010 年推出名为"绿意"的香水系列。该系列香水设计的灵感来自雨后的花朵，使用了两种不同寻常的成分：来自留尼汪岛的海湾玫瑰和来自西部非洲的卡罗卡朗迪香料，将雨水的清新与玫瑰的香甜巧妙地融合在一起，给人一种神清气爽的感受。

请就即将推出的"绿意"系列香水回答下列问题（在相应的数字上打勾）

您认为"绿意"系列香水能给您带来的价值为

1	2	3	4	5	6	7	8	9
非常没价值				中等				非常有价值

您对"绿意"系列香水的喜好程度为

1	2	3	4	5	6	7	8	9
非常不喜欢				中等				非常喜欢

您是否愿意拥有"绿意"系列香水

1	2	3	4	5	6	7	8	9
非常不愿意				中等				非常愿意

您是否有可能购买"绿意"系列香水

1	2	3	4	5	6	7	8	9
非常不可能				中等				非常可能

附录 2：实验二问卷示例问题

大学生日常活动调查问卷

您好！我们正在进行一项关于大学生日常活动的研究，希望可以占用您几分钟的宝贵时间填写问卷。此问卷所有答案都将用于研究，不会用于任何其他用途，也不会泄露给任何第三方。您认真仔细的回答将对我们的研究非常有意义，十分感谢您的合作！

北京大学北大国际MBA产品开发调研组

第一部分：基本信息

您的年龄：_____岁

您的性别：A. 男　　　B. 女

您的月可支配收入：A. 500 元及以下　　　B. 501～800 元

C. 801～1300 元　　　D. 1301 元及以上

您所在的年级：　　A. 大一　　B. 大二　　C. 大三　　D. 大四

E. 硕士生　　F. 博士生　　G. 其他

您的专业：　　　　A. 理工类　　B. 艺术类　　C. 传媒类　　D. 经济类

E. 管理类　　F. 文史哲法类 G. 其他

第二部分：请先阅读以下活动介绍，再依次填写问题，在您同意的数字上打勾

Utilitarian goal[①]：

赴新学术夏令营是新加坡某大学面向中国在校大学生举办的学术型夏令营。在为期一周的时间内，夏令营将为学生教授密集的英文课程以及前沿的学术课程。学校将会指导学生们如何在学习中取得成功，如何在学校建立良好的信誉，并给大家介绍申请著名大学的技巧。此夏令营的主要目标在于培养学生的学术能力。

请就上述夏令营回答下列问题（在相应的数字上打勾）

---

① 这里的英文标注是我们在本文中特地加入的，以便阅读者理解之用。在实际的实验中，为了不引起被试对实验目的的猜测，这些内容并不显示。其余部分中的英文注释同。

您是否愿意参加此次夏令营

1	2	3	4	5	6	7	8	9
非常不 愿意				中等				非常 愿意

请您在横线上填写您愿意为此次夏令营支付的价格：＿＿＿＿＿＿元（精确到十位）

请您就以下问题对上述夏令营进行评价

1	2	3	4	5	6	7
无用处的			中等			有用处的

1	2	3	4	5	6	7
不实际的			中等			实际的

1	2	3	4	5	6	7
无乐趣的			中等			有乐趣的

1	2	3	4	5	6	7
沉闷的			中等			刺激的

总体来说，上述夏令营对于您来说有多少价值

1	2	3	4	5	6	7	8	9
非常没 有价值				中等				非常 有价值

附录 3：实验三问卷示例问题

产品开发调查问卷

您好！我们正在进行一项新产品开发的研究，希望可以占用您几分钟的宝贵时间填写问卷。此问卷所有答案都将用于研究，不会用于任何其他用途，也不会泄露给任何第三方。您认真仔细的回答将对我们的研究非常有意义，十分感谢您的合作！

北京大学北大国际 MBA 产品开发调研组

第一部分：基本信息

您的年龄：＿＿＿＿＿＿岁

您的性别：A. 男　　　B. 女

您的月可支配收入：A. 500 元及以下　　　B. 501～800 元

C. 801～1300 元　　　D. 1301 元及以上

您所在的年级：　　A. 大一　　B. 大二　　C. 大三　　D. 大四

E. 硕士生　　F. 博士生　　G. 其他

您的专业：　　　　A. 理工类　　B. 艺术类　　C. 传媒类　　D. 经济类

　　　　　　　　　E. 管理类　　F. 文史哲法类　　　G. 其他

第二部分：请先阅读以下产品介绍，再依次填写问题，在您同意的数字上打勾

鼎尚软件公司是成立于深圳的一家中型翻译软件开发公司，生产面向企业与专业学术机构的翻译词典软件。该公司创立至今已有 5 年时间，推出了包括微电子学科电子辞典、生物化学学科电子词典等专业翻译软件，拥有较高的客户满意度。

鼎尚软件公司将于 2010 年首次推出一款适用于个人用户的翻译软件。软件含部分本地词库，支持取词、查词和查句等经典功能；支持中、日、英三语查询，并收录 30 万单词纯正真人发音，含 5 万长词、难词发音。

请就此款翻译软件回答下列问题（在相应的数字上打勾）

您认为此款翻译软件会给您带来的价值为

1	2	3	4	5	6	7	8	9
非常没价值				中等				非常有价值

您对此款翻译软件的喜好程度为

1	2	3	4	5	6	7	8	9
非常不喜欢				中等				非常喜欢

Smaller goal：[1]

为了与传统翻译软件进行区分，鼎尚软件公司首次尝试在即将推出的**翻译软件**中集成文档管理的功能。在文档管理的窗口下，用户可以搜索并查看浏览本地文档，保护文档的安全，并能设置文档的属性和文档的定时保存。

请就附加功能后的翻译软件回答下列问题（在相应的数字上打勾）

与附加（文档管理/病毒查杀）功能之前相比，您认为附加（文档管理/病毒查杀）功能后的翻译软件整体质量

−4	−3	−2	−1	0	1	2	3	4
非常差				没有区别				非常好

您认为附加（文档管理/病毒查杀）功能对翻译功能的影响为

−4	−3	−2	−1	0	1	2	3	4
降低很多				没有影响				提升很多

---

[1]　这里的英文标注是我们在本文中特地加入的，以便阅读者理解之用。在实际的实验中，为了不引起被试对实验目的的猜测，这些内容并不显示。其余部分中的英文注释同。

您认为此款软件中（文档管理/病毒查杀）功能的性能

1	2	3	4	5	6	7	8	9
非常差				中等				非常好

您认为附加（文档管理/病毒查杀）功能后的翻译软件会给您带来的价值为

1	2	3	4	5	6	7	8	9
非常没价值				中等				非常有价值

您对附加（文档管理/病毒查杀）功能后的翻译软件的喜好程度为

1	2	3	4	5	6	7	8	9
非常不喜欢				中等				非常喜欢

您认为（文档管理/病毒查杀）的功能与翻译功能之间的相关程度为

1	2	3	4	5	6	7	8	9
非常不相关				中等				非常相关

您认为翻译软件给您带来的价值为

1	2	3	4	5	6	7	8	9
非常小				中等				非常大

您认为（文档管理/病毒查杀）软件给您带来的价值为

1	2	3	4	5	6	7	8	9
非常小				中等				非常大

第三部分：请先阅读以下产品介绍，再依次填写问题，在您同意的数字上打勾

三色咖啡厅是一家中小型休闲咖啡厅，创业至今已有 5 年时间，在北京共有 8 家分店。三色咖啡厅以口味纯正的咖啡、公道实惠的价格及舒适的环境受到消费者的欢迎。

由于注意到大学生消费水平的提高，三色咖啡厅将于 2010 年在北京大学东门设立分店，店面占地约 150 平方米，以简洁清新的设计为主，定位价格中等偏低，以迎合大学生的需求。

请就三色咖啡厅回答下列问题（在 1～9 相应的数字上打勾）

您认为三色咖啡厅会给您带来的价值为

1	2	3	4	5	6	7	8	9
非常没价值				中等				非常有价值

您对三色咖啡厅的喜好程度为

1	2	3	4	5	6	7	8	9
非常不喜欢				中等				非常喜欢

Bigger goal：

为了与周围咖啡厅进行差异化竞争，三色咖啡厅决定在销售咖啡的同时，加入高档西式餐品的销售。其销售的高档西式餐品包括意式秘制浓酱鹅肝、木炭火焦烤法国小填鸭等几十种高档菜肴，以满足消费者不同的需要。

请就附加功能后的翻译软件回答下列问题（在相应的数字上打勾）

与增加（糖果/高档西式餐品）销售之前相比，您认为增加（糖果/高档西式餐品）销售后的三色咖啡厅整体质量

−4	−3	−2	−1	0	1	2	3	4
非常差				没有区别				非常好

您认为增加（糖果/高档西式餐品）的销售对三色咖啡厅咖啡质量的影响为

−4	−3	−2	−1	0	1	2	3	4
降低很多				没有影响				提升很多

您认为三色咖啡厅提供的（糖果/高档西式餐品）的质量

1	2	3	4	5	6	7	8	9
非常差				中等				非常好

您认为增加（糖果/高档西式餐品）销售后的三色咖啡厅会给您带来的价值为

1	2	3	4	5	6	7	8	9
非常没价值				中等				非常有价值

您对增加（糖果/高档西式餐品）销售后的三色咖啡厅的喜好程度为

1	2	3	4	5	6	7	8	9
非常不喜欢				中等				非常喜欢

您认为（糖果/高档西式餐品）与咖啡厅之间的相关程度为

1	2	3	4	5	6	7	8	9
非常不相关				中等				非常相关

您认为咖啡厅给您带来的价值为

1	2	3	4	5	6	7	8	9
非常小				中等				非常大

您认为(糖果店/高档西式餐厅)给您带来的价值为

1	2	3	4	5	6	7	8	9
非常小				中等				非常大

附录4:Sobel 检验原理简介

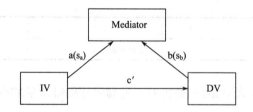

Sobel 检验中系数说明

a, b 和 c' 为回归路径系数。括号中的数为路径系数的标准误。具体来说,a 为自变量对中介变量的回归系数,S_a 为 a 的标准误;b 为中介变量对因变量的回归系数,S_b 为 b 的标准误。

Sobel 检验中的统计量 Z

计算公式如下:

$$Z = \frac{a \times b}{\sqrt{b^2 \times S_E^2 + a^2 \times S_E^2 + S_E^2 \times S_E^2}}$$

Z 统计量遵循一个均值为 0 且 95% 的取值区间分布于 $(-1.96, 1.96)$ 的正态分布,根据 Baron 和 Kenny(1986)论文中的假设,如果统计量 Z 位于 $(-1.96, 1.96)$ 的区间内,则有 95% 的可能性表示中介效应是不存在的,也就是说,判别中介效应成立的常用临界值为 $(-1.96, 1.96)$。

营销科学学报
第 7 卷第 3 辑:85－101

Journal of Marketing Science;
Vol. 7,No. 3,September 2011:85－101

张　辉[①],白长虹[②]

摘　要　作为一种最新型的参与式定价策略,PWYW 将定价权完全转移给了消费者,然而,以往学者的实证研究发现,这种定价方式能够带来更高的利润,这与传统的经济人假设相矛盾。本研究对促使消费者支付高价格的内在驱动因素进行了研究,发现消费者的互惠偏好、公平偏好及价格意识能够显著影响其 PWYW 支付意愿。此外,交易方式对上述影响起到了调节作用。

关键词　参与式定价,PWYW 定价策略,互惠偏好,公平偏好,价格意识

消费者会自愿支付吗？
——PWYW 支付意愿的内在驱动因素[③]

0　引言

经济理论认为买卖双方市场交易的一个关键过程是价格发现(price discovery),即找到一个双方都能够接受的价格(Bernhardt and Hinz,2005),定价策略被认为是企业参与市场竞争的重要利器(韦夏等,2011),但也被认为是"经理们在营销中遇到的最头疼的问题"(Dolan,1995)。随着网络技术的发展,网络交易成为一种全新的商务模式,这种模式既对传统的定价方式提出了挑战,也为新的定价方式开拓了广阔的空间。互联网的交互性(interactivity)使得参与式定价机制(participative pricing mechanism)得到了广泛的应用。Chandran 和 Morwitz(2005)指出参与式定价机制是指消费者参与为产品或服务制定最终价格的定价方式,拍卖、反向拍卖及 NYOP(name your own price)(Park et al.,2009)等定价都是在网络市场上被广泛应用的参

与式定价方式。与传统的固定价格"要么接受、要么拒绝"的定价方式不同,参与式定价赋予消费者对定价过程及最终价格的部分或全部的控制权。随着实践的发展,出现了一种最为激进的参与式定价策略——PWYW(pay what you want)(Kim et al.,2009),这种定价方式将定价权完全转移给了消费者,也就是说无论消费者出价多少(包括零),企业都必须将将产品或服务出售给消费者而不能拒绝交易。

PWYW 定价策略非常新颖,一些企业对该定价策略进行了尝试并取得了很好的效果。最早使用 PWYW 定价策略的是英国的一家摇滚乐队,2007 年 10～12 月,Radiohead 乐队采用这种定价方式在网络上销售一部叫做 *In Rainbows* 的音乐专辑,在短短的两个月内,其专辑被下载了 200 多万次,这次实验使他们"从该专辑赚到的钱多于 Radiohead 其他所有专辑的收入之和"(Tyrangiel,2007)。此外,在视频游戏、餐饮等行业的尝试中也表明 PWYW 定价策略是一种

---

①　张辉,南开大学商学院企业管理专业博士研究生,Email:maijuzhe2010@163.com。

②　白长虹,南开大学旅游与服务学院院长、教授、博士生导师,Email:nkbai@nankai.edu.cn。

③　特别感谢 JMS 两位匿名评审专家对本文提出的详尽而中肯的修改意见。本研究得到国家社会科学基金重点项目(08AJY009)的资助。

非常赢利的定价方式(Kim et al., 2009；Regner and Barria，2009)。

　　作为一个经济实体，企业采用某种定价策略的唯一标准就是该种定价比其他定价策略能够带来更多的利润。在首先采用 PWYW 定价策略的企业取得成功后，一些其他企业尤其是网络经营企业也相继尝试了这种定价策略，学术界也进行了一些初步探索。PWYW 定价策略实践的成功表明消费者并非新古典经济学所宣称的经济人，那么，是哪些因素促使消费者会支付大于零的价格？本研究正是要探寻消费者 PWYW 支付背后的内在驱动因素。本研究在不彻底否定消费者是理性主体的前提下，研究消费者的社会偏好、价格意识及内疚感对其 PWYW 支付意愿的影响，并进一步探索交易方式对上述关系的影响。

1　PWYW 定价策略文献回顾与研究假设

1.1　PWYW 定价策略文献回顾

1.1.1　PWYW 定价策略的含义

　　在不同的定价策略中，消费者的参与程度不同。在传统的固定价格中，消费者"要么接受，要么走开"，没有任何参与权。而在 PWYW 定价策略中，消费者却可以支付一个他希望的任何价格(包括零)，换句话说，消费者拥有完全的定价权。借助顾客参与(customer participation)连续集的概念(Bitner et al., 1997)，消费者在各种定价方式中的参与程度也可以被看做是一个连续集，连续集的一端是传统的固定价格制度，消费者没有任何参与；连续集的另一端是 PWYW 定价策略，消费者有完全的参与权。在连续集的中间部分，消费者的参与程度处于中等水平。按照参与程度由低到高的顺序，连续集上的主要定价类型有固定价格、拍卖、反向拍卖、NYOP、PW-YW 等，见图1。

　　Dolan 和 Moon(2000)将定价机制分为三类，分别为固定价格机制(set price mechanism)、

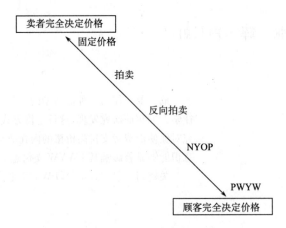

图1　定价中的顾客参与程度连续集

谈判价格机制(negotiated pricing mechanism)和依赖于买卖双方竞争产生价格的一系列机制。根据参与式定价策略中买卖双方相互作用的类型，Kim 等(2009)将参与式定价策略区分为两大类，即一个卖者和一个买者的交互作用，称为一对一关系(one-to-one)，几个卖者与几个买者的交互作用，称为水平交互关系(horizontal interaction)，参见图2。水平交互作用的参与式定价策略主要包括经典拍卖、反向拍卖、交换(exchange)等。一对一的参与式定价包括谈判、NYOP 和 PWYW。从图1和图2可以清楚地了解到 PWYW 定价方式与其他类型定价方式的区别。

　　PWYW 可以理解为"按你希望的价格支付"，文献中也写为 pay what you like 或 pay as you wish。Kim 等(2009)将 PWYW 定义为将全部的价格决定权交给购买者的一种参与式定价策略，在该种定价方式中，卖者只是提供一种或多种产品，而由购买者决定价格。在购买者设定价格以后，交易就自动达成。因而，卖者必须接受购买者的价格而不能收回产品。维基百科对 PWYW 的定义为对于既定商品购买者可以支付任何数量的货币，包括价格为零的情况，购买者支付的价格也可以高于商品的标准价格(参见 http://en.wikipedia.org/wiki/Pay_what_you_want)。作为最激进的参与式定价策略，PWYW 定价方式将产品和服务的定价权完全转移到了

消费者手中，使消费者对价格制定的控制权达到 最高水平。

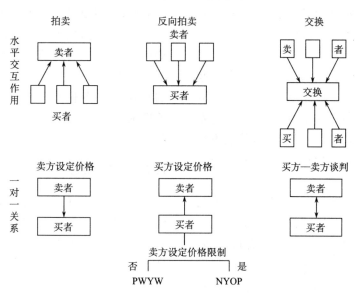

图 2 参与式定价策略的类型
资料来源：Kim 等（2009）。

PWYW 定价策略还存在两种变体，分别为有价格范围限制的 PWYW 定价和带有慈善捐助的 PWYW 定价。有价格范围的 PWYW 定价是指企业首先规定一个价格区间，消费者可以在这一价格区间内支付一个他希望的价格，网络音乐提供商 Magnatune 曾经采用过这一类型的定价（Regner and Barria，2009）。带有价格区间的 PWYW 定价跟 NYOP 定价非常相似，唯一的不同是在 NYOP 定价中消费者不知道价格底限。美国加利福尼亚大学的 Gneezy 等（2010）在《科学》杂志撰文提出了一种新的 PWYW 定价方式，这种定价方式将 PWYW 与慈善活动结合起来，他们称之为共担社会责任（shared social responsibility，SSR），即消费者和企业共同承担社会责任。

1.1.2 PWYW 定价策略的研究现状及理论缺口

实践上的成功必然要求在理论上有所反应。由于 PWYW 定价方式是最近几年才出现的一种最新的参与式定价策略，相关的研究还非常有限，这些文献多集中在验证 PWYW 定价的营利性，同时也尝试着对该种定价方式的营利性进行了初步的理论探讨。

Regner 和 Barria（2009）运用博弈论解释了有价格区间限制的 PWYW 定价机制，但是发现当消费者是自利者时，理论上的均衡解与实际数据的结论并不一致，他们认为对实际结果的解释需要引入其他理论如互惠（reciprocity）、光热效应（warm glow）及内疚感（guilty）等，但是并没有作进一步的实证检验。Mak 等（2010）研究了当消费者的唯一动机是自我利益时，PWYW 是否是一种可赢利的定价方式，他们构建了一个无限期重复博弈模型，博弈双方为企业和某一固定的市场群体，结果发现，如果企业威胁在未来的一段时间内会转向固定价格机制，那么 PWYW 定价策略同样是可以赢利的。但是这种解释依赖于博弈的无限重复性、消费者的前瞻性及企业威胁的可信性。

Kim 等（2009）研究了买卖双方面对面（face-to-face）交易中消费者的公平感、利他主义、满意度、忠诚等社会因素对其支付价格的影响，并通过三项实地实验检验了上述因素对价格支付的影响。他们选择的实验对象分别为餐馆的午餐、影院影票和热饮。他们的研究表明 PWYW 定价是非常赢利的，但是对不同的实验对象影响因素不同。

Mak 等（2010）曾提到用招徕定价（loss leadership）和第二收入（secondary income）来解释 PWYW 定价的有效性。他们认为，通过让消费者自行决定其希望的价格，在某种程度上能起到招徕定价的效果，这一解释更多地将 PWYW 定价视为一种促销工具。例如，音乐家经常免费赠送自己的音乐专辑以获得宣传效果，他们不在意消费者支付的价格的高低，所以会乐意采用 PWYW 定价方式。

Gneezy 等（2010）研究了将 PWYW 定价与慈善活动结合起来的定价方式（共担社会责任），消费者以 PWYW 定价的方式向企业支付价格，然后企业将消费者支付的价格中的一部分捐助给慈善组织。在他们的研究中，Gneezy 等设置了四种定价方式，分别为固定价格、价格中有一半被捐助到慈善组织的固定价格、PWYW 定价及价格中有一半被捐助到慈善组织的 PWYW 定价，结果发现将 PWYW 定价与慈善活动相结合会产生最多的利润。

总结现有相关研究，学者们都无一例外地证实 PWYW 定价策略是一种可以赢利的定价方式。根据新古典经济学理性人假设，当消费者有完全定价权时，其追求效用最大化的结果必然是支付一个零价格，但是，这显然不是 PWYW 定价的情形。因此，学者们从理论层面对 PWYW 定价方式的有效性进行了一些有益的探索。

从上文的分析可知，现有的理论解释主要有三类，分别为社会关系说、第二收益说及博弈论解释。博弈论解释基于消费者的完全理性，强调交易的无限重复性，这与现实有一定差距。当消费者是完全理性的市场主体时，他们就会有搭便车的动机，这样博弈论解释就难以自圆其说。第二收益理论同样存在缺陷。第二收入从本质上来说是一种派生收入，然而在很多情况下，并不存在与 PWYW 相关的第二收入，因此，第二收入假说只能部分支持 PWYW 定价的有效性。相对来说，社会关系说能够较好地解释 PWYW 定价策略的有效性，但是它也缺乏对消费者理性一面的探讨。虽然现有的理论解释还存在诸多

分歧甚至相互矛盾之处，但是对于我们进一步理解 PWYW 定价无疑是有帮助的。

鉴于上述理论对解释 PWYW 定价实践的缺口，本研究从影响消费者 PWYW 支付的内在因素入手，在不彻底否定他们作为理性经济主体的基础上，借鉴相关学科（尤其是实验经济学）有关理论提出一系列假设，然后对这些假设进行验证。

1.2　研究假设

实验经济学的大量证据，如最后通牒博弈中回应者拒绝一个正的分配方案行为（Güth et al.，1982），独裁博弈中独裁者的给予行为（Bohnet and Frey，1999），信任实验中委托人的信任投资行为及代理人的可信任回报行为（Charness and Rabin，2002），礼物交换博弈中双方的互惠行为（Fehr et al.，1993）等，都表明经济环境中的个体并不总是受自利动机的驱使。这一系列实验的结论都对理性人假设提出了强有力的挑战，促使了社会偏好理论（social preference）的产生。社会偏好理论将公平、互利等一些与自利假设有着明显区别的人类社会性情感引入行为分析框架中来，以博弈论为基本的分析工具力图构建新的博弈均衡来解释实验经济学所揭示的一系列悖论，并已经成功地解释了许多实验博弈的悖论。在这种情况下，Regner 和 Barria（2009）指出，放弃严格的自利假设，引入社会偏好理论可以解释 PWYW 定价的成功。

社会偏好的本质在于，个体不仅关心自身的利益，而且也关心相关他人的利益，社会偏好是个体效用函数的重要组成部分。具体而言，社会偏好大致可以细分为三种偏好，即利他（altruism）偏好、互惠（reciprocity）偏好和公平（fairness）偏好（陈叶烽，2010）。利他偏好是指个体的效用函数中他人的利益与自身的效用正相关，即个体出于对他人福利的关心而愿意牺牲自身的福利。互惠偏好是指人们会对对方善意的行为进行回报，而对敌对的行为进行报复，即人们倾向于以善报善、以恶惩恶。公平偏好强调人们对结果分配公正的追求，认为人们有减少他与别

人收益差异的动机。价格不公平感会影响消费者的行为意向,强化负面的行为意向,降低积极的行为意向(涂平和刘俊,2009)。Bolton 和 Ockenyels(2000)指出个体比较关心相对比较,如果某个成员相比其他成员得到的更多,那么其他成员就会不惜付出成本采用某些策略使该成员与大家平等。相反,如果某个成员的境况比他人差,组内的其他成员也会采取措施让他变得更好。

最后通牒博弈和独裁博弈中的提议者都表现出很强的社会偏好。最后通牒博弈中的提议者和回应者对一笔资金进行分配,提议者提出一种分配资金的方案,回应者有两种选择,如果接受这种方案,则资金分配成功;如果不接受,则双方收益均为零。数百次的实验结果表明,提议者的提议少于总分派金额的 20% 时会被拒绝,通常的提议在 40%～60%。在最后通牒实验框架内,独裁博弈取消了回应者拒绝的权力,即回应者只是一个接受者,只能任凭提议者"独裁"。实验结果显示,独裁者在享受"独裁"权力时,仍会给予接受者一定的份额。PWYW 定价方式中的交易双方与独裁者博弈的情形非常相似,独裁者博弈中的双方为独裁者和接受者,在 PWYW 定价方式中,消费者的地位相当于独裁者,销售者的地位相当于接受者。鉴于两种情形的相似性,我们认为采用 PWYW 定价方式的交易中消费者也会表现出明显的社会偏好,因此,本文提出如下假设。

H1a:利他偏好对消费者的 PWYW 支付意愿有显著的正向影响。

H1b:互惠偏好对消费者的 PWYW 支付意愿有显著的正向影响。

H1c:公平偏好对消费者的 PWYW 支付意愿有显著的正向影响。

利他是个体出于对他人福利的关心而愿意牺牲自身的福利,是一个与利己或自利相对的概念。互惠是指人们会对对方善意的行为进行回报,而对敌对的行为进行报复。公平则着重强调了人们对结果分配公正的追求。这三种偏好分别对应着善良怜悯、互助友爱和追求公平的人类

特性。从三种社会偏好的比较来看,利他偏好是一种无条件的社会偏好,即给予别人但不要求回报(Andreoni,1989;Andreoni and Miller,2002;Charness and Rabin,2002;Cox et al.,2002),利他偏好并不以对方的合作为条件,一般而言双方的情感关系越近,利他倾向就越强。而互惠偏好和公平偏好是有条件的社会偏好(陈叶烽,2010),如互惠表现为"以怨报怨、以德报德"。Eckel 和 Grossman(1996)将最后通牒博弈中的回应者改为一家声誉良好的慈善组织后,他们发现提议者给予回应者的显著增加。Gneezy 等(2010)对通过实地试验检验了四种定价方式的营利性,发现带有慈善捐助的 PWYW 定价更够带来更高的利润,这表现为个体的利他偏好。在 PWYW 交易中,企业让消费者自行决定价格,这本身说明企业对消费者的态度是友好的,表现出企业愿意与消费者"合作"。此外,采用 PWYW 定价方式可以提高消费者对企业的信任,因为消费者往往对采取忽高忽低定价方式的企业持有怀疑或负面态度(Kim et al.,2009)。当消费者感受到企业的主动合作倾向时,作为回报,消费者的支付意愿会更高。因此,本研究提出如下假设。

H2a:互惠偏好对 PWYW 支付意愿的影响大于利他偏好对 PWYW 支付意愿的影响。

H2b:公平偏好对 PWYW 支付意愿的影响大于利他偏好对 PWYW 支付意愿的影响。

内疚可以被视为一系列负面情感的总和,这些负面情感包括对想象的或实际发生的过错的后悔和自责(Lascu,1991)。以往的研究表明内疚可能发生于行动(或互动)之前也可能发生于行动之后(Basil et al.,2008),并区分了三种类型的内疚,分别为预期内疚(anticipatory guilt)、反应内疚(reactive guilt)和存在内疚(existential guilt)(Michael and Phau,2010)。Rawlings(1970)将预期内疚定义为"当个体预计到对其自身标准存在潜在违反时所引发的内疚"。反应内疚是指个体对过去某个时间违反某些标准的反应(Rawlings,1970)。存在内疚是由个体将自己的福利状态与他人的福利状态相比较引起的,在

这一比较过程中，有一种力量促使两者的状态越来越接近（Izard，1977）。

相关研究表明相对于反应内疚和存在内疚，预期内疚是一种更为积极的形式，因为预期内疚能够引起个体的行动，而这些行动可以帮助个体避免内疚感（Godek and LaBarge，2006；Lindsey，2005；Rawlings，1970）。正是因为预期内疚的这一特征，学者们对预期内疚的研究要多于对反应内疚和存在内疚的研究。Huhmann 和 Brotherton（1997）的调查表明，超过61%的内疚型广告使用了预期内疚。此外，预期内疚还被应用到器官捐献、控制肥胖等研究背景（Lindsey，2005；Wansink and Chandon，2006）。相对于预期内疚，反应内疚相对少见，因为它唤起了过去的违规行为。存在内疚更多地被慈善组织应用（Huhmann and Brotherton，1997）。

具体来讲，本研究中的"内疚"概念侧重于预期内疚和反应内疚。这是因为，一方面，当个体在 PWYW 定价中没有支付或支付过低时，他会预期到在将来一段时间内可能会经历一种内疚感，这种内疚是一种"预期的"或"想象的"。正如 Hoffman（2000）指出的，尽管人们在日常生活中并没有做伤害他人的事情，但如果他们认为自己做了错事，他们也同样会感到内疚。韦伯斯特新学院字典 Merriam Webster's Collegiate Dictionary 也强调内疚"尤其是想象的过错"。另一方面，LaBarge 和 Godek（2006）指出避免导致反应内疚的机会同样能够提高预期情境中的自我效能和自我控制感，因此，反应内疚同样会影响到他今后的行动。

社会营销、营销沟通及广告领域的研究已经证明内疚对消费者决策过程、捐赠意向存在显著影响（Alden and Crowley，1995；Bécheur et al.，2008；Burnett and Lunsford，1994；Hibbert et al.，2007；Ruth and Faber，1988）。内疚具有非常强的说服力，这使得内疚成为一种有促进作用的、行动导向的情感（Lewis，1993），从而可以充当一种强有力的营销工具（Cotte et al. 2005）。Ghingold 和 Bozinoff（1982）指出当个体预期到内疚感或感到内疚时，他们会试图降低

这种感觉。负面状态模型（negative state model）也证明个体会寻求降低这些负面情感的方式（Cialdini and Kenrick，1976）。

羞耻和内疚在中国的传统文化中同样具有重要的地位，儒家思想非常重视内疚感的作用和力量，Chu 发现论语中 10% 的章节是关于羞愧感价值的（竭婧和杨丽珠，2007）。"内省不疚，何惧何忧"（孔子）、"人不可以无耻，无耻之耻，无耻矣"（孟子），都说明内疚感对个体行为的负面影响。

Fernandez 和 Nahata（2011）在通过博弈模型研究 PWYW 定价的营利性时引入了消费者的内疚，发现当消费者认为其支付的价格低于内部参照价格时会获得负效用。在 PWYW 定价中，当消费者支付一个零价格或过低的价格时，他们就可能预期到在将来会经历某些内疚感。当内疚的精神成本（如支付的金额太少）超过物质上的所得时，消费者就会决定多支付一些金额以降低可能导致的内疚感。因此，本研究提出如下假设。

H3：内疚感对消费者的 PWYW 支付意愿有显著的正向影响。

虽然社会偏好理论在一定程度上能够解释 PWYW 定价的成功，但是这并不能说明消费者是一点理性都没有的，消费者的价格意识（price consciousness）也有可能会影响其对 PWYW 定价的支付意愿。Sinha 和 Batra（1999）认为价格意识是一种类似态度的持续倾向，许多研究者都曾使用"价格意识"这一概念来指代消费者多种与价格有关的认知（Zeithaml，1984），如 Sinha 和 Batra（1999）认为当消费者对产品的价格属性相对于质量属性给予更多关注时，该消费者就可以被认为是有价格意识的，这类消费者表现出一种支付低价格的敏感性。Monroe 和 Petroshius（1981）指出有价格意识的消费者具有如下特征：如果价格高于可以接受的支付额，他们就不会购买。此外，如果产品的独特属性的价格差异很大，有价格意识的消费者就不会为这些独特属性支付。

但是 Lichtenstein 等（1993）指出价格意识

应该是一个相对狭义的概念,并将价格意识定义为"消费者对低价格给予专门关注的程度",许多学者在研究中也采用了与该含义一致的概念(Erickson and Johansson,1985;Lichtenstein et al.,1988;Tellis and Gaeth,1990),本研究也同样采用这一概念。Lichtenstein 等(1993)指出价格意识与价格的负面角色(成本支出)有关,消费者对价格的感知会提高其搜寻更低价格的可能性。研究发现,高的价格折扣能够明显地降低搜寻意向,并能够增强购买意向(Biswas and Blair,1991;Biswas et al.,1999;Grewal et al.,1998;Lichtenstein et al.,1991;Urbany et al.,1988)。Lichtenstein 等(1988)发现价格意识对价格的接受范围有直接和间接影响。

在上述分析的基础上,本研究认为消费者的价格意识能够影响其 PWYW 支付意愿。一方面,价格敏感型的消费者可能不会支付一个高的价格;另一方面,拥有价格意识的消费者对产品的价值评价也不会过高,这也会间接影响其支付意愿。从仅有的实证研究来看,Kim 等(2009)在他们进行的三项实地试验之一的餐馆实验中发现消费者的价格意识显著影响其 PWYW 支付金额。Fernandez 和 Nahata(2011)发现只有当消费者的需求价格弹性处于一个狭窄的范围内(1~2)时,PWYW 定价才可以成为一种选择。因此,本研究提出如下假设。

H4:价格意识对消费者的 PWYW 支付行为有显著地负向作用。

2 研究设计

2.1 变量测量

本研究共有利他偏好、公平偏好、内疚感、价格意识及 PWYW 支付意愿 6 个变量需要测量。利他偏好和公平偏好两个变量的问项均来自于 IPIP(international personality item pool, http://ipip.ori.org/),分别采用五个和四个问项测量。PWYW 支付意愿方面,我们先向被试详细介绍 PWYW 定价的含义,然后通过两个问项询问其支付意愿。内疚感的测量我们采用了"超市收银员多找给顾客零钱"的情景,场景设置如下:几天以前,您在超市购物结账时,由于收银员的疏忽而多找给了一些零钱给您,但是她并没有发现,然后您悄悄将这些钱收了起来,并离开了超市。一方面,被试回答现在对当时事件的内心感受;另一方面,询问被试如果将来一段时间不将零钱返还的话内心会有什么感受。内疚感的测量借鉴了 Roseman 等(1994)的测量。价格意识的测量采用两个问项,其来源于 Kim 等(2009)。而目前营销学领域中的互惠偏好量表还不多见,本研究借鉴了组织行为学领域中相关学者提出的量表(Wu et al.,2006)。所有问项均采用李克特 7 点量表测量,1 代表非常不同意,7 代表非常同意。本研究使用的量表可见表1。

2.2 数据与样本

据艾瑞咨询的最新统计数据,2010 年我国网络购物用户规模达到 1.48 亿人,网络购物市场的交易规模达到 4610 亿元。这些数据表明网络已经成为一种重要的交易渠道。考虑到这一因素,本研究包含了传统的面对面交易和网络交易两种交易渠道。

本研究选取音乐 CD 作为研究对象,首先因为 CD 非常适于同时通过传统商店和网络销售,便于问卷调查并分析交易方式的影响;其次,音乐 CD 的变动成本相对较低,与 PWYW 定价的适用条件非常接近;最后,音乐 CD 的性别倾向不明显。

在问卷发放前我们先进行了一次小范围的预调研,通过反馈信息对问卷的措辞进行了一定的修改,并对问项顺序及数目进行了调整,形成最终问卷。实际调研通过网络形式实施,我们把问卷地址链接到某大型论坛招募被试。为提高受访者的配合程度,我们向每位参与者赠送一定数量的论坛币表示感谢。剔除不合格的问卷(阅读 PWYW 定价策略的详细介绍后仍不能理解的问卷,作答时间少于 100 秒,答案全部或大部分相同,问项选择有一定规律性),本研究共得到有效问卷 334 份,其中面对面交易情形有 170

份,网络交易情形有 164 份。被试年龄主要集中在 20～35 岁(占 88.7%),学历集中在大学本科(占 51.5%),男性被试占 56.2%。

3　数据分析

3.1　信度与效度分析

在问卷分析中,常用信度系数作为问卷可靠性的判断标准。Cronbach α 信度系数是目前最常用的信度系数,用于评价量表中各题项得分间的一致性,属于内部一致性系数。根据学者 DeVellis(1991)的建议,当 Cronbach α 系数为 0.65～0.70 时为最小可接受值,为 0.70～0.80 时为相当好,为 0.80～0.90 时则非常好。由表 1 可知,本研究六个变量的 Cronbach α 系数均大于 0.7,所以可以认为问卷中这六个变量的测量结果是可靠的,能满足后续研究的需要。

表 1　信度分析结果

变量	编号	问项内容	Cronbach α
利他偏好	A1	我会尽量让别人感到他们是受欢迎的	0.8614
	A2	我会预先考虑到别人的需要	
	A3	我愿意帮助别人	
	A4	我很关心他人	
	A5	别人对我的口碑很好	
内疚感	G1	如果不将多找的钱退还,将来会感到内心有一种紧张感	0.8546
	G2	如果不将多找的钱退回,将来会感到后悔和自责	
	G3	我认为我当初不应该这样做	
	G4	我希望得到别人的原谅	
公平偏好	F1	我会致力于公正和平等的原则	0.7286
	F2	我认为每个人的权利都是同等重要的	
	F3	我对所有的人都一视同仁	
价格意识	P1	我通常会比较不同零售商的价格,以得到更大的实惠	0.8871
	P2	我通常购买同类商品中最便宜的那些商品	
互惠偏好	R1	如果卖者对我友好,我对他同样会友好	0.8871
	R2	我会对卖者的努力作出补偿	
	R3	如果卖者的产品高于我的期望,我会更乐于购买他的商品	
PWYW 支付意愿	PW1	我不会支付一个零价格	0.7346
	PW2	我会支付一个我认为合理的价格	

在效度分析之前,本研究对表 1 中的 19 个测量项目进行了因子分析。但是从旋转后的因子荷载上看,题项 A2 和 R3 并没有归入对应的因子中,违背了问项设计的初衷,因此删除了这两个题项。在删除 A2 和 R3 两个题项后,利他偏好和互惠偏好的 Cronbach α 值比删除前略有提高。

建构效度主要通过收敛效度和区别效度来评价。本研究对建构效度的检验主要是通过对验证性因子的分析来完成的,运用的统计软件为 AMOS17.0。分析结果表明 $\chi^2 = 258.631$, $df = 104$, $\chi^2/df = 2.48$, $P = 0.00$, RMSEA $= 0.067$,这说明数据对模型有较好的拟合。GFI $= 0.92 > 0.90$, NFI $= 0.92 > 0.90$, NNFI $= 0.93 > 0.90$, CFI $= 0.95 > 0.90$,这些指标也说明本研究数据与验证性因子分析模型的拟合度很好。

表 2 列出了收敛效度检验所需要的指标。根据 Hair 等(2006)的观点,评估收敛效度的标准共有三项。①所有标准化的因子荷载要大于 0.5,0.7 以上则更加理想。②组合信度要大于

0.7。③平均提炼方差（AVE）要大于0.5。由表2可知,验证性因子分析标准化因子荷载均大于0.6,并且达到了显著性水平（$P<0.05$）。组合信度均大于0.7。平均提炼方差也均大于0.5。所以本研究所用量表具有较好的收敛效度。

表3列出了检验区别效度所需要的指标。根据 Hair 等（2006）的观点,评估区别效度的标准主要是比较因子本身的平均提炼方差的算术平方根是否大于该因子与其他因子相关系数的绝对值。从表3的相关系数矩阵可以看出,测量模型中各个潜变量间的相关系数的绝对值为0.281~0.716,平均提炼方差的平方根都大于各潜变量相关系数的绝对值,同时也都大于0.5,这说明概念之间有良好的区别效度。

表 2　验证性因子分析结果

潜变量	指标	标准化估计值	T 值	组合信度	平均提炼方差
利他偏好	A1	0.782	—a	0.8635	0.6130
	A3	0.778	14.385		
	A4	0.749	13.797		
	A5	0.821	15.257		
内疚感	G1	0.787	—	0.8822	0.6527
	G2	0.733	13.928		
	G3	0.834	13.942		
	G4	0.871	15.068		
公平偏好	F1	0.721	—	0.7974	0.5677
	F2	0.785	17.375		
	F3	0.753	14.095		
价格意识	P1	0.753	—	0.7581	0.6107
	P2	0.809	12.954		
互惠偏好	R1	0.888	—	0.8879	0.7984
	R2	0.899	11.325		
PWYW 支付意愿	PWYW1	0.654	—	0.7521	0.6081
	PWYW2	0.888	8.146		

a:因子载荷为1,因此没有 T 值。

表 3　判别效度检验

	1	2	3	4	5	6
利他偏好	**0.783**a					
互惠偏好	0.672	**0.808**				
公平偏好	0.469	0.471	**0.753**			
内疚感	0.469	0.509	0.716	**0.781**		
价格意识	−0.358	−0.463	−0.281	0.471	**0.894**	
PWYW 支付意愿	0.525	0.658	0.523	0.459	−0.512	**0.779**

a:表示平均提炼方差的平方根。

3.2　结构方程模型分析

在确认了测量模型的信度和效度之后,本研究采用 AMOS17.0 软件来计算设定模型的拟合指数、各路径系数的估计值和 T 值。分析结果见表4,结构方程模型的各项拟合指数分别为 $\chi^2 = 258.63(df = 104, p = 0.00, \chi^2/df = 2.48)$, RMSEA = 0.067, NFI = 0.83, NNFI = 0.93, IFI = 0.95, GFI = 0.92, CFI = 0.95,各个拟合指数均达到理想水平。

由表4可知,互惠偏好与 PWYW 支付意愿之间的路径系数是 0.447, T 值是 3.640,在 $P < 0.05$ 的水平上通过显著性检验。公平偏好与 PWYW 支付意愿之间的路径系数是 0.291, T 值是 2.957,在 $P < 0.05$ 的水平上通过显著性检验。价格意识与 PWYW 支付意愿之间的路径系数是 -0.246, T 值是 -3.438,在 $P < 0.05$ 的水平上通过显著性检验。所以假设 H1b、H1c、H4 成立。然而,利他偏好与 PWYW 支付意愿之间的路径系数是 0.020, T 值是 0.226,内疚感与 PWYW 支付意愿之间的路径系数是 0.035, T 值是 0.357,这两条路径均没有通过显著性检验,即假设 H1a、H3 不成立。

同时,由表4中的标准化路径系数可知,互惠偏好及公平偏好对 PWYW 支付意愿的影响系数均大于利他偏好对 PWYW 支付意愿的影响系数,支持假设 H2a、H2b。

表4　结构方程模型分析结果

假设	变量间路径关系	标准化估计值	T 值	拟合指标
H1a	利他偏好→PWYW 支付意愿	0.062	0.742	$\chi^2 = 263.262$ df = 104
H1b	互惠偏好→PWYW 支付意愿	0.386	3.530	$P = 0.00$ $\chi^2/df = 2.53$
H1c	公平偏好→PWYW 支付意愿	0.230	2.601	NFI = 0.92 NNFI = 0.93
H3	内疚感→PWYW 支付意愿	0.019	0.210	CFI = 0.95 IFI = 0.95
H4	价格意识→PWYW 支付意愿	-0.243	-3.727	GFI = 0.92 RMSEA = 0.068

3.3　进一步分析:交易方式的调节作用

Strauss 和 Howe (1997)指出随着环境的变化,消费者的行为会发生明显变化。Forsythe 等 (1994)研究了博弈双方议价中的匿名效应,结果发现,在最后通牒博弈中大多数结果仍为平均分配,但是独裁博弈的平均分配结果显著降低,且有小部分被试行为体现了最优策略选择(即拿走了整个"蛋糕")。此外,Hoffman 和 McCabe (1994)在其实验中剔除了可能存在的"实验者观察效应",对被试的匿名性进行了更为严格的处理,结果也较好地印证了行为者的策略理性。Hoffman 和 McCabe(1994)证实,随着参与者匿名程度的增加,提议者分配给回应者的份额会越来越小。在一定程度上,提议者只有在他们的行为是可被观测时才会建立社会声誉。Regner 和 Barria(2009)在研究带有价格区间限制的 PWYW 定价策略时发现,消费者的匿名选择(消费者可以选择是否留下电子邮件)负向影响支付金额,不留邮件地址的消费者支付的金额明显偏低。

传统的面对面交易和网络交易两种不同渠

道的社交化程度不同,网络交易是建立在虚拟身份基础上的交易,匿名性和匿名行为是其重要特征。互联网的匿名优势使得某些行为在某种程度上保持一种"不公开"的状态。Freestone 和 Mitchell (2004)指出网际网络具有的匿名特性使个人身份被侦测或辨认的可能性降低,失序行为得以隐藏。在网络市场上,个人通过计算机及网络很容易隐藏其行为,对其行为后果顾虑也较少。Albers-Miller(1999)指出当人们缺乏对惩罚的畏惧时,他们会表现出不恰当的行为。

鉴于以上学者的研究,本研究通过分组结构方程模型分析来探索交易方式对上述模型的调节作用。具体做法是,先将两组的结构方程回归系数限制为相等,得到一个 χ^2 值和相应的自由度。然后去掉这个限制,重新估计模型,又得到一个 χ^2 值和相应的自由度。前面的 χ^2 减去后面的 χ^2 得到一个新的 χ^2,其自由度就是两个模型的自由度之差。如果 χ^2 检验结果是显著的,则调节效应显著(温忠麟等,2005)。

表 5 检验了自由估计的模型和限制模型(面对面交易和网络交易两组的结构方程系数限制相等)的拟合指数,两个模型的 χ^2 值分别为 372.926 和 398.864,P 值均小于 0.001,χ^2 自由度之比都小于 2,结合 RMSEA 值、CFI、GFI 值,整体而言模型的拟合较好。

表 6 是分组回归分析无限制模型和限制模型的比较,从表中可知,对模型所有路径系数限制相等后,χ^2 值的改变量为 24.938,临界比率 $P<0.001$,χ^2 值的改变量达到显著,由此可知,交易方式的调节效应存在。

之后,本研究分别对面对面交易和网络交易两种情形单独做结构方程模型分析,发现在面对面交易中内疚感(标准化路径系数为 0.45,T 值为 3.043)和互惠偏好(标准化路径系数为 0.46,T 值为 3.168)对消费者的 PWYW 支付意愿有显著的影响,其他因素影响不显著;在网络交易情形中,价格意识(标准化路径系数为 -0.39,T 值为 -3.506)和互惠偏好(标准化路径系数为 0.59,T 值为 2.297)对消费者的 PWYW 支付意愿有显著的影响,其他路径系数不显著。

表 5　未限制模型和限制模型的拟合指数

Model	CMIN	DF	P	CMIN/DF	RMSEA	CFI	GFI
未限制模型	373.926	208	0.000	1.798	0.049	0.94	0.89
限制模型	398.864	213	0.000	1.873	0.051	0.93	0.88

表 6　交易方式的调节效应

Assuming model 未限制模型 to be correct:

Model	DF	CMIN	P	NFI Delta-1	IFI Delta-2	RF Irho-1	TL Irho2
限制模型	5	24.938	0.000	0.008	0.009	0.007	0.007

4　结论与讨论

PWYW 定价策略已被应用于餐馆、在线音乐、视频游戏等行业,许多学者进行了初步研究并提出了一些理论解释。本研究在现有的有限理论基础上,借鉴实验经济学和心理学的相关理论,验证消费者 PWYW 支付意愿的内在驱动因素,并得出了一些有意义的结论。

本研究发现互惠偏好和公平偏好能够显著影响消费者 PWYW 支付意愿,这与实验经济学的相关结论是一致的。互惠是一种基于动机的偏好,人们会对对方善意的行为进行回报,而对敌对的行为进行惩罚,实验经济学中的大量实验已经证明了这种行为存在的广泛性。在 PWYW 定价实践中,企业采用 PWYW 本身就向消费者传达了一个友好的信号,消费者自然会"投桃报李"、"礼尚往来",他们会选择多支付一些金额。与基于动机的互惠偏好不同,公平偏好更关注结果上的公平与否,这就意味着个体不仅关心自身的利益,而且还会关注他人的收益,并且个体有减少其与别人收益差异的动机。企业采用PWYW定价策略,消费者有权决定价格,如果他们支付的价格过低,会导致他们与卖者之间的福利差距,这会对他们的心理状态产生负面影响,因而他们会选择多支付一些。总之,个人的互惠倾向和公平倾向是一种条件性的合作行为倾向,这种有条件的社会偏好会影响其对PWYW定价的支付意愿。

同时,即便在消费者拥有完全的定价权,他的理性人的一面也会影响其行为,这主要表现为消费者价格意识对PWYW支付行为的影响。消费者对低价格的关注程度越强,他们对PWYW定价的支付意愿就越低。在Kim等(2009)的研究中,在总体样本和餐馆样本中,价格意识影响采用PWYW定价的经营者的收入,但是对热饮而言,价格意识的影响不明显。造成这种差别的原因可能在于产品类别的影响,热饮是一种价值较小的便利品,而本研究所选用的音乐CD价值相对更高一些,消费者的需求价格弹性也相对更高。

然而,本研究发现利他偏好对消费者PWYW支付意愿的影响并不显著,这与Kim等人的研究结论是一致的。原因可能在于利他偏好是一种无条件的社会偏好,利他作为对他人福利的一种关心,并不以对方的合作为条件,具有无条件性。利他偏好在社会进化中极容易受到侵害,因此必须通过对利他对象的选择来保证其演进的稳定性。这种选择性体现在人们只对特定对象具有较强的利他倾向,一般双方的情感关系越近,利他倾向越强(夏纪军等,2003)。利他偏好经常表现为人们向慈善组织进行捐助,在买卖双方的交易中这种偏好不明显。

内疚感对消费者的PWYW支付意愿的影响也未达到显著。首先,这可能是因为内疚感主要产生于社交关系中,在市场交易中内疚感的影响不明显。其次,消费者的选择依赖于其对内疚感的敏感程度。虽然消费者支付低的PWYW价格会引起内疚精神成本,但是如果个体对内疚感具有"免疫能力",则这种内疚感不会影响其效用,对某一特定水平的内疚感到无足轻重的顾客不会对内疚感作出反应(Regner and Barria,2009)。相反,对内疚感高度敏感的个体可能选择自愿支付以减轻预期内疚感并最大化其效用。

此外,本研究还检验了交易方式对上述模型的调节作用,发现在不同的交易渠道中,影响消费者PWYW支付的内在驱动因素不同。具体地,在面对面交易中,消费者的内疚感和互惠偏好能够影响其PWYW支付意愿,而在网络交易中,影响消费者PWYW支付意愿的因素为价格意识和互惠偏好。在传统交易中,由于交易双方直接互动,消费者支付低价格可能会引发较高的心理成本,所以宁愿多支付。在网络交易中,消费者的价格意识显著影响其支付意愿,这说明网络市场上消费者的价格意识更强。Hoch等(1995)认为消费者对价格是否敏感,在很大程度上取决于消费者对价格变动的了解程度。由于网络降低了消费者的信息搜寻成本,增加了价格透明度,所以学者普遍认为网络会增加消费者的价格敏感度,进而对其PWYW支付意愿有负向影响。

5　局限性与未来研究方向

本研究采用问卷调查的方法研究影响消费者PWYW支付意愿的内在因素,这种方法存在一定的不足之处,主要表现为如下两个方面。

首先,利他偏好、互惠偏好、公平偏好、价格意识及内疚感都是基于消费者自我报告的数据,但行为人自我报告的数据与现实中的行为是否一致仍存在很大的争议(陈叶烽,2010)。Friedman(1962)、Becker(1976)、Stigler和Becker(1977)等认为个体在不同时间段面临相同决策时会表现同一种偏好类型。List(2006)的研究表明,实验室中的亲社会行为比现实生活中的行为更为重要,而且其水平也往往高于现实生活。

Benz 和 Meier(2008)的研究表明实验室中人的行为表现可以用来预测人的具体现实生活中的行为表现。虽然上述学者的研究表明偏好呈现出一定的外溢性,但是 PWYW 定价理论的发展还有待于理论的具体实践应用,未来的研究可以采用实地试验的方法,观察消费者在真实消费环境中的支付行为。

其次,本研究的问卷调查还受样本的限制。对 PWYW 定价方式进行研究,通常需要大规模的样本,因为经验研究表明在 PWYW 定价中,所有消费者的平均支付低于传统的固定价格,PWYW 的赢利性主要来自销售单位的增加。因此,未来的研究可以选取更大的样本、更合适的产品进行验证。

本研究通过实证对消费者的 PWYW 支付意愿进行了检验,并得出了一些有益的结论。但是,理论界对 PWYW 定价策略的研究还处于试探阶段,本研究认为至少还存在如下一些值得研究的方向。

本研究重点关注消费者内在的影响因素,这并不否认外在因素的影响,如参照价格、消费者的收入等。Wolk 和 Spann(2008)将参照价格细分为内部参照价格(internal reference price,IRP)、外部参照价格(external reference price,ERP)、广告参照价格(advertised reference price,ARP)。在 PWYW 定价中不存在广告参照价格,而内部参照价格又包括公平价格、常规价格、最后支付价格、最高价格、最低价格、竞争价格、期望的未来价格和一般折扣价格等(Keller,2009),对内部参照价格的影响作用进行研究也存在某些困难,因此现有的研究仅针对外部参照价格进行了研究。Kim 等对波斯餐馆进行的实地研究中,餐费采用的是 PWYW 定价,虽然没有明确指出外部参照价格的影响,但是饮料费用采用的是固定价格,饮料的价格充当了餐费的参照价格。Regner 和 Barria(2009)则明确研究了带有价格区间限制的 PWYW 定价情形中参照价格对消费者支付的框架效应(framing effect),网络音乐提供商 Magnatune 在 2003 年9 月开始提供音乐下载服务时,顾客除了用美元

支付外也可以采用欧元或英镑支付,价格范围分别为 5~18 欧元和 5~18 英镑。此后,在 2004年 12 月,该网站调整了价格范围,将英镑价格范围调整为 3~10 英镑,欧元价格调整为 4~14 欧元。结果表明,在价格范围调整前,英国、德国、法国的顾客支付的平均价格分别为 12.68 英镑、11.27 欧元和 10.28 欧元;在价格范围调整后,英国、德国、法国的顾客支付的平均价格分别为 10.33 英镑、9.02 欧元和 8.20 欧元。统计检验表明,价格范围调整之后消费者支付的平均价格有显著下降,这说明了参照价格框架效应的存在。今后的研究中可以通过一定的实验设计,诱导消费者的内部参照价格,然后让消费者通过一定的渠道去搜寻外部参照价格,进而研究这两类参照价格对消费者 PWYW 支付意愿的影响。此外,外部参照价格还可以区分为明显的(explicit)参照价格和隐含的(implicit)参照价格,因此,也可以进一步研究外部参照价格的调节效应。

未来的研究还可以关注 PWYW 非价格方面的作用。PWYW 并不仅仅是一种价格策略,它还可以充当促销工具、预测工具及提升消费者信心的信号(Kim et al. ,2009)。PWYW 是一种促销工具,可以吸引新顾客。首先,因为 PWYW 定价是一种非常新颖的定价方式,而消费者通常具有天生的好奇心理,当企业推出一种新的定价方式时,消费者往往表现得比较踊跃。其次,因为消费者有权自主定价,这就降低了消费者尝试一种新产品或服务(尤其是经验品,如音乐)的感知风险,当消费者对质量感到不确定的时候,他们也可以根据购前的体验进行支付,如果体验令他愉悦,他就会支付一个高价格,相反就会支付一个低价格甚至不用支付。PWYW 定价是一种预测工具。由于企业将定价权完全交给了消费者,所以可以根据消费者的真实支付获取总体市场支付意愿的数据。所以,当企业对目标市场的支付行为不太了解时可以采用 PWYW 定价方式,以便指导企业后期的定价策略。如果消费者自主决定的价格高于企业制定设想的价格,则企业将来可以提高价格,反之,则降低价

格。采用 PWYW 定价方式还可以提高消费者
对企业的信任。信号显示理论认为在存在信息
不对称的市场上,价格可以作为企业产品品质的
信号。在产品质量信息不对称的市场上,消费者
往往认为高价格意味着高质量、低价格意味着低
质量,而对那些采取忽高忽低定价方式的企业,
消费者多持有怀疑或负面态度,这种负面态度会
影响消费者与企业的交易活动。现实生活中的
各种市场往往都存在某种程度的信息不对称,
PWYW 定价策略本身就是一种企业对其产品质
量有信心的信号,企业的信心通过 PWYW 定价
信号转变为消费者的信心,这种信号会提高消费
者对价格的感知公正性。最后,PWYW 是一种
有效的定价策略,但并不意味着它就是一种"灵
丹妙药",对有关适用 PWYW 定价策略的产品
类别进行研究也是一个有意义的课题,目前,从
企业的实践来看,PWYW 定价主要被应用于餐
馆和网络服务行业。总结以前的实践,在餐馆的
例子中,PWYW 定价更多是被当做一种促销工
具。餐饮行业是一种固定成本相对较高而变动
成本相对较低的行业。Kim 等所研究的波斯餐
馆是一家开业仅有九个月的餐馆,这时,餐馆的
客流量还较少,因此,采用 PWYW 作为一种促
销工具吸引新顾客可以更好地使用餐馆的剩余
生产能力(spare capacity),并且波斯餐馆在采用
该种定价方式之前进行了广泛的广告宣传。音
乐唱片和视频游戏的例子中,一方面,它们的研
发成本相对高昂,变动成本较低甚至为零,这样
企业采用 PWYW 定价的风险就相对较低,即便
消费者支付的价格为零,企业也不会有很大损
失,而随着购买这种服务的人数的增多,企业的
利润可能也会获得可观的增加;另一方面,它们
都属于经验品,消费者购买涉及更高的感知风
险,采用 PWYW 定价对消费者也是有利的。但
是目前对哪些产品更适用于 PWYW 定价还非
常模糊,有待进一步进行研究。

参考文献

[1] 陈叶烽. 2010. 社会偏好的检验:一个超越经济人的
实验研究[D]. 杭州:浙江大学博士论文.

[2] 竭婧,杨丽珠. 2007. 羞愧感文化差异研究综述[J].
中国健康心理学杂志,15(6):574-576.

[3] 凯文·莱恩·凯勒. 2009. 战略品牌管理[M]. 北
京:中国人民大学出版社.

[4] 涂平,刘俊. 2009. 价格公平感对消费者行为意向的
影响[J]. 营销科学学报,5(4):1-22.

[5] 韦夏,王光耀,涂荣庭. 2011. 分标价定价策略的负
面效果研究[J]. 营销科学学报,7(1):53-68.

[6] 温忠麟,侯杰泰,张雷. 2005. 调节效应与中介效应
的比较和应用[J]. 心理学报,37(2):268-274.

[7] 夏纪军,张来武,雷明. 2003. 利他、互利与信任[J].
经济科学,4:95-108.

[8] Albers-Miller N D. 1999. Consumer misbehavior:
why people buy illicit goods [J]. Journal of Consumer Marketing, 16(3):273-287.

[9] Alden D L, Crowley A E. 1995. Sex guilt and receptivity to condom advertising [J]. Journal of Applied Social Psychology, 25(16):1446-1463.

[10] Andreoni J. 1989. Giving with impure altruism:
applications to charity and ricardian equivalence
[J]. Journal of Political Economy, 97 (6):
1447-1458.

[11] Andreoni J, Miller J. 2002. Giving according to
GARP: an experimental test of the rationality of
altruism [J]. Econometrica, 70(2):737-753.

[12] Basil D Z, Ridgway N M, Basil M D. 2008. Guilt
and giving: a process model of empathy and efficacy [J]. Psychology & Marketing, 25(1): 1-23.

[13] Bécheur I, Dib H, Merunka D, et al. 2008. Emotions of fear, guilt or shame in anti-alcohol messages: measuring direct effects on persuasion and the
moderating role of sensation seeking [J]. European
Advances in Consumer Research, 8:99-106.

[14] Becker G S. 1976. The Economic Approach to Human Behavior [M]. Chicago: University of Chicago Press.

[15] Benz M, Meier S. 2008. Do people behave in experiments as in the field? evidence from donations
[J]. Experimental Economics, 11(3):268-281.

[16] Bernhardt M, Hinz O. 2005. Creating value with
interactive pricing mechanisms--a web service-oriented architecture [J]//Proceedings of the Seventh
IEEE International Conference on E-Commerce

Technology(OEC'05):359-346.

[17] Biswas A, Blair E A. 1991. Contextual effects of reference prices in retail advertisements [J]. Journal of Marketing, 55 (3): 1-12.

[18] Biswas A, Pulling C, Krishnan B C, et al. 1999. Consumer evaluations of reference price advertisements: effects of other brands' prices and semantic cues [J]. Journal of Public Policy & Marketing, 18(1):52-65.

[19] Bitner M J, Faranda W T, Hubbert A R, et al. 1997. Customer contributions and roles in service delivery [J]. International Journal of Service Industry Management, 8(3): 193-205.

[20] Bohnet I, Frey B S. 1999. Social distance and other-regarding behavior in dictator games: comment [J]. American Economic Review, 89(1):335-339.

[21] Bolton G E, Ockenfels A. 2000. ERC: a theory of equity, reciprocity, and competition [J]. American Economic Review, 90(1):166-193.

[22] Burnett M S, Lunsford D A. 1994. Conceptualizing guilt in the consumer decision making process [J]. Journal of Consumer Marketing, 11(3): 33-43.

[23] Chandran S, Morwitz V G. 2005. Effects of participative pricing on consumers'cognitions and actions: a goal theoretic perspective [J]. Jounal of Consumer Research,32(2)249-259

[24] Charness G, Rabin M. 2002. Understanding social preferences with simple tests [J]. Quarterly Journal of Economics, 117(3):817-869.

[25] Cialdini R B, Kenrick D T. 1976. Altruism and hedonism: a social development perspective on the relationship of negative mood state and helping [J]. Journal of Personality and Social Psychology, 34 (5): 907-914.

[26] Cotte J, Coulter R A, Moore M. 2005. Enhancing or disrupting guilt: the role of ad credibility and perceived manipulative intent [J]. Journal of Business Research, 58(3):361-368.

[27] Cox J C, Sadiraj K, Sadiraj V. 2002. Trust, Fear, Reciprocity and Altruism [EB/OL]. http://econ. arizona. edu/docs/Working-Papers/Misc% 20 Years/trustfear pdf[2011-06-28].

[28] DeVellis R F. 1991. Scale Development: Theory and Applications [M]. London: SAGE Publica-

tions.

[29] Dolan R J. 1995. How do you know when the price is right[J]? Harvard Business Review, September-October: 4-10.

[30] Dolan R J, Moon Y. 2000. Pricing and market making on the Internet [J]. Journal of interactive Marketing, 14(2):56-69.

[31] Eckel C C, Grossman P J. 1996. The relative price of fairness: gender differences in a punishment game [J]. Journal of Economic Behavior and Organization, 30(2):143-158.

[32] Erickson G M, Johansson J K. 1985. The role of price in multi-attribute product evaluations [J]. Journal of Consumer Research, 12 (2):195-199.

[33] Fehr E, Kirchsteiger G, Riedl A. 1993. Does fairness prevent market clearing? an experimental investigation [J]. Quarterly Journal of Economics, 108(2):437-459.

[34] Fernandez J M, Nahata B. 2011. Profitability of pay-what-you-like pricing [J/OL]. http://se. shufe. edu. cn/upload/_info/wuhuayu/69149_110 3170841171. pdf[2011-03-02].

[35] Forsythe R, Horowitz J, Savin N, et al. 1994. Replicability, fairness and pay in experiments with simple bargaining games [J]. Games and Economic Behavior, 6 (3): 347-369.

[36] Freestone O, Mitchell V W. 2004. Generation Y attitudes towards e-ethics and internet-related misbehaviors [J]. Journal of Business Ethics, 54(2): 121-128.

[37] Friedman M. 1962. Price Theory: A Provisional Text [M]. Chicago: Aldine Pub. Co. .

[38] Ghingold M, Bozinoff L. 1982. Construct validation and empirical testing of guilt arousing marketing communications [J]. Advances in Consumer Research, 9: 210-214.

[39] Gneezy A U, Gneezy L, Nelson L D, et al. 2010. Shared social responsibility: a field experiment in pay-what-you-want pricing and charitable giving [J]. Science, 329(5989):325-327.

[40] Grewal D, Monroe K B, Krishnan R. 1998. The effects of price-comparison advertising on buyers' perceptions of acquisition value, transaction value, and behavioral intentions [J]. Journal of Market-

ing, 62(2):46-59.

[41] Güth W, Schmittberger R, Schwarze B. 1982. An experimental analysis of ultimatum bargaining [J]. Journal of Economic Behavior and Organization, 3 (4):367-388.

[42] Hair J F, Black W C, Babin B J, et al. 2006. Multivariate Data Analysis [M]. Upper Saddle River: Pearson Prentice Hall.

[43] Hibbert S, Smith A, Davies A, et al. 2007. Guilt appeals: persuasion knowledge and charitable giving [J]. Psychology & Marketing, 24 (8): 723-742.

[44] Hoch S J, Kim B, Montgomery A L, et al. 1995. Determinants of store level price elasticity [J]. Journal of Marketing Research, 32(1): 17-29.

[45] Hoffman E K, McCabe K. 1994. Shachat, V. Smith, preferences, property right, and anonymity in bargaining games [J]. Games and Economic Behavior, 7(3):346-380.

[46] Hoffman M L. 2000. Empathy and Moral Development: Implications for Caring and Justice [M]. Cambridge: Cambridge University Press.

[47] Huhmann B A, Brotherton T P. 1997. A content analysis of guilt appeals in popular magazine advertisements [J]. Journal of Advertising, 26(2): 35-45.

[48] Izard C E. 1977. Human Emotions [M]. New York: Plenum.

[49] Kim J Y, Natter M, Spann M. 2010. Kish: where customers pay as they wish [J]. Review of Marketing Science, 8, Article 3:1-12.

[50] Kim J Y, Natter M, Spann M. 2009. Pay-what-you-want: a new participative pricing mechanism [J]. Journal of Marketing, 73 (1): 44-58.

[51] LaBarge M C, Godek J. 2006. Mothers, food, love and career-the four major guilt groups? the differential effects of guilt appeals[J]. Advances in Consumer Research, 33: 511.

[52] Lascu D N. 1991. Consumer guilt: examining the potential of a new marketing construct [J]. Advances in Consumer Research, 18:290-295.

[53] Lewis M. 1993. Self-conscious emotions: embarrassment, pride, shame and guilt [J]//Lewis M, Haviland J M. Handbook of Emotions. New York: Guilford Press.

[54] Lichtenstein D, Bloch P H, Black W C. 1988. Correlates of price acceptability [J]. Journal of Consumer Research, 15 (2): 243-252.

[55] Lichtenstein D R, Burton S, Karson E J. 1991. The effect of semantic cues on consumer perceptions of reference price ads [J]. Journal of Consumer Research, 18(3):380-391.

[56] Lichtenstein D R, Ridgway N M, Netemeyer R G. 1993. Price perceptions and consumer shopping behavior: a field study [J]. Journal of Marketing Research, 30(2): 234-245.

[57] Lindsey L L M. 2005. Anticipated guilt as behavioral motivation an examination of appeals to help unknown others through bone marrow donation [J]. Human Communication Research, 31 (4): 453-481.

[58] List J A. 2006. The behavioralist meets the market: measuring social preferences and reputation effects in actual transactions[J]. Journal of Political Economy, 114(1):1-37.

[59] Mak V, Zwick R, Rao A R. 2010. "Pay what you want" as a profitable pricing strategy: theory and experimental evidence [J/OL]. http://rady. ucsd. edu/faculty/seminars/2010/papers/zwick. pdf [2011-03-05].

[60] Michael L, Phau I. 2010. Conceptualizing anticipatory guilt in a non-durable consumer goods context [J]//Timmermans H. Recent Advances in Retailing and Services Science Conference. Istanbul: Recent Advances in Retailing and Services Science.

[61] Monroe K B, Petroshius S M. 1981. Buyers' perceptions of price: an update of the evidence [J]// Kassarjian H H, Robertson T S. Perspectives in Consumer Behavior. Glenview: Scott, Foresman and Company.

[62] Park Y H, Wang X, Rao V R. 2009. Online and name-your-own-price auctions: a literature review [J]//Rao V R. Handbook of Pricing Research in Marketing. UK: Edward Elgar Publishing, Cheltenham.

[63] Rawlings E I. 1970. Reactive guilt and anticipatory guilt in altruistic behavior [J]//Macaulay J, Berkowitz L. Altruism and Helping Behavior New. York: Academic Press.

[64] Regner T, Barria J A. 2009. Do consumers pay voluntarily? the case of online music [J]. Journal of Economic Behavior & Organization, 71(2):395-406.

[65] Roseman I J, Wiest C, Swartz T S. 1994. Phenomenology, behaviors, and goals differentiate discrete emotions [J]. Journal of Personality and Social Psychology, 67(2):206-221.

[66] Ruth J A, Faber R J. 1988. Guilt: an overlooked advertising appeal [J]//Leckenby J D. Proceedings of the 1988 Conference of the American Academy of Advertising. Austin: American Academy of Advertising.

[67] Sinha I, Batra R. 1999. The effect of consumer price consciousness on private label purchase [J]. International Journal of Research in Marketing, 16(3):237-251.

[68] Stigler G J, Becker G S. 1977. De gustibus non est disputandum [J]. American Economic Review, 67(2):76-90.

[69] Strauss W, Howe N. 1997. The Fourth Turning: an American Prophecy [M]. New York: Broadway Books.

[70] Tellis G J. Gaeth G J. 1990. Best value, price-seeking, and price aversion: the impact of information and learning on consumer choices [J]. Journal of Marketing, 54 (2):34-45.

[71] Tyrangiel J. 2007. Radiohead says: pay what you want [J]. TIME, Oct. 01.

[72] Urbany J E, Bearden W E, Weilbaker D C. 1988. The effect of plausible and exaggerated reference prices on consumer perceptions and price search [J]. Journal of Consumer research, 15(1):95-110.

[73] Wansink B, Chandon P. 2006. Can 'low-fat' nutrition labels lead to obesity[J]? Journal of Marketing Research, 43(4): 605-617.

[74] Wolk A, Spann M. 2008. The effects of reference prices on bidding behavior in interactive pricing mechanisms [J]. Journal of Interactive Marketing, 22(4): 2-18.

[75] Wu J B, Hom P W, Tetrick L E,et al. 2006. The norm of reciprocity: scale development and validation in the Chinese context [J]. Management and Organization Review, 2(3):377-402.

[76] Zeithaml V A. 1984. Issues in conceptualizing and measuring consumer response to price [J]. Advances in Consumer Research, 11:612-616.

Do Consumers Pay Voluntarily?
The Inner Drivers of Consumer's Willingness to Pay under PWYW Pricing

Zhang Hui[①], Bai Changhong[②]
(①Business School, Nankai University
②College of Tourism and Service, Nankai University)

Abstract　As a new participative pricing mechanism, PWYW pricing delegates the whole price determination to consumers. Previous empirical research has showed that PWYW pricing increases sellers' profits, even when consumers can self-determine the price, which conflicts with the basic assumption of economic man in traditional economics. Thus, some other drivers must play a role when the PWYW price is determined. Based on social preference theory, we study the influences of altruism, fairness, reciprocity, sense of guilt and price consciousness on consumers willingness to pay under PWYW pricing mechanism, the study show that reciprocity, fairness and price consciousness have a positive impact on consumer's willingness to pay, besides, these impacts are moderated by the way of transactions.

Key words　Participative Pricing, PWYW Pricing Mechanism, Reciprocity, Fairness, Price Consciousness

专业主编：李东进

营销科学学报
第 7 卷第 3 辑:102－110

Journal of Marketing Science;
Vol. 7,No. 3,September 2011:102－110

王谢宁[①]

摘 要 客户交易行为预测和研究对于企业营销有着较大的应用价值,Beta-geometric/ NBD 模型能够清晰地依据客户历史购买行为对未来购买行为进行预测,其较为严格的假设条件使得它在实践应用上存在一定的局限性。本文主要围绕模型在营销领域的实践应用展开,主要对实证过程中出现的问题进行分析和对模型参数进行优化,并对模型的关键结果进行二次扩展利用,构建出基于计算客户流失率的设置客户流失预警点的方法。实证结果表明,模型在中国 B2C 营销相关领域对预测客户购买行为有较高的应用价值;模型更适合于购买频率较高的情况,对于交易次数很少而且距离第一次购买时间不长的客户数据,其预测结果对比其真实值有一定的偏差。最后,本文讨论了在实践应用时模型对于其条件假设限制下的适用范围和研究的不足。

关键词 Beta-geometric/NBD 模型,客户价值,B2C 网站,流失预警

基于 Beta-geometric/NBD 模型的客户流失预测分析[②]

1 引言

当前随着互联网的发展,电子商务网站越来越成为众多用户光顾的场所,中国 2010 年网上购物的数额已经达到 5231 亿元,B2C 的网上零售所面对的是海量的潜在客户,它突破了时空界限,交易双方接触的单位成本极低,在国外发展非常迅速,但目前在中国 B2C 的发展相对缓慢,与发达国家存在一定差距,并面临着 C2C 激烈的竞争(王谢宁,2009;于丹等,2006;楼天阳和陆雄文,2009)。在一般的 B2C 网站,网站产品更新快、客户购买行为波动大和客户异质性高是这一行业的显著特点,其主要问题是购买率极低和流失率很高,大量网站访问者中仅有约 3% 的用户转化为消费者,85% 左右的用户只购买一次就永远的流失了(Jain et al. ,2002)。基于其海量的顾客基础,如果能在其劣势上稍有改进,网站利润的增加就会非常明显。因此,对于电子商务企业,预测研究网站客户未来交易行为有着较大的价值和现实意义(金立印等,2008;夏国恩和金炜东,2006)。客户生命周期价值(CLV)作为判别客户价值的标准已被企业界和学术界认可(Batislam et al. ,2007;Miller et al,2009),但从目前国内外的研究来看,部分是针对直销分销行业(齐佳音等,2003),部分是关于传统企业客户价值的研究(Bagozzi and Bholakia,2006;Wehmeyer,2005),很少涉及针对 B2C 电子零售网站客户价值计算。

2 文献回顾

客户交易行为预测需要完整的历史交易数据来追踪和理解客户行为,正因为如此,它非常适合于网络营销领域,大多数营销网站拥有越来越完整的包括交易数据在内的客户数据,过去不

---

① 王谢宁,东北财经大学管理科学与工程学院讲师,E-mail:wangxnlm@yahoo. com. cn。
② 感谢匿名评审专家对本文所提出的宝贵的修改意见和建议,作者文责自负。

可能实现的对客户行为的追踪和理解现在变得可能和容易。其估算方法主要如下：①Dwyer 提出的 Dwyer 方法。他把工业客户分成"永久流失"和"暂时流失"两类，用特定背景下的案例得到一组客户的平均潜在价值（Dwyer et al.，1997），但无法预测具体某个客户对公司的潜在价值。②陈明亮（2004）提出的拟合法。他根据客户历史利润与已知的典型客户利润曲线的拟合情况，预测客户未来利润随时间变化的趋势；③"客户事件"法则针对每一个客户，预测一系列事件发生的时间，并向每个事件分摊收益和成本，从而为每位客户建立一个详细的利润和费用预测表；④概念预测也是营销领域目前比较常用的方法（Hyunseok et al.，2004），整个预测过程是一个启发式推理过程，涉及大量的判断，需要预测人员有大量的经验积累，不仅一般人员不容易掌握，而且预测过程和预测结果因人而异（Kuksov and Villas-Boas，2010；Janiszew，2007）。⑤实践中对于用户流失问题也有不少采用经验时间法，即连续一段时间（如三个月）没有消费行为的顾客就算做已经流失了（Reinartz and Kumar，2003；Zinkhan and Braunsberger，2004），经验时间法因其简单而广泛采用，但是对于异质性较高的电子零售网站个体客户价值的建模并不适合（Xiao and Kwok，2003；Miller et al.，2009）。

总的来说，这些方法能够对客户未来购买行为在一定程度上进行大体的预测，但是无法计算出每个客户购买行为的客户活跃度及客户交易期望次数的预测值等重要信息，并且是以同质性客户为前提的（Shugan and Steven，2004），而这显然不符合网络消费者实际购买行为的情形。在非契约（即客户购买不受任何时间和数量约束限制）环境下，目前关于上述问题的研究：Pareto/NBD 模型（David et al.，1987）通过预测客户的活跃程度，很好地解决了用户流失预测问题，他们以帕累托（指数-伽马混合）时序模型来模拟客户客户退出时间，以 NBD（泊松-伽马混合）计算模型来模拟活跃客户重复购买行为，Pareto/NBD 模型只需要关于每个客户过去购买行为的

两条信息，即客户最后一次交易的时间及交易频率（在一段特定时期内的交易次数）。通过这个模型，可以很好地计算出客户的活跃度、客户在未来一段时间段内的期望购买次数及在这段时间内实现一定次数的购买的可能性，求得的数值可以很直观反映这些预测指标，这个模型是真正意义上的能够准确预测客户购买行为的模型之一，目前已经有许多研究者对 Pareto/NBD 模型的性能给予了高度评价（Wubben and Florian，2008）。

在 Pareto/NBD 模型的应用过程上，四个参数的估计是模型的关键部分，直接影响到后面的对活跃度的计算、对期望购买次数的预测，进而影响对未来购买行为的预测效果（Makoto，2008）。其提出了三步（3-step）参数确定方法，细述了参数的确定过程，需要大量的反复计算，随后，David C Schmittlein 和 Robert A Peterson（1994）对三步法进行了改进，提出了两步法，一定程度上简化了计算过程，而且结果非常接近于原有算法的精度，但仍然工作量很大。由于 Pareto/NBD 模型计算上的复杂性，所以在实践中很不方便，其应用相对困难（Peter and Bruce，2009）。针对这些局限性，Fader 等（2005）提出了它的改进方法即 Beta-geometric/NBD 模型。两模型非常相似，唯一的不同点在于客户何种程度/何时变得不活跃。Pareto/NBD 模型假设客户退出在任何时间点都可能发生，与实际的购买行为无关（张春莲，2006）；相反，假设客户在购买一次后就立即退出，我们就可以用 Beta-geometric/NBD 模型来模拟这个过程，此模型使得参数估计和计算过程大大简化，而预测结果的精度却与 Pareto/NBD 模型非常接近，模型作者在仿真模拟的基础上验证了其模型的合理性和预测的可靠性。然而，Beta-geometric/NBD 模型有较为严格的假设条件：一方面，正如模型的设计者所说的并不一定适合所有的行业，该模型适合哪些行业，不适合哪些行业，需要广泛的实证分析；另一方面，中国的网络购物者与国外的在消费心理、购物生活规律等许多方面有着不同之处，Beta-geometric/NBD 模型在该领域是否广泛适应，目前鲜有相关的实证分析来证明。本文主要围

绕该模型在营销领域的实践应用展开,主要对实证过程中出现的问题进行分析和模型的优化,并对模型的关键结果进行二次扩展利用。

3　Beta-Geometric/NBD 模型基本框架

具体来讲,Beta-Geometric/NBD 模型基于下面五个假设,前两个假设与 Pareto/NBD 模型的假设一致。

H1:当客户活跃时,交易次数服从交易率为 λ 的泊松分布,这相当于假设在两次交易的时间间隔服从交易率为 λ 的指数分布

$$f(t_j \mid t_{j-1};\lambda) = \lambda e^{-\lambda(t_j-t_{j-1})}, \ t_j > t_{j-1} \geqslant 0$$

H2:λ 的概率密度服从一个伽马分布

$$f(\lambda \mid r,\alpha) = \frac{\alpha^r \lambda^{r-1} e^{-\lambda\alpha}}{\Gamma(r)}, \lambda > 0.$$

H3:经过任意次交易后,一个客户不活跃的概率为 P,客户流失点服从几何分布,有 P(在第 j 次交易后不活跃)$=P(1-P)^{j-1},j=1,2,3\cdots$,

H4:P 的概率密度函数为 β 分布,如下

$$f(p \mid a,b) = \frac{p^{a-1}(1-p)^{b-1}}{B(a,b)}, 0 \leqslant p \leqslant 1.$$

式中,$B(a,b)$ 是贝塔函数,它可以用伽马函数表达为 $B(a,b)=\Gamma(a)\Gamma(b)/\Gamma(a+b)$

H5:交易率 λ 和流失率 P 对于客户是独立的。

基于上述假设,模型在用于预测个体客户购买行为的关键结果如下。

(1)对于一个在 $\tau \leqslant t$ 时变得不活跃的客户,在 $(0,\tau]$ 时间段,期望交易次数为 $\lambda\tau$。

$$P(\tau > t) = P(active\ at\ t \mid \lambda,p)$$
$$= \sum_{j=0}^{\infty}(1-p)^j\frac{(\lambda t)^j e^{-\lambda t}}{j!} = e^{-\lambda pt}$$

(2)对于 λ 和 p,在长度为 t 的一段时间内发生 x 次交易的概率为

$$= \frac{B(a,b+x)\Gamma(r+x)}{B(a,b)\Gamma(r)x!}(\frac{\alpha}{\alpha+t})^r(\frac{t}{\alpha+t})^x$$
$$+ \delta_{x>0}\frac{B(a+1,b+x-1)}{B(a,b)}\{1-(\frac{\alpha}{\alpha+t})^r$$

$$\times[\sum_{j=0}^{x-1}\frac{\Gamma(r+j)}{\Gamma(r)j!}(\frac{t}{\alpha+t})^j]\}$$

(3)对于 λ 和 p,在长度为 t 的一段时间内发生交易次数的期望值为

$$E(X(t) \mid r,\alpha,a,b)$$
$$= \frac{a+b-1}{a-1}$$
$$\times\left[1-(\frac{\alpha}{\alpha+t})^r {}_2F_1(r,b;a+b-1;\frac{t}{\alpha+t})\right]$$

进一步,对于某个客户个体 $X=x,t_x,T$,在长度为 t 的时期内,其交易次数的期望值为

$$E(Y(t) \mid X=x,t_x,T,r,\alpha,a,b)$$
$$= \left\{\frac{a+b+x-1}{a-1}[1-(\frac{\alpha+T}{\alpha+T+t})^{r|x_2}F_1\right.$$
$$\left.(r+x,b+x;a+b+x-1;\frac{t}{\alpha+T+t})]\right\}$$
$$\div\left[1+\delta_{x>0}\frac{a}{b+x-1}(\frac{\alpha+T}{\alpha+t_x})^{r+x}\right]$$

式中,${}_2F_1(\cdot)$ 是高斯超几何函数的欧拉积分:

$$ {}_2F_1(a,b;c;z) = \frac{1}{B(b,c-b)}$$
$$\times\int_0^1 t^{b-1}(1-t)^{c-b-1}(1-zt)^{-a}dt, c > b$$

(4)对于一个随机选择的客户具有购买历史 $(X=x,t_x,T)$ 似然函数如下,模型参数 (r,α,a,b) 是按照下式来进行最大似然估计来获取的:

$$L(r,\alpha,a,b \mid X=x,t_x,T) = A_1 \times A_2 \times$$
$$(A_3+\delta_{x>0}A_4)$$

式中,

$$A_1 = \frac{\Gamma(r+x)\alpha^r}{\Gamma(r)}, \ A_2 = \frac{\Gamma(a+b)\Gamma(b+x)}{\Gamma(b)\Gamma(a+b+x)}$$

$$A_3 = (\frac{1}{\alpha+T})^{r+x}, \ A_4 = (\frac{a}{b+x-1})(\frac{1}{\alpha+t_x})^{r+x}$$

这里当 $x > 0$ 时 $\delta_{x>0}=1$,反之 $\delta_{x>0}=0$。

4　基于 Beta-geometric/NBD 模型实证研究

4.1　假设条件分析

Beta-geometric/NBD 模型能否应用于某一

行业主要取决于该行业是否具备其五个前提假设条件,检验 Beta-geometric/NBD 模型在这一行业的适用性。对于单个客户的购买行为可以用泊松过程描述,其有效性已经得到了相关文献的广泛论证(齐佳音等,2003;Fader et al.,2001),但是对模型的假设 H3、H4、H5 作直接的验证比较困难(Jain et al.,2002)。尽管如此,本文通过判断 Beta-geometric/NBD 模型预测结果的优劣来间接验证其客户行为是否满足 Beta-geometric/NBD 模型的前提假设条件。

4.2　数据选取与清理

为了验证 Beta-geometric/NBD 模型的有效性,本研究选取我国某 B2C 网站(主要经营以数码产品为主的百货商品)购买数据为对象来研究 Beta-geometric/NBD 模型的表现。数据涵盖了 29 680 个客户的购物记录,这些客户共有 274 832张订单,购买次数最多为 26 次,最少为 0 次,平均每个客户购物 9.26 次。为了便于研究,从大样本中随机取出 1/20 的客户信息作为研究样本,数据以 2008 年 6 月作为实证研究的起始时间,客户数据的观测中止时间为 2009 年 12 月(包括该月)。客户样本分成两部分,客户样本 I 是从初始交易日期 2008 年 6 月跟踪到 2009 年 6 月,客户样本 II 是从 2009 年 6 月跟踪到 2009 年 12 月,用样本 I 客户信息来预测客户在未来时间段内的交易行为,对这些历史数据运用 Beta-geometric/NBD 模型组进行分析,预测客户在 2009 年 6 月以后是否发生交易及发生几次交易(主要研究购买次数,而不是交易额)。

在分析之前首先要对数据进行清理的工作,目的是消除噪声和不一致数据,它关系到后续计算结果的准确性和数据可解释性等(杨静,2006)。工作主要如下。①由于客户购买数据是根据订单记录的,所以数据显得很凌乱,需将其按照客户的 ID 号进行归类。我们主要关注交易的次数,而忽略其他的交易数据。②降低数据的扭曲程度。我们的任务是预测客户的价值,目标群体应该是具有普遍行为特征的客户,因此使用 SAS 提供的 UNIVARIATE 过程进行变量分

析,消除部分"异常点"来达到降低数据扭曲程度的目的。③从备选客户中选取 1468 名有效客户(初始交易发生在 2008 年 6 月以后)进行分析。

4.3　模型的参数估计

参数估计是求解模型的关键环节,Beta-geometric/NBD 模型中的四个参数(r,α,a,b)可以通过最大似然方法进行估计,我们假如客户的信息为$(X=x,t_x,T)$样本数为 N 个,客户 i 在$(0,T_i)$内有 $X_i=x_i$ 次交易,最后一次交易发生在 t_{xi} 时,模型参数(r,α,a,b)的极大似然估计值可以通过最大化公式的似然函数得到,根据上面对模型的介绍,对样本似然函数取对数为

$$LL(r,\alpha,a,b)$$
$$=\sum_{i=1}^{N}\ln[L(r,\alpha,a,b\mid X_i=x_i,t_{xi},T_i)]$$

A_1 的对数 $=\ln[\Gamma(r+x)]-\ln[\Gamma(r)]+r\ln(\alpha)$;

A_2 的对数 $=\ln[\Gamma(a+b)]+\ln[\Gamma(b+x)]$
$\qquad -\ln[\Gamma(a)]-\ln[\Gamma(a+b+x)]$;

$\quad A_3$ 的对数 $=-(r+x)\ln(\alpha+T)$;

$\quad A_4$ 的对数 $=\ln[L(r,\alpha,a,b\mid X=x,t_x,T)]$

$\quad LL(r,\alpha,a,b)$
$$=\ln(A_1)+\ln(A_2)+\ln(A_3+\delta_{x=0}A_4)$$
$$=\ln(A_1)+\ln(A_2)+\ln(\exp(\ln(A_3))$$
$$+\delta_{x=0}\exp(\ln(A_4)))$$

依据样本数据,将上述四个式子联立,在 Excel 中进行求解如图 1 所示。

具体在 Excel 中运用该模型方法做如下解释。

B5(B5 是指在 Excel 中的表格位置,下同)
$=$SUM(E8:E1475);

E8$=$F8$+$G8$+$LN(EXP(H8)
$\qquad +$(B8$>$0)$*$EXP(I8));

F8$=$GAMMALN(B\$1$+$B8)
$\qquad -$GAMMALN(B\$1)
$\qquad +$B\$1$*$LN(B\$2);

G8$=$GAMMALN(B\$3$+$B\$4)
$\qquad +$GAMMALN(B\$4$+$B8)

$$-\text{GAMMALN}(B\$4)$$
$$-\text{GAMMALN}(B\$3+B\$4+B8);$$

$$H8=-(B\$1+B8)*\text{LN}(B\$2+D8);$$

	B5		▾	f_x	=SUM(E8:E1475)			
	A	B	C	D	E	F	G	H	I
1	r	1.260							
2	alpha	3.064							
3	a	0.106							
4	b	2.644							
5	LL	-8625.3							
6									
7	客户ID	x	t_x	T	ln(.)	ln(A1)	ln(A2)	ln(A3)	ln(A4)
8	0001	2	12.43	18	-7.4695	2.4573	-0.0680	-9.9351	-12.4710
9	0002	1	1.71	18	-4.5214	1.6420	-0.0393	-6.8875	-6.7514
10	0003	0	0.00	18	-2.4291	1.4108	0.0000	-3.8399	0.0000
11	0004	4	13.58	18	-10.9883	5.0883	-0.1092	-16.0302	-18.7673
12	0005	0	0.00	18	-2.4291	1.4108	0.0000	-3.8399	0.0000
13	0006	7	14.43	18	-14.7035	10.5650	-0.1509	-25.1729	-28.0395
14	0007	1	5.45	18	-5.0147	1.6420	-0.0393	-6.8875	-8.0580
15	0008	0	0.00	18	-2.4291	1.4108	0.0000	-3.8399	0.0000
1473	1466	12	16.84	18	-18.4334	22.1580	-0.1969	-40.4107	-44.5194
1474	1467	5	16.14	18	-12.4263	6.7485	-0.1250	-19.0778	-22.6380
1475	1468	0	0.00	18	-2.4291	1.4108	0.0000	-3.8399	0.0000

图 1　用 Excel 进行参数估计

$$I8=\text{IF}(B8>0,\text{LN}(B\$3)$$
$$-\text{LN}(B\$4+B8-1)-(B\$1+B8)$$
$$\times\text{LN}(B\$2+C8),0)。$$

可以看出 Beta-geometric/NBD 模型的参数求解较为简洁,依据客户数据,在 EXCEL 上就可以方便地求解,最后得出这四个参数估计值为:$r=1.260$,$\alpha=3.064$,$a=0.106$,$b=2.644$。此过程并不需要编程等方面比较复杂的计算。Pareto/NBD 模型的参数值也可以通过最大似然估计得到,但由于模型在计算上难度较大,参数估计需通过 MATLAB 编程计算获得。

我们用交易的历史数据获得模型的参数估计,以此为基础,利用模型可以进一步求得客户的活跃度和未来单位时间内的期望交易次数,这些结果对相关企业的营销策略制定有着较高的应用价值,下面将对模型预测到的这两个结果与样本数据 II 中交易的实际数据进行比较,来判断模型的适用性,并进行扩展性的讨论和模型参数的优化。

4.4　客户活跃度分析与客户流失预警的应用

下面对于模型中预测个体客户购买行为比较关键的活跃度进行分析,并对其应用价值进行扩展应用。Beta-geometric/NBD 模型计算以 2008 年 6 月作为起始时间,2009 年 12 月作为结束时间,抽取部分客户,得到客户在 2009 年 12 月的活跃度,见表 1。

表 1　客户在时间 T 的活跃度 $P(\text{active at } T|\lambda,p)$

客户代码	客户信息 $X=(x,t_x,T)$	客户在 $T=18$ 时刻的活跃度
0019	(1,1,18)	0.040
0098	(4,4,18)	0.046
0132	(3,12.1,18)	0.380
0278	(15,16.5,18)	0.997
0633	(3,16.5,18)	0.832
0837	(6,15.3,18)	0.773
1399	(6,2.2,18)	0.0201

从表中可以看出,客户在交易次数相同的情况下,最近交易时间越远,客户在当前的活跃度越低,如客户号为 0837 和 1399 的交易次数均为 6 次,由于最后一次交易时间的差别,前者却远比后者的活跃度高;在最近一次交易时间相同的情况下,客户实际发生交易的次数越多,客户当前的活跃度越高,如客户号为 0278 和 0633 的最近一次交易时间相同,由于历史交易次数的不同,所以活跃度也有差别;最近交易时间比客户

历史交易次数对客户当前活跃度的影响更大。这说明用 Beta-geometric/NBD 模型来分析 B2C 网站中的客户数据得到的结果与模型的预期结果是吻合的。

活跃度作为反映客户存活的概率指标,在通常情况下不易求得,我们可以利用 Beta-geometric/NBD 模型求得的 $P(\text{active})$ 值进一步挖掘,结合客户价值来对客户流失进行预警。

可以看出,随着未购买时间的增长,$P(\text{active})$ 会随之下降,因此其可以作为客户流失预警指标。如果该值在某一临界值之上,发生 1 次以上次交易的客户的比例显著增加,说明该客户是活跃客户;如果该值降到临界值之下,就表明该客户变为流失客户。大多数学者认为确定临界值为 0.5 或 0.6 是适宜的(马少辉和刘金兰,2006),但是对于不同的客户不能一视同仁,高价值客户的流失对企业的影响更为严重。应该说明的是,客户生命周期价值(或利润)由当前价值和未来价值构成,当前价值可以由客户到目前为止为公司创造的总价值折现求得,在本文中客户的当前价值用 Val 来表示,对于高价值客户应进行更早期的预警,而活跃度降到 0.5 以下的并不意味着不能采取挽留行动。

为简化计算,假设客户的价值为 Val,如果客户确已流失,启动客户挽留计划就要付出挽留成本(cost)。而客户挽留成本由管理者根据客户类型及购买历史结合管理者自身的经验进行估算是可行的,因此如果启动客户挽留计划,就要满足以下条件,即

$$\text{Val} \cdot [1 - P(\text{active})] - \text{cost} \geqslant 0 \quad (1)$$

对于 Val>0,当 $P(\text{active}) = 1 - (\text{cost}/\text{Val})$ 时,启动客户挽留行动。

在公式(3)中,Val 指客户当前价值,是假定客户历史购买行为模式保持不变时,客户未来可望为公司创造的利润总和的现值,可用下面公式表示

$$\text{Val} = \sum_{t=1}^{n} \frac{G_0}{(1+d)^t} \quad (2)$$

式中,G_0 为最近一个时间单元的客户利润;d 为折现率;n 为客户生命周期长度,$n=1,2,3,\cdots$;t 为时间,$t=1,2,\cdots,n$。

客户挽留行动必须保证计划执行的期望收益为正,因此可以设置此点为临界点,通过 Beta-geometric/NBD 模型计算出客户活跃度,一旦客户活跃度低于此点,就发出警报。由(1)式可知,客户的价值越高其预警临界值越高,对于负价值或零价值客户则放弃挽留行动。可以看出,当客户价值较大时,$P(\text{active})$ 值可能还在 0.5 之上,就已发出预警,启动客户挽留行动了,一旦发出预警,网站营销部门就可以及时了解客户情况,采取相应的措施。

4.5 客户交易次数期望值的检验与参数优化

通过对客户样本运用上面所确定的模型,可以得到这些客户在 2009 年 12 月的交易次数的预测值。分析所得到的 768 名客户在 12 月的交易次数预测值,在表 2 中可以看出:在客户最近交易时间相同的情况下,客户历史交易的次数越多,客户在未来的交易次数也越多,如 0278 号与 0633 号客户;在客户历史交易次数相同的情况下,客户最近交易时间越近,其在未来发生交易的次数也越多,如 0633 号和 0132 号客户;客户历史交易次数比最近交易时间对未来交易期望值有更强的影响,如 1399 号、0837 号、0278 号和 0633 号客户。虽然我们发现对很少部分数据的预测出现了偏差(在论文结论部分给出讨论),但对于大部分数据来说,将该模型用于此类网站客户是比较准确的。

表 2 客户在时间 T 的交易次数
$E(X(t)|r,\alpha,a,b,t_x,T)$ 的预测

客户代码	客户信息 $X=(x,t_x,T)$	客户在样本 II 期间交易次数预测值($t=1$)
0019	$(1,1,18)$	0.007
0098	$(4,4,18)$	0.019
0132	$(3,12.1,18)$	0.297
0633	$(3,16.5,18)$	0.410
0278	$(15,16.5,18)$	0.802
0837	$(6,15.3,18)$	0.573
1399	$(6,2.2,18)$	0.012

在上表中,由于数据 t_x 的值离 T 不够接近,如果取样数据 t_x 接近于 T 时,那么出现交易次数

大于 1 甚至 2 是可能的。

　　然后,我们将客户样本的时间跨度进行划分,来考察模型在交易次数的预测精度表现。我们对样本 I(时间跨度为前 12 个月)的实际历史购买次数进行分组,依据模型进行预测,然后与客户样本 II(时间跨度为第 13-18 个月)的实际购买次数进行比较分析。通过观察,可以发现客户样本 I 中最多发生了 8 次交易。将这些客户分为 8 组,利用 Beta-geometric/NBD 模型,对每一组内的客户的交易次数进行预测,并求出每一组的平均预测交易次数,再进行比较分析。具体统计结果如图 2 所示。从表中我们可以看出,Beta-geometric/NBD 模型的预测效果不够理想,当历史交易次数较少时,模型的预测性能与实际有所差别。

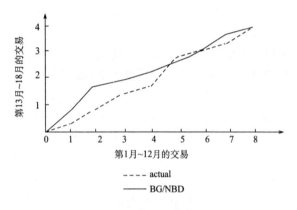

图 2　原模型 T 值定义

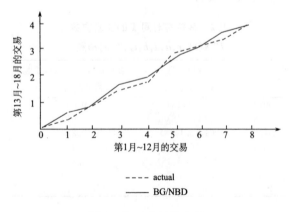

图 3　修正后 T 值定义

　　根据模型的特点,原来模型中的每个客户的时间段长度 T 为同样的值,即观察时间的长度改为每个第一次交易到观察期截止时间的长度,再次进行分析计算,发现预测精度比前者有了一定的提高(如图 3),尤其是当交易次数较少时,提高更为明显,这说明这样修正更适合每个客户具有差异性的特点,也更适合于现实情况。

5　研究结论

5.1　研究结果及贡献

　　实证结果表明,Beta-geometric/NBD 模型所提出的后三个假设在 B2C 网站客户中成立,可以应用在中国的 B2C 营销相关领域的预测客户购买行为;Beta-geometric/NBD 模型更适合于购买频率较高的情况,模型对于交易次数很少而且距离第一次购买时间不长的客户数据,其预测结果对比真实值有一定的偏差,这一点值得注意。分析认为,造成这一偏差的原因是,Beta-geometric/NBD 模型假设客户交易行为 X 随机变量是相互独立的(泊松分布也要求随机变量 X 相互独立),然而对于 B2C 网站的客户来说,客户的初期尝试性的交易经历会理所当然地影响到后继的再交易行为,用数学公式表达为 $P(X_n | X_{n-1}, X_{n-2}, \cdots, X_1) \neq P(X_n)$(其中,$n$ 相对较小),在这个阶段存在随机变量 X 不相互独立的情形,随着客户交易次数的增加和对网站的进一步熟悉和信任,这种影响逐渐减弱,这时客户的交易次数可以近似地看做是泊松分布。因此,Beta-geometric/NBD 模型对于交易次数很少而且距离第一次购买时间不长的客户则不太适合。

　　Pareto/NBD 模型由于其计算复杂,在实践中应用存在一定障碍,而 Beta-geometric/NBD 模型很大程度上简化了计算过程,模型的五个假设条件使得它在实践应用上仍然有一定的局限性。但是,正如其作者所说的那样,对模型的适用性也有待考证,在我国消费者行为与国外消费者行为背景不同的情况下,对于在 B2C 模式下客户行为的预测分析也需要考证。论文的贡献在于对 Beta-geometric/NBD 模型的预测效果从客户活跃度和对客户交易次数期望值两方面对模型的预测结果进行了实证分析,并进一步将模型中求出的客户活跃度结合不同价值的客户,构建出基于计算客户流失率的客户流失预警点的设置方法,可以依据求得的结果来监测企业各个时间段内价值客户资产的流失情况,评估当前客户管理的绩效及对客户进行细分,有助于企业调整策略方向;对原模型中所有客户的时间长度 T 作进一步的改进,由原来的均为每个客户的观察期时间,重新定义为客户第一次购买的时间到观察期的截止时间,经过对比,预测精度有了一定的提高;论文对于模型的这些进一步深入挖掘都具有较强的实践意义,能够对我国 B2C 电子商务网站的营销决策发挥指导作用。

5.2 局限性和未来研究方向

无论是 Beta-geometric/NBD 模型还是 Pareto/ NBD 模型,其重要的假设前提是客户交易行为可以用泊松分布来描述。然而,在客户生命周期的初期、发展期、成熟期及衰退期呈现出不同的交易特征,用交易次数服从交易率为同一个 λ 的泊松分布很难很好地拟合这一过程,在客户生命周期的各个阶段交易率 λ 将是一个变化的量,其中,生命周期的初期和衰退期客户流失率较高,成熟期流失率较低,呈现出两边高中间低的 U 形。因此,应结合客户生命周期理论,同时,根据 RFM 理论框架将客户交易行为按照不同的特征类别进行适当的划分。实践中,应该依据这两个维度将客户划分成不同的组,当然这种分组不可过细,根据实际数据确定出不同的交易率 λ 值,再分别使用 Beta-geometric/NBD 模型进行计算来提高其适用性和预测准确度,这是本文研究的不足,也是今后进一步研究的方向。

参考文献

[1] 陈明亮. 2004. 客户生命周期利润变化趋势分析与应用研究[J]. 管理工程学报,(1):1-3.

[2] 金立印,王如意,邹德强. 2008. 消费者对网络评论信息的可信性评价[J]. 营销科学学报,4(4):45-55.

[3] 楼天阳,陆雄文. 2009. 虚拟社区成员心理联结机制的概念模型:基于身份与纽带视角[J]. 营销科学学报,5(3):1-12.

[4] 马少辉,刘金兰. 2006. Pareto/NBD 模型实证与应用研究[J]. 管理科学,(10):45-49.

[5] 齐佳音,李怀祖,舒华英,等. 2003. SMC 模型在 IT 分销业的实证研究[J]. 中国管理科学,(12):71-76.

[6] 王谢宁. 2009. 消费者在线购物行为影响因素的实证研究[J]. 大连理工大学学报(社会科学版),(12):23-27.

[7] 夏国恩,金炜东. 2006. 客户流失预测中两类错误的平衡控制研究[J]. 营销科学学报,2(4):1-7.

[8] 杨静. 2006. B2C 电子零售网站客户价值研究[D]. 成都:电子科技大学硕士论文:51-56.

[9] 于丹,董大海,金玉芳,等. 2006. 基于消费者视角的网上购物感知风险研究[J]. 营销科学学报,2(2):41-50.

[10] 袁喜娜,张海林,姜旭平,等. 2010. 网络口碑营销分析——基于韩国网上影评和票房收入的实证研究[J]. 营销科学学报,6(1):41-58.

[11] 张春莲. 2006. 客户购买行为的 BG/NBD 预测模型及其应用研究[D]. 哈尔滨:哈尔滨工业大学硕士论文:22-34.

[12] Bagozzi R P, Dholakia U M. 2006. Antecedent s and purchase consequences of customer participation in small group brand communities [J]. International Journal of Research in Marketing,23(1):45-61.

[13] Batislam E P,Denizel M, Filiztekin A. 2007. Empirical validation and comparison of models for customer base analysis[J]. International Journal of Research in Marketing,(24):201-209.

[14] David C,Donald G, Richard C. 1987. Counting your customers:who are they and what will they do next[J]? Management Science,33(1):1-24.

[15] Fader,Peter S, Bruce G. S. Hardie. 2001. Forecasting repeat salesat CDNOW:a case study. part 2 of 2[J]. Interfaces,(31):94-107.

[16] Fader P S, Hardie B G S, Ka Lok Lee, 2005. "Counting your customers"the easy way:an alternative to the pareto/NBD model[J]. Marketing Science,(24):275-284.

[17] Hwang H, Jung T, Suh E. 2004. An LTV model and customer segmentation based on customer value: a case study on the wireless telecommunication industry[J]. Expert Systems with Applications, 26:181-188.

[18] Jain D, Siddhartha S. 2002. Customer lifetime value research in marketing: a review and future directions[J]. Interactive Marketing, 16: 34-46.

[19] Kuksov D, Villas-Boas J M. 2010. When more alternatives lead to less choice[J]. Marketing Science, 29(3):507-534.

[20] Miller K D, Fablan F, Lin S J. 2009. Strategies for online communities [J]. Strategic Management Journal, 30(3):305-322.

[21] Peter F, Bruce H. 2009. Probability models for customer-base analysis[J]. Journal of Interactive Marketing, 23(1):61-69.

[22] Reinartz W J, Kumar V. 2003. The impact of customer relationship characteristics on profitable lifetime duration[J]. Marketing, (67):77-99.

[23] Robert F Dwyer F. 1997. Customer lifetime valuation to support marketing decision making [J]. Journal of Direct Marketing, 11(4):32-45.

[24] Shugan, Steven M. 2004. Endogeneity in marketing decision models[J]. Marketing Science, 23(1): 1-3.

[25] Wehmeyer K. 2005. Aligning IT and marketing the impact of database marketing and CRM[J]. Database Marketing and Customer Strategy Management, (12):243-256.

[26] Wubben M, Florian V W. 2008. Instant customer base analysis: managerial heuristics often "get it right"[J]. Journal of Marketing, 72(5):82-93.

[27] Xiao L, Kwok K. 2003. An empirical study of product differences consumers'E-commerce adoption behavior[J]. Electronic Commerce Research Applications, (2):229-239.

[28] Zinkhar G M, Braunsberger K. 2004. The complexity of consumer's cognitivestructures and its evidence to consumer behavior[J]. Journal of Business Research, (57):575-582.

Prediction and Analysis of Customer Loss Based Beta-geometric/NBD Model

Wang Xiening

(Institute of Management Science and Engineering, DongBei University of Finance and Economics)

Abstract   It is of great practical and applicable value for corporation marketing to forecast and research the behavior of customer transactions. Beta-geometric/NBD model can forecast customer's potential purchasing according to his/her past buying behavior. However, there are some limitations in using this model due to its restricted assumptions. This paper focuses on the model's practical application in the field of marketing, empirical analysis and model parameters optimization, as well as utilization of intermediate results to build an early loss warning methods. The empirical results show that the model have a high application value in forecasting customer's buying behavior in China BtoC marketing related fields. This model is more suitable for the customer who has high frequency purchasing history. Relatively, the prediction outcome has certain bias for those who have low transactions frequency and stay not a long time from the first purchase. Finally, the paper discussed the applicable field and scope of the model under its assumptions and indicated the deficiencies of the model.

Key words   Beta-geometric/NBD Model, Customer Value, B2C Website, Loss Warning

专业主编：王高

营销科学学报

第 7 卷第 3 辑：111－122

Journal of Marketing Science；

Vol. 7，No. 3，September 2011：111－122

韩小芸①，谢礼珊②，杨俊峰③

摘　要　本文设计并检验了顾客心理授权的量表，提出了一个顾客心理授权与服务公平性关系的概念模型，并采用实证研究方法对模型中变量间的关系进行了检验。分析结果表明，顾客心理授权包含选择权、知情权和影响力三个维度；四类服务公平性对顾客心理授权具体维度的影响有所差异。此外，顾客心理授权各维度对顾客满意感的影响也不同。

关键词　顾客授权，顾客心理授权，服务公平性，顾客满意感

顾客心理授权及其与服务公平性关系的实证研究④

在服务管理研究中，已有学者从顾客角色的角度就如何更好地发挥顾客在服务交易过程中的作用进行了研究。他们普遍认为企业不应该仅仅将顾客置于服务被动接受者的位置。Oxana（2003）研究总结出顾客可以充当八种类型的角色，即被动接受者、生产者学习源（提供创新思想）、生产资源、共同生产者、审计监督者、竞争者、营销者、决策制定者。Lengnick（1996）则指出，顾客应被看成企业的"兼职员工"，是企业的重要资源，顾客可以而且应该在服务过程中发挥更大的作用。Mills 和 Morris（2009）认为，把顾客当做企业"兼职员工"可以产生诸多效益，包括企业生产和服务成本的降低，顾客对服务的责任感的增加等。也有学者从顾客权力的角度进行研究，认为随着社会的发展，客观上顾客在服务过程中拥有了更多的权力，而顾客消费意识的日趋增强也使他们主观上要求在服务交易过程中能有更多的话语权，企业若能顺应这种趋势采取必要的授权措施，将更大程度上发挥顾客在服务

过程中的作用，获得更高的顾客满意度。这两类研究是独立的，并没有学者将这两个视角结合起来研究。另外这些研究也大都是站在企业的利益层面考虑问题的，较多关注企业要如何作为，而较少关注顾客在这种角色定位下其心理、认知和行为会有什么样的变化。

本文认为将顾客看做企业的兼职员工和授权给顾客是一致的。正因为顾客在服务过程中扮演的角色会对服务结果产生重要的影响，所以企业要获得更高的顾客满意，就应该对顾客授权，让顾客有更多的自由和空间充分发挥其角色作用。现有文献中有关授权的研究多集中于组织行为学者对员工授权的探讨，少数服务管理学者探讨了医院对病人的授权问题，有关正常服务中顾客授权的研究成果非常少见。国内外学者对顾客授权的研究可分为从企业角度研究的"顾客授权"和从顾客角度研究的"顾客受权"，后者更多地涉及顾客心理授权。我们认为，企业的授权行为会影响顾客的心理授权心态，而顾客的心

---

①　韩小芸，中山大学管理学院副教授，E-mail：hanxy@mail. sysu. edu. cn. 通讯作者。

②　谢礼珊，中山大学管理学院教授，E-mail：mnsxls@mail. sysu. edu. cn。

③　杨俊峰，中山大学管理学院硕士生。

④　本文受国家自然科学基金项目（70802064、70572055）和高校业务经费中山大学青年教师培育项目"旅游企业顾客深度参与行为研究"资助。

理授权感又直接影响顾客的态度和行为。公平服务是服务性企业对顾客授权的基本前提,服务性企业公平待客,能够增强顾客的心理授权感。在本研究中,我们将探讨顾客心理授权与服务公平性的四个维度,即结果公平性、程序公平性、交往公平性和信息公平性之间的关系及顾客心理授权对顾客满意感的影响,并通过对银行顾客的实地调研,对我们提出的学术观点进行实证检验。本研究结果不仅可进一步丰富学术界对授权理论、尤其是顾客授权理论的研究,同时对服务性企业有效对顾客授权、提高顾客满意度有较大的参考价值。

1　文献综述

1.1　顾客授权与顾客心理授权

授权理论最初研究的是企业对员工的授权行为。早期大部分研究授权的学者从企业管理的角度出发,认为授权是企业管理人员下放权力、与员工分享权力的过程。随着这一领域研究的不断深入,目前学术界对员工授权的研究可以划分为两类:一类学者的研究关注企业对员工的授权管理措施(即员工授权),另一类学者关注企业的授权措施对员工心理感知造成影响的心理认知过程(员工心理授权)。

随着营销学者对顾客角色的进一步认识,越来越多的营销学者认同"顾客是企业的兼职员工"这一观点。近年来,少数营销学者借鉴员工授权理论开始探讨与顾客相关的授权问题。相应的研究角度也有二个。一是从企业的角度研究企业怎样授权给顾客,即"顾客授权",它更多地涉及企业的授权行为措施,如 Gibson(1991),Pires 等(2006),Ramani 和 Kumar(2008)等的研究。Gibson(1991)研究了医院对病人授权问题。他认为病人授权是一个使病人获得必要的能力和资源以控制自己生活的社会过程。在该定义中,吉布森强调了病人希望获得对其病情的控制。Pires 等(2006)将顾客授权看做是一个权力流动的过程,指企业采取措施增加顾客的服务选择,提高顾客的消费能力,使顾客获得权力以

作出更好的消费决策。Ramani 和 Kumar(2008)站在企业的角度认为顾客授权反映了企业为其顾客提供途径以实现以下目的的程度,即与企业保持联系并且积极地形成良好的业务关系和通过共享信息、对企业的产品服务提出批评或建议等从而与企业相互合作。二是从顾客角度研究顾客在企业授权行为措施的影响下其心理感知等方面的主观变化,即"顾客心理授权",如 Wathieu 等(2002)、Tiu 等(2006)、韩小芸和黎冬梅(2006)。Wathieu 等(2002)认为对顾客进行授权是一个能导致企业或员工决策和选择的环境发生变化的过程,它会使顾客产生更强的被授予权力的感觉。在这里他们更强调个体被授权后的心里感觉。Tiu 等(2006)站在顾客消费心理的角度分析认为"顾客受权"是顾客对权力的一种体验,是一种心理特征,其中并不存在权力的实质转移。该定义实质上将顾客受权当做一种心理授权。韩小芸和黎冬梅(2006)研究指出,顾客心理授权是顾客在企业授权行为措施的影响下产生的由顾客感知的消费意义、消费能力、消费自主权和影响力组成的心理状态。韩小芸等(2010)指出,顾客心理授权是指顾客在企业授权措施影响下所产生的对服务经历的控制感。

在服务消费过程中,顾客总是希望获得消费价值的最大化,即在获得优质服务的同时降低感知到的各种风险和成本。服务生产与消费的同时性,决定了顾客在消费服务的同时也有可能影响服务的生产、传递等过程,增加对服务消费经历的控制,从而降低感知的各种风险和成本。Fred 和 Pruyn(1998)发现,当顾客感觉到自己可以支配所发生的事情或至少他们觉得事情可以预测时,顾客表现的行为与其能够真正控制消费经历时所表现的行为是一致的。换句话说,实际控制服务经历并不是影响顾客消费行为的必要条件,顾客对服务经历的控制感才是真正影响顾客消费行为的重要因素。因此,本研究主要探讨顾客的心里控制感,即顾客"心理授权"。我们采用韩小芸等(2010)的观点,把顾客心理授权定义为顾客在企业授权行为措施影响下产生对服务经历的控制感。

顾客对服务过程和结果产生的控制感会让他们觉得自己是服务结果的贡献者,他们更容易对服务作出正面评价,当服务质量没有达到他们的期望时他们也会相应地觉得自己要承担一部分责任,从而对企业的不满意程度会降低。此外,顾客如果能够作为企业的兼职员工更多地介入服务过程、更多地影响企业和员工的决策,整个服务过程更加透明化和民主化,他们会觉得自己能够控制周边的环境和事态的进展,从而可能扩大自己能够控制的范围,包括对企业进行宣传以影响其他顾客的购买行为、向企业提出建议以更深层次地影响企业的决策等。Ramani 和 Kumar(2008)研究发现顾客授权会通过关系绩效影响基于顾客的绩效,其中关系绩效包括顾客满意度和口碑效应等,基于顾客的绩效则包括获得忠诚的顾客,这显示企业的授权行为措施会影响顾客的满意感、忠诚感及顾客公民行为。

1.2 服务公平性

1988 年,Clemmer 首先提出服务公平性概念。她认为社会交往公平性理论对服务性企业与顾客之间的交往也是适用的。1993 年,他在快餐店、高级餐馆、医院、银行等四类服务性企业的实证研究结果表明,顾客从消费结果公平性、服务过程公平性及他们与服务人员交往的公平性三个方面来评估服务公平性。Greenberg(1993)把服务人员与顾客的信息沟通从交往公平性中分离出来,提出信息公平性概念。

结果公平性是顾客对服务结果公平程度的主观判断,顾客经常根据服务正确与否、服务的价格和数量是否合理、服务是否卓越等方面评估服务结果公平性。根据 Tyler 和 Dawes(1994)提出的自我利益模型,由于个体关心分配结果,他们希望能控制决策过程,换句话说就是他们通过最大化自有资源(基于公平的准则)来追求自我利益,为了利益的最大化,个体会尽最大可能控制结果,而结果公平性就是最大化利益中的一种。服务性企业公平待客,为顾客提供与其付出相当甚至超出其付出的利益,顾客会觉得自己的行为可以控制自身获取的利益,顾客感知的控制

感较强。换句话讲,服务结果越公平,顾客感知的控制感越强,顾客心理授权感越强。

程序公平性是顾客对服务程序主要是分配决策过程公平程度的主观判断,顾客往往从服务是否高效、及时,企业有无履行服务承诺,服务等待的程序是否合理,企业是否满足了顾客的个性化需求等方面评估服务程序公平性。Lind 和 Tyler(1988)发现顾客感知到的程序公平性的增加会导致他们对决策过程和结果的控制感增强。根据心理学中的"发言权效应",人们会觉得自己有发言权的程序更公正。在营销中,"有发言权的程序"意味顾客有更多的机会介入服务过程,当顾客理解服务程序并认为它公平合理时,顾客会认为消费经历在自己可控范围内,从而调整自己的行为,对服务过程和结果施加更多的影响;而如果顾客觉得服务程序不公平时,顾客可以要求服务人员改变服务程序。服务人员按照顾客的要求改变服务程序,满足顾客的个性化需要,则顾客感知的对服务经历的控制感较强,即顾客心理授权感较强。

Bies 和 Moag(1986)从程序公平性中独立出诚实守信、有礼貌等社会交往因素,首次正式提出了"交往公平性"的概念。Clemmer(1993)指出,顾客往往会根据服务人员是否礼貌、诚实、喜爱顾客等来评估服务人员的交往公平性。交往公平实际上是顾客与企业和服务人员之间相互尊重、相互认可的一种状态,服务人员对顾客的尊重和认可会使个体的自我证实感增强,使个体更有信心去分析环境并采取必要行动以控制环境,其授权感相应增强。

信息公平性是企业对决策过程和服务过程的解释,很大程度上是对顾客所处环境的一种解释。谢礼珊和林勋亮(2009)认为顾客往往会从信息沟通是否正确、及时、完整、真实、公开,沟通方式是否合适等方面评估服务的信息公平性。根据 Zimmerman 和 Warschausky(1998)的心理授权模型,一方面,个体在认清自己的能力后会去了解周边的事态环境,并采取行动控制环境。如果企业给予顾客公开透明并且正确的信息,顾客会很快明晰自己所处的环境状况,从而

更有可能对环境实施控制。另一方面，信息越透明越丰富顾客感知到的风险会越低，顾客采取行动实施控制的意愿会增强，因为他们感知到的控制环境的成本降低了。

在以上文献研究的基础上，本研究提出如图 1 所示的概念模型。

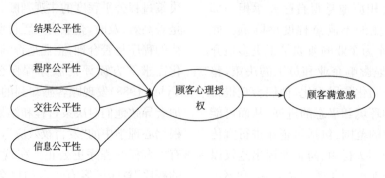

图 1　概念模型

我们认为服务结果公平性、程序公平性、交往公平性和信息公平性分别会对顾客心理授权有直接正向影响；顾客心理授权会对满意感有直接正向影响。

2　调研设计

2.1　概念的操作定义及计量尺度

在文献研究的基础上，我们设计了初步的调研问卷，然后对问卷进行了测试，根据测试结果对问卷进行了修改，最后确定本研究的正式调研问卷。

由于文献中尚没有公开发表的顾客心理授权量表，本研究中，我们首先设计并检验了一套顾客心理授权量表。概念模型中其他变量的计量尺度均采用文献中已有的量表。所有计量都采用李克特 7 点尺度。

"结果公平性"指顾客对企业服务结果公平程度的主观判断。我们从企业充分满足顾客的需要、为顾客提供正确的服务等四个方面计量服务结果公平性。"程序公平性"指顾客对企业服务过程公平性的评价。我们从企业能及时为顾客服务、按照顾客要求灵活地为顾客服务等五个方面计量服务程序的公平性。"交往公平性"指顾客感知到的服务人员对自己的态度和行为的公平程度。我们从服务人员非常礼貌、尊重顾客

等五个方面计量交往公平性。"信息公平性"指顾客与企业或企业服务人员交往过程中感知到的解释或者说信息沟通的公平性。我们从当顾客对服务有不解时服务人员提供了很好的解释、企业愿意与顾客分享服务有关信息等六个方面来计量服务信息公平性。"顾客满意感"指顾客对企业服务是否满意的总体感觉。我们使用 Fornell（1992）在美国满意度测评中所使用的指标，从总的来说您对该企业提供的服务感到非常满意、您对该企业的服务人员非常满意等四个方面计量顾客满意感。

2.2　"顾客心理授权"量表的设计与检验

在本研究中，我们按照美国学者 Churchill（1979）、Hinkin（1995；1998）论述的量表编制方法，编制服务性企业顾客心理授权量表，并对该量表进行了反复检验。量表编制过程如下。

2.2.1　第一步：计量项目的生成

在文献研究的基础上，我们认为，顾客心理授权是顾客在企业授权措施的影响下产生的对服务过程和服务结果的控制感。为检验这个概念的含义的完整性以及准确性，我们组织了专题座谈会和个别深入访谈，进一步了解服务性企业顾客心理授权的含义。然后根据专题座谈会和半结构深入访谈的结果，编写了 125 个计量项

目,分别从购后反馈、人员沟通、顾客参与、选择的自由、选择的空间、自主决定权、尊重顾客需求、服务过程控制、信息获取等9个方面测量顾客心理授权概念。接下来请中山大学服务管理研究方向的一位教授、三位副教授对计量项目进行了精简。根据他们的意见,删除了一些与顾客心理授权概念不相关的计量项目,合并了一些重复的计量项目,最后从选择权、影响力、知情权、顾客参与、顾客能力等5个方面、共40个项目计量顾客心理授权。

2.2.2 第二步:顾客心理授权量表的主成分分析

本研究先后收集了学生样本、方便样本、银行等距抽样样本对40个计量项目的顾客心理授权量表进行主成分分析。

2.2.2.1 学生样本检验

我们共发放了400份学生问卷,收回有效问卷320份,问卷有效回收率为80%。所有计量项目都采用李科特7点尺度。

我们测量了顾客心理授权量表的内容有效性,调查对象对各个计量项目评分的均值为2.44～5.06,这表明本研究设计的顾客心理授权计量项目有一定的内容有效性。

然后,我们使用SPSS15.0软件对服务性企业顾客心理授权的40个计量项目进行了主成分分析。根据碎石图与特征值标准(特征值大于1),确定主成分数量。数据分析结果表明,"顾客心理授权"概念共包括八个特征值在1.0以上的主成分,这八个主成分累计解释了64.77%的方差(AVE)。数据分析结果还表明,部分计量项目在两个以上的主成分都有显著负载。因此,删除了在两个以上的主成分都有显著负载的13个计量项目,剩余27个计量项目。

2.2.2.2 方便样本检验

为了对量表的普遍适用性进行检验,我们采用街头随机拦截和滚雪球两种方式,又进行了一次问卷调查。共发出600份问卷,回收有效问卷409份,问卷有效回收率为68%。

我们测量了修改后的顾客心理授权量表内容的有效性,调查对象对各个计量项目评分的均值为3.62～5.20,这表明修改后的计量项目有更高的内容有效性。

然后,使用SPSS15.0软件对顾客心理授权的27个计量项目进行了主成分分析。主成分分析结果表明,这27个计量项目包含5个特征值大于1的主成分,这5个主成分累计解释了60.042%的方差。数据分析结果同时也表明有2个计量项目在2个主成分上都有显著的负载。因此,删除了这2个有显著交叉负载的计量项目,剩余25个计量项目。

2.2.2.3 概率抽样样本检验

为进一步检验本研究的量表,我们用剩余的25个计量项目的问卷,在广州某银行的营业网点对顾客进行了一次问卷调查。调查采取等距抽样的方法,共发放问卷572份,回收有效问卷506份,问卷有效回收率为88.5%。

同样使用SPSS15.0软件对回收的问卷进行了主成分分析。数据分析结果表明,"顾客心理授权概念"包含五个特征值在1.0以上的主成分,这五个主成分累计解释了70.174%的方差。但同时数据分析结果还表明,有4个计量项目在两个以上主成分上有显著的交叉负载。因此,在删除了这4个计量项目之后,再对剩余的21个计量项目进行主成分分析。主成分分析结果见表1。描述性统计分析结果表明,21个计量项目的均值为3.2733～5.6964,这表明修改后的量表有更高的内容有效性。

2.2.2.4 随机样本检验

为对量表作进一步的检验,我们把银行样本随机等分为两个样本,对两个随机样本分别作主成分分析并进行比较。分析结果表明,21个计量项目在两个随机样本的分析中都在五个特征值在1.0以上的主成分上有显著负载,5个主成分解释的方差分别为69.846%和71.577%。但是,顾客参与的1个计量项目在其中的一个随机样本分析中存在交叉负载问题。因此,我们删除了该计量项目,剩余20个计量项目。我们把这5个主成分分别命名为"影响力"、"顾客消费能力"、"知情权"、"顾客参与"及"选择权"(表1)。

表 1 主成分分析因子负载表

项目	因子				
	1	2	3	4	5
CH1					0.751
CH2					0.820
CH3					0.841
IM1	0.716				
IM2	0.772				
IM3	0.830				
IM4	0.797				
IM5	0.781				
IM6	0.801				
IM7	0.564				
IS1			0.830		
IS2			0.875		
IS3			0.777		
PA1*				0.619	
PA2				0.792	
PA3				0.769	
PA4				0.641	
CA1		0.761			
CA2		0.842			
CA3		0.817			
CA4		0.695			

* 此项目为在做两个随机样本检验时删掉的那个项目

注:CH 为选择权;IM 为影响力;IS 为知情权;PA 为顾客参与;CA 为顾客能力。

2.2.3 第三步:确认性因子分析

为进一步判断顾客心理授权的维度,我们用银行的样本,使用 LISREL8.72 软件,以协方差矩阵为输入矩阵,对 20 个项目的顾客心理授权量表进行了确认性因子分析。5 个维度的确认性因子分析结果表明,计量模型的拟合程度较好:χ^2(卡方)$=80.60$,df(自由度)$=25$,RMSEA(近似均方根残差)$=0.071$,CFI(比较拟合指数)$=0.98$,NNFI(非规范拟合指数)$=0.98$,RMR(均方根残差)$=0.036$。此外,各个变量解释的方差都大于该变量与其他变量的共同方差,表明这 5 个维度是 5 个不同的概念。

此外,分别对银行样本数据做了 4 个维度、3 个维度、2 个维度和 1 个维度的确认性因子分析。分析结果见表 2。分析结果表明,4 个维度、3 个维度、2 个维度和 1 个维度的计量模型与数据的拟合程度都不好,进一步说明,剩余的 20 个计量项目分属五个不同的概念。

表 2 不同维度确认性因子分析结果

指标	5 维度	4 维度	3 维度	2 维度	1 维度
χ^2	80.60	347.33~398.62	598.78~612.35	798.92~823.56	987.58~998.25
df	25	29	32	34	35
χ^2/df	3.22	11.98~13.75	18.71~19.14	23.50~24.22	28.22~28.52
CFI	0.98	0.90	0.82	0.76	0.70
IFI	0.98	0.90	0.82	0.76	0.70
AGFI	0.92	0.76	0.66	0.59	0.55
RMSEA	0.071	0.15	0.19	0.22	0.23
RMR	0.036	0.12	0.11	0.12	0.13

注:IFI 为增量拟合指数;AGFI 为调整后拟合优度指数。

2.2.4 第四步:二阶因子分析

为判断 20 个计量项目计量的五个概念是不是属于同一个高阶(即"顾客心理授权")概念,我们使用 LISREL8.72 软件,采用银行的样本,对这 5 个概念进行了二阶因子分析。5 个概念同属一个高阶因子的分析结果如下:$\chi^2=145.00$,$df=30$,RMSEA$=0.095$,RMR$=0.053$,CFI$=$ 0.96,IFI$=0.96$,GFI(拟合优度指数)$=0.94$,AGFI$=0.88$,这表明模型是可以接受的。

为进行比较,我们每次删除一个维度,对剩余的 4 个维度进行二阶因子分析。分析结果表明,删除"选择权"、"知情权"、"影响力"后,模型与数据的拟合程度并没有明显提高甚至更低(χ^2 与 df 之比分别为 5.17、6.79、4.82),而删除"顾客参与"或"顾客能力"维度后,模型与数据的拟合程度有显著改善:χ^2 与 df 之比分别为 2.84 和 2.77,这说明"顾客参与"或"顾客能力"可能与其他三个维度分属不同的高阶因子。

为此,我们只对"选择权"、"知情权"、"影响力"3 个维度作二阶因子分析,结果表明数据与模型的拟合程度非常好:$\chi^2 = 12.58$,df $= 6$,RMSEA $= 0.049$,RMR $= 0.012$,CFI $= 1.00$,IFI $= 1.00$,GFI $= 0.99$,AGFI $= 0.97$.

为进一步说明"顾客参与"和"顾客能力"与其他三个维度分属不同的高阶因子,我们对"顾客参与"、"顾客能力"、"选择权"、"知情权"和"影响力"五个变量做分属两个二阶因子的二阶因子分析。分析结果表明,数据与模型的拟合程度较好:$\chi^2 = 94$,df $=$ 为 29,RMSEA $= 0.071$,RMR $= 0.043$,CFI $= 0.98$,IFI $= 0.98$,GFI $= 0.96$,AGFI $= 0.92$。根据 χ^2 差与 df 差之比较,该模型与 5 个维度属同一个二阶因子的模型有显著不同(χ^2 差 $= 51$,df 差 $= 1$)。

我们认为,从内容上来讲,选择权和知情权都是企业授予顾客的权力,影响力是顾客在企业授予顾客权力后才能够产生的,这 3 个变量都是与企业的授权措施有关的;而顾客参与和顾客能力则是顾客自身所有的、并不一定与企业的授权措施有直接的关系。结合我们对顾客心理授权的定义(顾客在企业授权措施影响下产生的对消费经历的控制感)以及以上二阶因子分析结果,我们推断,"顾客心理授权"包含"选择权"、"知情权"和"影响力"3 个维度,"顾客参与"与"顾客能力"不是"顾客心理授权"的组成成分。

2.2.5 第五步:量表的可靠性分析

本研究使用 SPSS15.0 软件检验了"选择权"、"知情权"和"影响力"三个概念的可靠性。这三个概念的 Cronback α 值分别为 0.812、0.866、0.912,这说明数据比较可靠。但是,在影响力的 7 个计量项目中,计量项目 1 和 7 对数据可靠性没有显著影响。为此,删除了"影响力"维度的这两个计量项目。

至此,我们确认服务性企业"顾客心理授权"

概念包含"选择权"(3 个计量项目)、"知情权"(3 个计量项目)和"影响力"(5 个计量项目)3 个维度,共计 11 个计量项目。

2.3 样本概况

我们在广州某银行的营业网点对顾客进行了问卷调查。调查采取等距抽样的方法。共发放问卷 572 份,回收有效问卷 506 份,问卷有效回收率为 88.5%。其中,女性顾客占总人数的 51%,本科学历的顾客占 54%,月收入在 3000 元以上的顾客占 73%。

3 数据分析

3.1 数据同源误差检验

由于本研究是一次横断研究,且我们只对顾客进行了调查,数据同源误差可能会影响本研究的研究结果。为此,在进行正式数据分析之前,我们先对数据的同源误差进行检验。按照 Podsakoff 等(2003)的观点,我们首先设定模型中各变量的计量指标在同一个单一因子上负载(方法模型)进行计量模型分析。数据分析结果表明这一方法模型与数据拟合程度很差:$\chi^2 = 2153.13$,df $= 178$,RMSEA $= 0.15$。然后,按我们设定的计量模型,让各变量的计量指标只在各变量上负载进行特征模型分析。分析结果表明,数据与模型拟合程度较好:$\chi^2 = 232.16$,df $= 125$,RMSEA $= 0.0445$。最后,我们作了特征-方法模型分析,即让各变量的计量指标同时在各变量和方法因子上负载。分析结果表明,数据与模型的拟合程度比特征模型更好,且这两个模型有显著差异:$\chi^2 = 178.82$,df $= 106$,RMSEA $= 0.039$。这说明本研究的数据存在同源误差问题,因此,在接下来的分析中,我们将包含一个同源误差因子(CMV)以控制数据同源误差对分析结果的影响。

3.2 数据可靠性和有效性分析

我们运用 SPSS 15.0 分析各个计量尺度的

可靠性,在本研究中,各计量尺度的 Cronbach α 值为 0.83～0.96,这表明各个计量尺度非常可靠。

Anderson 和 Gerbing(1988)认为,在检验结构方程模型之前应该首先评估计量模型与数据的拟合程度。我们把每个概念的计量尺度划分为两组子尺度,再以各组子尺度的平均数作为相应概念的计量指标,使用 LISREL 8.72 软件中的极大似然估计程序,以协方差矩阵为输入矩阵,对模型中的各个变量进行确认性因子分析。分析结果显示虽然 P 值显著,为 0.029,但 NFI(规范拟合指数)、NNFI、CFI、IFI、GFI、AGFI、RFI(相对拟合优度指数)分别为 0.99、1.00、1.00、1.00、0.98、0.95、0.99,SRMR(标准均方根残差)、RMSEA、χ^2、df 为 0.014、0.027、82.36、60,χ^2 与 df 之比为 1.37,这表明计量模型与数据拟合程度很高。所有指标在各自计量的概念上的因子载荷都高度显著(各计量指标的因子载荷为 0.79～0.97,T 值为 17.31～26.76),这说明数据有很好的会聚有效性。各隐变量解释的方差都大于该隐变量与其他隐变量解释的共同方差(F^2),这表明数据有较高的判别有效性。

3.3　概念模型检验

由于我们假设顾客心理授权是四类服务公平性与顾客满意感之间的中间变量,所以,我们使用 SPSS16.0 软件,通过四次回归分析,检验顾客心理授权的中介效应。①以顾客心理授权为因变量,结果公平性、程序公平性、交往公平性和信息公平性为自变量,即模型 1;②以顾客满意感为因变量,四类服务公平性为自变量,即模型 2;③以顾客满意感为因变量,顾客心理授权为自变量,即模型 3;④以顾客满意感为因变量,四类服务公平性和顾客心理授权为自变量即模型 4。回归分析结果(表 3)表明,四个模型的方差分析都是显著的(F 值分别为 102.370、186.389、264.103 和 152.026,P 值均为 0.000),模型 4 有较高的解释能力(R 方为 0.638,调整后的 R 方为 0.633)。从回归系数来看,结果公平性、程序公平性、交往公平性和信息公平性都对顾客心理授权有显著的直接影响,顾客心理授权对顾客满意感有显著的直接影响,顾客心理授权完全中介信息公平性对顾客满意感的影响,部分中介结果公平性、程序公平性和交往公平性对顾客满意感的影响。

表 3　回归分析结果

模型	自变量	标准化系数	T 值	F 值	P 值
模型 1 因变量:顾客心理授权	结果公平性	0.082	1.984	102.370	0.000
	程序公平性	0.172	3.077		
	交往公平性	0.181	3.553		
	信息公平性	0.362	7.123		
模型 2:因变量:顾客满意感	结果公平性	0.184	4.157	186.389	0.000
	程序公平性	0.326	6.872		
	交往公平性	0.304	7.048		
	信息公平性	0.095	2.209		
模型 3:因变量:顾客满意感	顾客心理授权	0.602	16.251	264.103	0.000

续表

模型	自变量	标准化系数	T 值	F 值	P 值
模型 4:因变量:顾客满意感	结果公平性	0.176	3.995		
	程序公平性	0.309	6.480		
	交往公平性	0.286	6.578	152.026	0.000
	信息公平性	0.059	1.309		
	顾客心理授权	0.099	2.447		

3.4 结构方程模型分析

为进一步分析四类服务公平性与顾客心理授权的三个组成成分——选择权、知情权和影响力之间的关系,我们使用 LISREL 8.72 软件极大似然估计程序,以协方差矩阵为输入矩阵,对概念模型进行检验。模型与数据的拟合程度很高:$\chi^2 = 118.63$,df $= 78$,P 值显著(0.0021),NFI、NNFI、CFI、IFI、GFI、AGFI、RFI、SRMR、RMSEA 分别为 0.99、1.00、1.00、1.00、0.97、0.94、0.99、0.020、0.033。各个待估计系数的标准化估计值见表 4。

表 4 标准化估计值

变量间关系	系数	标准化估计值/T 值	变量间关系	系数	标准化估计值/T 值
DJ→CH	$\gamma_{1,1}$	0.28/3.65	XJ→IM	$\gamma_{2,4}$	0.12/2.15 *
DJ→IM	$\gamma_{2,1}$	0.44/3.04	XJ→IS	$\gamma_{3,4}$	0.21/2.86
DJ→IS	$\gamma_{3,1}$	0.34/4.50	CH→IM	$\beta_{2,1}$	0.09/1.97
PJ→IM	$\gamma_{2,2}$	0.38/4.53	CH→IS	$\beta_{3,1}$	0.15/2.39 *
IJ→IM	$\gamma_{2,3}$	0.17/3.67	IS→IM	$\beta_{2,3}$	0.13/2.56 *
XJ→CH	$\gamma_{1,4}$	0.30/3.86	IM→SA	$\beta_{4,2}$	0.94/15.39

* 表示 0.05 显著性水平,其他均为 0.01 显著性水平。

注:表中符号含义:DJ 为结果公平性,PJ 为程序公平性,IJ 为交往公平性,XJ 为信息公平性,CH 为选择权,IS 为知情权,IM 为影响力,SA 为顾客满意感。

4 结论与讨论

4.1 结论与讨论

4.1.1 顾客心理授权三个维度之间的关系

顾客心理授权的三个维度之间,选择权对知情权和影响力均有直接的正向影响,知情权对影响力有直接正向影响。选择权是顾客感觉到自己在服务过程中有多大的自由度,是个体理解的环境,当顾客觉得自己有多种服务产品、多种服务方式、多个服务人员可选择时,会认为企业为自己提供了充分的服务信息,在理解了环境中的各种选择和具体运作方式后,会更愿意采取行动去控制这一环境,即选择权对知情权和影响力有直接正向影响。顾客从企业获得自己需要的各种服务信息,意味着顾客能够在一定程度上影响企业的服务流程和服务内容,因而知情权对影响力有直接的正向影响。

4.1.2 服务公平性与顾客心理授权的关系

本文的回归分析结果表明,结果公平性、程序公平性、交往公平性和信息公平性都对顾客心理授权有显著的直接影响,但结构方程模型分析结果表明四类服务公平性对顾客心理授权的三个组成成分的影响则有所不同。具体来讲,结果公平性对顾客心理授权的三个维度即选择权、知情权和影响力均有直接的正向影响。为了获得最大的消费价值,顾客会企图控制自己的行为以影响周围特定的环境。服务性企业公平地对待顾客,给予顾客与其付出对等甚至超出其付出的利益,会让顾客觉得自己的行为可以控制自身获取的利益,这样顾客感觉到努力与奖励之间的关系,会对服务过程和结果施加越来越多的控制,以使自己感知到的利益越来越大,形成良性循环。

程序公平性和交往公平性只对顾客心理授权的影响力维度有直接的正向影响。我们认为,一方面,服务程序是企业主导下制定的,特别是在中国,对顾客来说这属于外部环境,理解服务程序这种外部环境是个体对环境实施影响和控制的前提。而另一方面服务程序是顾客在服务交易过程中直接面临的,顾客可以即时对服务程序的情况作出反馈,当顾客理解了服务程序并认为它是公平合理的时,顾客会认为外部环境在自己可控范围内,从而调整自己的行为,对服务过程和结果施加更多的影响,而如果服务程序不公平,顾客可以采取行动要求服务人员改变服务程序。服务人员根据顾客的要求改变服务程序,顾客会感觉自己对服务经历有一定的影响力。

信息公平性对顾客心理授权三个维度即影响力、选择权和知情权均有直接正向影响。企业将信息公开、透明化会降低服务过程中顾客感知到的风险,让顾客感知到的环境和事态发展的不确定性降低,从而影响他们感知到的对环境和事态的控制感,这种控制感会导致他们施加实际的行为去影响企业和员工的决策,即信息公平性对影响力有直接正向影响。而服务过程中顾客有哪些选择的权力和自由以及顾客需要具备哪些信息以控制环境本身是企业需要向顾客公开的信息的一部分,这部分信息沟通的好坏显然会影响顾客感知的选择权和知情权,即信息公平性对选择权和知情权均有直接正向影响。

4.1.3 顾客心理授权与顾客满意感的关系

本研究的回归分析结果表明,顾客心理授权对顾客满意感有直接的正向影响,但结构方程分析结果表明顾客心理授权的三个维度与顾客满意感的关系则有所不同:影响力维度直接影响顾客满意感,知情权通过影响力对顾客满意感有显著的间接影响,而选择权对顾客满意感并没有显著的影响。虽然服务过程和服务结果都会影响顾客满意度,但对银行服务而言,服务结果对顾客满意度的影响更大。顾客能够在一定程度上影响服务结果,意味着顾客感知的服务风险的降低,因此,顾客满意程度较高。银行为顾客提供必需的服务信息,在顾客看来是应该的,只有顾客利用这些信息影响到服务结果时,顾客满意程度才会提高。因此,知情权对顾客满意度只是一种间接影响。在中国,几乎所有的银行都为顾客提供储蓄、理财等多种服务,几乎所有银行都有多家网点办理业务,而且都开通了网上银行、电话银行、手机银行,顾客可以自由选择任何一种方式办理任何一项业务,因此,相比较其他因素而言,顾客感知的选择权对顾客满意度并没有显著的影响。

4.2 管理启示

本研究对中国的银行尤其是国有银行来说有一定的实践意义。随着外资银行的不断进驻和国内股份制银行的兴起,国有银行的市场正在逐渐被蚕食,很大一部分原因就是这些银行以老大自居,对中小客户的服务不到位,如产品和服务单一,顾客没有更多的机会作出选择,产品和其他服务信息没有和顾客进行有效的沟通,更重要的还有顾客在服务过程中处于被动地位,没有话语权。如果这些银行能真正重视这些客户,给予他们更多的服务产品和服务方式的选择,并有效告知他们相关信息,让他们影响企业,和服务人员的决策从而影响控制服务结果,那么客户的满意度水平会得到提升,对银行的信任感会增强,并相应地表现出更多的公民行为,从而银行在竞争中也就有更多的优势。同时,我们也要看到,对银行来说,顾客普遍反映其收费不够透明公正,收费门类多样,而且顾客往往难以去比较不同银行间收费的差异,顾客往往得不到充分真实的信息以影响服务人员的决策使服务结果朝着自己期望的方向发展,有时顾客往往得到自己不想要但又是银行在推销的服务,这些都是服务不公平的体现。这会让顾客觉得自己不能掌控服务过程,其满意感和信任感就会受到影响,更不用说对企业进行宣传推广、提出改进建议了。银行显然应该重视提高顾客感知的服务公平性,让收费更加公正合理,给予充分正确的服务信息,使顾客在服务过程中有更多的发言权等,以最终提高服务绩效。

4.3　研究局限性与今后研究方向

本研究以银行为例,探讨了服务公平性与顾客心理授权之间的关系,得出了一些有意义的研究结论。但本研究同时也存在以下局限性。

(1) 本研究只对银行顾客进行了问卷调查,研究结果的外部有效性尚待进一步探讨。今后学者可在其他服务性企业,如旅行社、理发店、美容院、航空公司等进行调研,对本研究结果作进一步检验。

(2) 本研究采用的是横断调研法,因此没有办法确定模型中变量之间的因果关系。今后学者可采用纵断调研法或实验法,进一步检验模型中变量之间的因果关系。

(3) 企业策略方面的许多变量都可能影响顾客心理授权感,而本研究只探讨了服务公平性策略对顾客心理授权的影响,企业策略的其他变量,如服务氛围、顾客教育等对顾客心理授权的影响尚有待进一步研究。此外,本研究也只探讨了顾客心理授权对顾客满意感的影响,今后学者可进一步探讨顾客心理授权对其他后置因素,如服务质量、顾客忠诚感等的影响。

参考文献

[1] 韩小芸,黎冬梅. 2006.服务性企业顾客心理授权研究-以旅行社为例[J]. 中国旅游研究, 2(3): 298-321.

[2] 韩小芸, 谢礼珊,杨俊峰. 2010. 顾客心理授权与顾客服务公平性、顾客态度关系的实证研究[C]. 北京;2010JMS 营销科学学会会议论文集.

[3] 谢礼珊,林勋亮. 2009. 服务公平性、服务质量、消费价值对会展参展商口头宣传意向的影响[J]. 营销科学学报,5(3):118-132

[4] Anderson J C, Gerbing D W. 1988. Structural equation modeling in practice: a review and recommended two-step approach[J]. Psychological Bulletin, 103 (3): 411-423.

[5] Bies R J, Moag J S. 1986. Interactional Justice: Communication Criteria of Fairness[M]//Lewick R J, Sheppard B H, Bazerrman M H. Research on Negotiation in Organizations. Greenwich, Conn: JAI press: 43-55.

[6] Churchill G A. 1979. A paradigm for development better measures of marketing constructs[J]. Journal of Marketing Research, 16(1):64-73.

[7] Clemmer E C. 1993. An Investigation into the Relationship of Fairness and Customer Satisfaction with Service[M]//Cropanzano R. Justice in the Workplace: Approaching Justice in Human Resourse Management N J: Lawrence Erlbaum Associates, Hillsdale:193-205.

[8] Fornell C A. 1992. A national customer satisfaction barometer: the swedish experience[J]. Journal of Marketing, 56(1): 6-21.

[9] Gibson C H. 1991. A concept analysis of patient empowerment[J]. Journal of Advanced Nursing, 16: 354-361.

[10] Greenberg J. 1993. Stealing in the name of justice: informational and interpersonal moderators of theft reactions to underpayment inequity[J]. Organizational Behavior and Human Decision Process, 54: 81-103.

[11] HinkinT R. 1995. A review of scale development practices in the study of organization[J]. Journal of Management,21(5):967-988.

[12] Hinkin T R. 1998. A brief tutorial on the development of measure for use in survey questionnaires [J]. Organizational Research Methods, 1 (1): 104-121.

[13] Lengnick H C A. 1996. Customer contributions to quality: a different view of the customer oriented firm[J]. Academy of Management Journal,21(3): 791-824.

[14] Lind E A, Tyler T R. 1988. The Social Psychology of Procedure Justice[M]. New York: Plenum Press.

[15] Mills P K, Morris J H. 2009. Clients as partial employees of service organization: role development in client participation[J]. Academy of Management Review, 11(4), 726-735.

[16] Oxana C. 2003. Customer role and skill trajectories in services[J]. International Journal of Service Industry Management, 14(3): 347-363.

[17] Podsakoff P M, Mackenzie S B, Lee J Y, et al. 2003. Common method biases in behavioral research: a critical review of the literature and recommended remedies[J]. Journal of Applied Psychology, 88(5):879-903.

[18] Pires G D, Stanton J, Rita P. 2006. The Internet, consumer empowerment and marketing strategies [J]. European Journal of Marketing, 40(9/10): 936-949.

[19] Ramani G, Kumar V. 2008. Interaction orientation and firm performance[J]. Journal of Marketing, 72 (1): 27-45.

[20] Tyler T, Dawes R M. 1994. Fairness in Groups: Comparing the Self-Interest and Social Identity Perspectives[M]//Mellers B A, Baron J. Psychological Perspectives on Justice: Theory and Applications New York:Cambridge University Press.

[21] Fred R W, Pruyn A T H. 1998. Customer control and evaluation of service validity and reliability[J]. Psychology & Marketing, 15(8): 811-832.

[22] Wathieu L, Brenner L, Carmon Z, et al. 2002. Consumer control and empowerment: a primer[J]. Marketing Letters, 13(3): 297-305.

[23] Len T W, Newman A, Dennis C. 2006. Enhancing consumer empowerment[J]. European Journal of Marketing, 40(9/10): 925-935.

[24] Zimmerman M A, Warschausky S. 1998. Empowerment theory for rehabilitation research: conceptual and methodological issues [J]. Rehabilitation Psychology, 43(1): 3-16.

Customer Empowerment and its Relationship with Service Fairness

Han Xiaoyun, Xie Lishan, Yang Junfeng

(Business School, Sun Yat-sen University)

Abstract   The authors developed a scale for customer psychological empowerment, proposed a relationship model between service fairness and customer psychological empowerment, and tested the model in bank. The results showed customer psychological empowerment included three components, which were service choice, information share, and impact. Distributive, procedural, interactive, and informational fairness had different impacts on customer psychological empowerment three components. Three components of customer psychological empowerment affected customer satisfaction differently.

Key words   Customer Empowerment, Customer Psychological Empowerment, Service Fairness, Customer Satisfaction

专业主编：范秀成

2011 年中国营销科学博士生论坛甘碧群优秀论文获奖名单

一等奖:
论文题目:To Be or Not to Be Unique:The Effect of Social Exclusion on Consumer Choice
作者:Ding Ying(丁瑛),Xu Jing(徐菁),Echo Wen Wan
获奖者单位:北京大学(Peking University)

论文题目:Exploring the Influence of Ambient Temperature on Consumers' Cognitive Performance
作者:Tong Luqiong(童璐琼),Zhu Rui(朱睿),Zheng Yuhuang(郑毓煌),Zhao Ping(赵平)
获奖者单位:清华大学(Tsinghua University)

二等奖:
论文题目:The Stereotype Change Mechanism of Country-of-Origin:Based on the Psychological Processing Modes of Subtyping and Subgrouping Perspective
(原产国刻板印象逆转机制研究——基于亚型化和亚群化的心理加工模式视角)
作者:Jiang Hongyan(江红艳),Wang Haizhong(王海忠)
获奖者单位:中山大学(Sun Yat-Sen University)

论文题目:The Beautiful Are the Bold:How Feeling Beautiful Influences Preferences
(美女更大胆吗? 漂亮的感觉如何影响偏好)
作者:Jiang Zixi(蒋子熹),Margaret Gorlin,Xu Jing(徐菁),Ravi Dhar
获奖者单位:北京大学(Peking University)

三等奖:
论文题目:Is Relationship Like Money? -The Effect of Monetariable Loyalty Programs on Consumer Loyalty
(关系是"钱"吗? ——顾客忠诚计划的"金钱对应性"的影响研究)
作者:Wei Xia(韦夏),Tu Rongting(涂荣庭)
获奖者单位:北京大学(Peking University)

论文题目:The Spillover Effect of Negative Information from Extended Products on Parent Brands—The Moderating Effect of Thinking Styles
(延伸产品的负面信息对母品牌的溢出效应——思维模式的调节作用)
作者:Zhang Ning(张宁),Huang Jing(黄静),Zhou Zhiming(周志民),Zhou Nan(周南)
获奖者单位:武汉大学(Wuhan University)

2011 年中国营销科学学术年会优秀论文获奖名单

（排名不分先后，数字仅表示序号）

1. **论文题目:他人创意展示对消费者创造性的影响研究:权威者的影响作用**
   作者:徐岚,崔楠,徐超,Dou Wenyu(窦文宇)
   第一作者单位:武汉大学

2. **论文题目:金钱概念对消费者对于实用品和享乐品选择的影响**
   作者:童璐琼,郑毓煌,Zhu Rui(朱睿),赵平
   第一作者单位:清华大学

3. **论文题目:网络购物中产品定价与折中效应的研究**
   作者:李东进,李研,武瑞娟,马云飞
   第一作者单位:南开大学

4. **论文题目:跨国并购中品牌重置策略、价格以及原产地对新产品评价的影响**
   作者:王海忠,陈增祥,司马博
   第一作者单位:中山大学

5. **论文题目:面子消费需要的维度及其对广告效果影响的探索研究——兼论广告代言人的调节作用**
   作者:施卓敏,朱莉,黄志华
   第一作者单位:中山大学

6. **论文题目:服务失败中群体极化对抱怨倾向的影响研究**
   作者:杜建刚,范秀成,冯天俊
   第一作者单位:南开大学

7. **论文题目:How Positivity of and Emphathy Reflected by Online Reviews Influence Online Purchase Intentions: A Choice Mechanism Perspective**
   作者:Xue Hua,Cheris W. C. Chow,Yang Zhilin
   第一作者单位:Shanghai University of Finance and Economics（上海财经大学）

8. **论文题目:When does a Delayed Resolution Make Better? The Effect of a Delay Between Complaint and Problem Resolution**
   作者:Zhou Yuanyuan, Alex SL Tsang,Huang Minxue, Zhou Nan
   第一作者单位:Wuhan University(武汉大学)